大山圆梦

蔡良——主编

漓江出版社
·桂林·

图书在版编目（CIP）数据

大山圆梦 / 蔡良主编 . -- 桂林 : 漓江出版社，2021.4（2022.6重印）
ISBN 978-7-5407-9001-1

Ⅰ . ①大… Ⅱ . ①蔡… Ⅲ . ①中国文学—当代文学—作品综合集 Ⅳ . ① I217.1

中国版本图书馆 CIP 数据核字（2021）第 011311 号

DASHAN YUAN MENG

大山圆梦

主　　编　蔡　良

出 版 人　刘迪才
责任编辑　黄　圆
助理编辑　吴　桦
装帧设计　黄　洁
责任校对　苏子新
责任监印　张　璐

出版发行　漓江出版社有限公司
社　　址　广西桂林市南环路 22 号
邮　　编　541002
发行电话　010-65699511　0773-2583322
传　　真　010-85891290　0773-2582200
邮购热线　0773-2582200
网　　址　www.lijiangbooks.com
微信公众号　lijiangpress

印　　制　河北浩润印刷有限公司
开　　本　787 mm×1092 mm　1/16
印　　张　17
字　　数　300 千
版　　次　2021 年 4 月第 1 版
印　　次　2022 年 6 月第 2 次印刷
书　　号　ISBN 978-7-5407-9001-1
定　　价　59.00 元

漓江版图书：版权所有，侵权必究
漓江版图书：如有印装问题，可随时与工厂调换

编 委 会

策　　划：张启胜　杨　科

执行策划：中　毅

主　　编：蔡　良

副 主 编：覃世衡

成　　员：王文飞　张明寰　梁万德　王彩琴

第二辑　小说

第三辑　散文

第四辑　诗歌

序　巍巍金钟山做证

黄佩华

2020 年 11 月 20 日下午，平日我是不太爱听汽车广播的，可是那天在去往学校的路上偶然听到一则中央人民广播电台播报的消息：广西壮族自治区宣布最后 8 个县（含隆林各族自治县）脱贫摘帽，至此，全区 54 个贫困县全部脱贫摘帽，广西实现了全区脱贫的目标。

这是一个令我特别振奋的消息。到达学校后，我立马编了一个短消息在朋友圈中广而告之，跟朋友们一起分享这个难得的喜讯。隆林终于脱贫摘帽了，这让每一个关心隆林脱贫攻坚的人都长舒了一口气。不久前，我刚参加了一个隆林扶贫攻坚文学采风活动，到访号称“小东北”的德峨镇，到城郊的易地搬迁安置点，到扶贫车间，到者浪乡的百香果产业基地……短短几天时间，我们一行目睹了隆林各族人民在党委、政府和社会各界的帮助下，攻坚克难，不屈不挠，勇掘穷根，改天换地，扶贫工作取得了骄人的战绩，呈现出令人钦佩的精神风貌。

许多人并不知道，地处桂西北高地的隆林，只有42万的人口，却有多达7.9万贫困人口，逾1.9万户；而这些贫困户大多分散在高高的金钟山山麓，在逶迤深邃的南盘江畔，在陡峭少土的大石山区。因而，隆林被牢牢地戴上“国定贫困县”“广西极度贫困县”的帽子。

九十九个坡，九龙共一窝。这首桂西北民谣说的，是位于广西“省尾”的金钟山脉，这里的山高大而延绵广阔。在没有公路的年代，我的祖辈曾经无数次徒步往来于八达—德峨—新州之间，一个来回要五六天。我自己也经历过赶大半天的山路到金钟山参加扑灭山火的战斗，曾经和工友结伴步行到蛇场赶街。山高坡陡交通不便，“隔沟听得见，见面要半天”——这是隆林日常生活的一个缩影。

我曾经看见，德峨街边的苗族老乡用一木桶水宰杀完一只羊，然后煮成了羊瘪汤和羊汤锅；我还看见，野猪岭山区的石头缝里生长出一棵棵细黄的玉米，在顽强地昭示生命的存在。裸露的喀斯特地貌，缺少地表水——这是大半个隆林必须面对的真实而辛酸的境况。

国家级贫困县——这是一顶苦涩辛酸的帽子，更是一顶沉重得让人喘不过气的帽子。

幸运的是，早在20世纪80年代末，中国就拉开了扶贫工作的序幕，把7000万人口的脱贫致富工作列上了议事日程。2015年11月27日至28日，中央扶贫开发工作会议召开，党中央发出了坚决打赢脱贫攻坚战的庄严号召，一场艰苦卓绝的脱贫攻坚战就此在全国打响。

向贫困宣战，向极度贫困宣战！这个历史的重任落到了当下每个隆林人的肩上，这个担子无疑是既沉重又光荣的。于是，倔强的隆林人立下了军令状，定下了宏伟的目标：2020 年，聚焦全面建成小康社会、实现“十三五”胜利收官的总要求，奋力实现第一个一百年奋斗目标，全面贯彻自治区党委、市委各项决策部署；严格按照中央“两不愁三保障”的总要求，聚焦整县摘帽“九有一低于”指标，用足用活极度贫困县扶持政策，补短板、强基础，坚决打赢脱贫攻坚收官战，如期实现整县脱贫摘帽；打赢“四大战役”——义务教育保障战役、住房安全保障战役、基本医疗保障战役、饮水安全保障战役；打好“六场硬仗”——项目建设硬仗、易地扶贫搬迁硬仗、内生动力硬仗、产业扶贫硬仗、集体经济硬仗、就业扶贫硬仗……

这绝不是开空头支票，更不是空喊口号。经过整整五年的奋战，在 2020 年的初冬，隆林各族人民终于不负众望，他们用实际行动给百色、给广西、给全国带来了好消息。五年，整整五年时光，隆林人战胜了超乎想象的重重困难，流下了汗水和鲜血，甚至付出了生命的代价。当然，这五年里隆林人并不寂寞，他们在国家有关部门，在浙江和邻省广东，在自治区和百色市的倾力帮助之下，通过自己的拼搏努力，终于圆了全面脱贫的梦想。

人们欣喜地看到，在这次艰苦而光荣的攻坚战斗中，在这个历史性战役取得胜利的时刻，隆林的作家们没有缺席。他们积极深入全县的各行各业，走遍村村寨寨，用手中的笔忠实地记录了发生在这场脱贫攻坚战中的许许多多可歌可泣的感人故事。在这个特殊的年份，这些作家的心血之作无疑具有极高的社会价值和史料价值，他们的艰苦付出是值得尊重和赞许的。从这个意义上说，作家们既是脱贫攻坚的记录者、见证者，又是参与者。

《大山圆梦》一书，共分为报告文学、小说、散文、诗歌 4 辑，汇集了 34 位作者的作品，近 20 万字。这些温暖的文字，寄托了人们对实现世纪梦想和美好生活的渴望，表达了人们对隆林这块土地深沉的热爱，塑造了脱贫攻坚战场上栩栩如生的英雄群像，表现了文化人关注现实、记录大时代的责任担当。

本人出生时，西林和隆林还同属一个县，加上母亲出生地在隆林革步乡那弄村，我也算得上是半个隆林人。基于这种身份的认同感和归属感，我对隆林一直深藏着一份特殊的情感。鉴于此，当隆林文联主席蔡良把书稿交给我并嘱我作序时，我便由心底生出一种自豪感和责任感。

每个时代都会有属于它自己的文学。我期盼所有阅读过这本书的读者，都能够在字里行间感受到真实和温暖。

2020 年 11 月 22 日于南宁

第一辑

报告文学

春色美
——广西隆林脱贫攻坚纪实

蔡良

接力之美

很喜欢一个词：接力棒。

这个词是一个纽带，连接的是前事与后续、过去与未来，表达的是联系、持续、发展，需要集体协作、团队互补、目标共赢，直到成功、胜利。

扶贫，是最大的改善民生工程——消除贫困、实现共同富裕是根本要求。于广西隆林各族自治县来说，这是一项“接力长跑”。从新中国成立到改革开放，从西部大开发到进入 21 世纪的前 15 年，从 2015 年到 2020 年，扶贫工作一直是隆林地方党委、政府接力进行的重点工作。一届一届党委和政府班子、一代一代扶贫工作者、一批一批帮扶干部，勇挑重担，扛起责任，不畏艰难，前赴后继，创新工作，认真完成每个时期不同内容的扶贫工作任务。2020 年，隆林举全县之力，传递最后一棒，向贫困发起最后总攻，坚决打赢脱贫攻坚收官战，如期实现整县脱贫摘帽目标。

接力棒，是一种力量的聚集、延续、爆发，是一种博弈，是抗争，也是意志的体现。接力棒传递了美——力量美、意志美、决胜美。

苦涩记忆

我们单位的扶贫联系户都在广西隆林各族自治县德峨镇。

德峨镇是隆林各族自治县的一个少数民族乡镇，地处云贵高原边陲的大石山深处，主要居住着苗、彝、仡佬 3 个少数民族的群众，由于区域内恶劣的自然条件（石头多、土地少、缺水等）和历史原因影响，是隆林极度贫困的乡镇。

2016 年春节刚过完，我们单位的头儿就带着我们一行 6 人下乡开始扶贫探访，认地点、认家门和认帮扶对象。我开着头儿的私家旧汽车，载着大家往德峨镇驶去。

一路上，大家欢歌笑语，汽车在山区二级公路上跑了 1 个多小时才到达镇上。

在镇扶贫指挥部领取了手册、牌子和相关资料后，我们直接开车往村里驶去。我们单位 6 个人分配到的扶贫户共有 36 户（班子成员每人 8 户，普通干部每人 5 户），分布在 3 个村的 8 个自然屯。因为是第一次入户，认不得路，认不得被帮扶人的家，认不得被帮扶人，再加上有些村屯道路是沙土路，不好走，我开车很慢。有几个屯不通公路，大家只好下车步行。几个寨子有一半多的贫困户让铁将军把门，人不在家，寻访不着。几个村子移动通信信号不是很好，有的地方有信号，有的地方没有信号，手机联系不通畅。因为这几方面原因，我们 6 个人只能分成 3 个小组，一个屯一个屯、一家一户地走访。有些户我们去访了几次才遇着人。因此，第一次走访，我们用了 3 天才全部走完。

第一天，我们走了边坡寨七队、九队和马龙洞、上弄艾屯。第二天走了竹林屯，原本还想去江南屯，但因雨天路滑坡陡，车子去不了只好返回。第三天去水淹坝，再去江南屯。路实在是太难走，除了边坡寨七队、九队在大路边，其他几个寨子只有个别有小段路是沥青和混凝土路面（很多都脱皮损毁），基本是沙土路。路面窄小、弯曲、坑洼不平且坡度大，我开车觉得很累，颠簸、摇摆，每天回来都全身酸痛。同行的老韦同志是我们单位退居二线的老领导，近60岁了，但没见他吭过声。还有小王姑娘，刚参加工作，瘦弱的身体是否受得了这种苦？李副和肖主任正值年轻力壮，似乎没有任何问题。

从此，我们每个月都要下到联系的贫困户家中开展各种帮扶工作，有时候去一两次，有时候去三四次。

第一次去上弄艾屯就费尽周折，车子从大路七拐八弯、上坡下坡地开了近两个小时才到达。那天刚好下着毛毛细雨，有点冷，雾很大。进到村头，浓浓密雾笼罩着村庄，房屋树木掩映在浓雾里。我们走近几户人家叩门都不见人，一打听，原来村里有人病逝，村民集中一起正在办丧事。村子气氛低沉而压抑。

逝者恰巧是头儿的帮扶对象，不到60岁，病逝的。头儿叫我一起过去看了一下，给了家属100元礼钱。

头儿叫李副和肖主任去请所有的帮扶户户主集中在王玉才家里，大家分别做了介绍，帮扶人和被帮扶人也就相互认识了，我们也得以了解被帮扶人家庭的各方面情况。

随后，我们在寨子里转了一圈。这里的路面又烂又脏，粪水泥水交杂且凹凸不平。

寨子在一个山坳中间，共有12户人家，除了有一家的住所是早几年建的约40平方米的砖混结构水泥房外，其他房子全是由木头、木板、竹竿、瓦片、竹席、芦苇秆、茅草、塑料布等“混合材料”搭建而成。

房子最差的是王玉才家，木瓦结构的房子整体向西侧倾斜，感觉随时要倒的样子。从大门进到屋里，厨房、堂屋、卧室，一眼望尽——没有什么家具，除了锅碗瓢盆、木床、陈旧灰黑的卧具及零星杂物家什，就是一张看不出颜色的小饭桌，几张小木板凳。堂屋和厨房的地板根本算不上地板，拳头大小的石头间杂在踏实了的泥土上，格外突兀抢眼，不像是家里，倒像是长满蘑菇的野外，桌子都无法摆得平稳。抬头看屋顶，瓦片稀疏到处漏光，雨水从瓦片漏光处滴落下来，满屋滴滴答答地响着雨点声。围屋的是不太直的杂木，用竹席捆绑连接在一起，也是四处透光。王玉才两口子穿着老式陈旧的灰黑色衣服，脸色菜黄。一了解，两人身体都不太好。邻居说王玉才家实在是困难，他们的大女儿因难产做手术，成了植物人，在医院已经躺了一年多。他们身体不好还要照顾女儿，不能做工，基本上没有什么收入，生活很艰难，甚至连新农合的费用都交不起。

在大家离开时，我发现头儿故意落在后面，掏出200元给王玉才，叫他去买点水泥、沙子把家里地面平整好。

走出村口，我回望村子，细雨还在飘着，浓雾低垂，村子有些阴沉。我感觉很压抑、憋闷。出了村子，我开车上坡，车子又打滑了，上不去。我紧踩油门，发动机轰鸣，车轮飞转，泥沙狂飞，车轮冒出青烟，浓烈的胶臭味散发开来。大家只好下车帮忙推车，我挂上一挡，打着方向盘左转右转，发动机熄火几次，折腾了半个小时，车子终于爬过了几十米陡滑的路段。天气虽然有些冷，但是我满头大汗，其他人则是满身满脸的泥水。

我感到很抱歉，怨恨自己的技术不过硬，更埋怨头儿的破车。但是，头儿却打着哈哈说“体验体验，好车会有的”。老韦和小王虽然老的老、弱的弱，但是也一起帮助推车。大家都说：“有我们推车，不要紧！”

小车上到山垭口，雾气散了许多，雨也停了，对面远山云雾缭绕，随风飘动，大山时而清楚时而朦胧。画面如梦似幻，我们像到了仙境，美极了。小王和老韦赶紧拿出手机拍下这动态的自然景观，大家嘻嘻哈哈，又说笑了起来。

竹林和江南，是我们帮扶对象居住的两个自然屯的名字，名字非常浪漫，具有美好的诗意。

可是，去竹林屯和江南屯的路特别难走，弯急路陡面窄，每遇转弯，都要来回打几次方向盘才能通过。因为是沙土路，晴天和雨天车子都打滑，车轮常常冒烟，车上的人经常要下去推车。我在车上驾驶得满头大汗，他们在后面推车也是一身泥水或灰尘。小王姑娘弄了一个大花脸，她自嘲："好了，不用化妆了！"

竹林屯，没有诗意，很穷很落后。

江南屯在大山深处，30 来户人家，有 13 户贫困户。村子距离镇政府所在地约 12 公里，距村部 7 公里，距村道 4 公里，不通公路。我们去江南屯，是把车丢在路边，走山路爬坡去的，用了将近两个小时。

江南屯也没有诗意，也非草长莺飞、鱼米富庶，而是一个偏僻落后的村寨——偏远、不通公路、供电不正常、饮水不方便，很多破旧房子。

沉重数据

数据，本来是无感情色彩、无实际意义的数字组合，但在特定的地方却又被赋予了特殊的意义和浓烈的感情。扶贫数据，就是这样被赋予了历史意义和奋斗色彩的组合。这些数据见证了扶贫开发的艰苦历程，展示了脱贫攻坚的丰硕成果。

20 世纪下半叶，隆林艰难曲折地走过了许多扶贫的路子，在不同时期取得了不同的阶段性成果。改革开放以后，隆林更是结合本地实际，积极探索新路子，采取了一系列有力措施，如扶贫救济，对老残孤寡无劳动能力的困难群体和因病因灾致贫的群众给予资金和物资的扶持帮助；变单纯的扶贫救济为经济开发，激发内部活力；加强基础设施建设，改善生产、生活和交通条件；加强培训，推广和普及农村实用技术，加强职业技术教育；出台政策，提高干部群众参与扶贫开发的积极性；组织劳务输出，提倡劳务经济；组织易地开发安置，开辟新的扶贫发展路子；组织和动员社会力量参与扶贫，形成合力，加强基层组织建设，发展村集体经济等，使全县扶贫经济开发进展顺利，经济和社会面貌发生了很大变化。

隆林地处自然环境恶劣的山区，又是少数民族地区、水库移民区，人口文化素质相对较低，经济基础薄弱，发展起步晚、起点低。到了21世纪初，隆林还是国家重点扶持的592个贫困县之一，贫困人口18.6万，全县179个行政村有111个未通四级公路，有1574个自然屯未通屯级公路，有12.15万人未能使用安全饮用水，有2.95万农户住危房或无房。贫困面大，贫困程度深。

国家实施西部大开发之后，隆林调整扶贫开发的系列措施，通过产业扶贫、科技扶贫、基础设施工程建设、人畜饮水工程建设、广播电视村村通工程建设、茅草房改造、地头水柜建设、沼气池建设、社会帮扶等方式，使得以农村基础设施和生态建设、产业开发、社会事业为重点的扶贫开发工作实现了历史性突破。再后来，隆林又通过实施贫困村“整村推进”扶贫开发、革命老区示范建设、国家“两项制度”有效衔接试点县建设、桂西五县基础设施建设大会战、石漠化综合治理项目、精准扶贫开发等措施，为“十三五”期末隆林脱贫出列打下了坚实的基础。

但是，直到2015年年底，隆林的贫困数据依然庞大和沉重：贫困人口10.2万，贫困村88个。

汇聚力量

团结的力量，携手的温馨，在隆林实施的脱贫攻坚决战中，得到了最大的体现。

党委、政府凝聚了方方面面的社会力量，共同实施脱贫攻坚，共同携手帮助困难群体，改善民生，一起发展，共同富裕。这是中国社会之大美，这是人类之正道。各方社会力量携手共同为民谋福利，何其温馨！

一直以来，在中国这个温暖的大家庭里，隆林所有的发展都得到了自上而下、四面八方的支持和帮助。扶贫工作中，最应该铭记的也是各方力量携手产生的合力。

党委、政府是主心骨，是中坚力量。在隆林多年来的脱贫攻坚工作中，中央、自治区、地市领导始终给予关心、支持和帮助。隆林这个贫困的民族地区得到了很多的政策倾斜、资金支持、技术指导、平台扶助、人力帮助。

对口帮扶，是隆林得到的非常温馨的援手。中央在不同时期安排了不同部委（发改委）、机构系统（国家农发行）“对应帮扶”，安排发达省市“东西协作”（浙江、广东—广州—深圳）帮扶隆林；自治区安排了区政协、文广旅局、广播电视台、林业局等单位对口帮扶；百色安排了更多的部门和单位帮扶。这一系列从上到下的对口帮扶，让隆林得到政策、资金、技术、平台、人才，让隆林得到温暖，更让隆林得到动力，也让隆林永远感恩铭记。

中央电视台、《人民日报》、人民网、新华社、新华网、《光明日报》、新浪网、今日头条、《广西日报》、广西广播电视台、《右江日报》、百色电视台……从中央到地方的各级各类媒体，长期坚持为隆林摇旗呐喊，宣传鼓劲，助威助力，是对隆林脱贫攻坚有力的支撑。

这些帮助让隆林感动，也让隆林感受到了携手战斗的力量和温度。

改善设施

基础设施是否完备，是衡量一个地方经济发展程度的标尺。特别在农村，如果没有基础设施建设，哪怕有青山绿水，也会显得荒凉、落后、偏僻。

农村基础设施建设主要包括水、电、路、学校（幼儿园）的建设，其次还有通信、公共文化体育服务、卫生健康、综治、敬老、助残等设施的建设，再次还有土地整改、河流治理等项目和乡村旅游基础设施的建设。

隆林近10年的脱贫攻坚任务，最重要的内容之一就是大力开展基础设施建设。围绕这些基础设施建设项目，隆林积极做好规划，多方筹集资金，最大限度地在各个乡镇村屯开展实施，取得了显著的效果。

就说前文提到的德峨镇水井村上弄艾屯，经过几年脱贫攻坚，变成了一个基础设施比较完善的村寨。

2016年年初，从水井村主干公路到上弄艾屯是约3公里的沙土路，不但路基窄、坡度陡、弯度大，而且还是泥沙卵石路面，不论晴天雨天，车难行，人也难走。8月开始改造建设水泥硬化路面，10月竣工验收后顺利通车。原来步行需要近1个小时，路面硬化后，开车只要10分钟。公路通到村口后，群众又投工投劳，把水泥路接通到自己家门口，整个寨子就变得干净整洁了。

同年年底，县扶贫指挥部安排资金，在上弄艾屯村口修建了一座120立方米的水池，供全屯群众使用，并给每个家庭建了2立方米的小水柜。大水池通过水管连通到各家小水柜，家家户户用上了自来水。以前要费很大的人力和时间取水，自来水接通以后，人力和时间就从取水中解脱了出来。

2018年年底，上弄艾屯的农村电网改造也完成了，家用电器和小型机械用电非常方便；原来需要烧柴煮饭菜的群众大都用电煮饭菜了。从村头到各家各户的路边同时安装了太阳能和风能二合一发电的路灯，上弄艾屯从此告别了晚上黑灯瞎火的历史。

同年，上弄艾屯的广播电视村村通工程也完工了，有线电视拉到屯里各家各户，通信设施、互联网宽带一应俱全。屯里不识字的王抽奶和88岁的王购奶也学会了使用智能手机，会使用微信语音通话，会在网上交费，还会在网上购物！这是非常了不起的变化！这是一个伟大的民生工程，它的意义非同一般，它丰富了农民群众的文化生活，让国家的声音直达村屯农户，让先进文化进入千家万户！

修路建房

第一次入户探访后回城上班，头儿叫办公室人员整理了几份材料，自己去找县里脱贫攻坚指挥部领导，申请修路和危房改造指标。不久，县里调整项目，给我们批了两条约9公里的屯级路修路指标和13个危房改造指标。

2016年4月，山色嫩绿，山花盛开，到处都是春的气息。月底，我们又下到几个屯里开展工作，主要就是动员江南和竹林两个屯的群众配合县里的施工队，出工出力修路；动员符合条件的贫困户申报拆旧房建新房指标。

群众们都很积极参与修路，在外务工的群众大部分都回来配合县里的施工队伍，共同协调和处理修路占地问题，办好清理庄稼、开挖边沟、搬运砂石料、卸水泥袋、扛模板、搅拌水泥浆、浇筑路面、覆盖保养薄膜、洒水养护路面等事项。在群众的积极努力配合下，两条路不到3个月就顺利完工了。

其间还有些小插曲。有两个在外打工的群众由于所在的企业不批假，每人自愿拿出1万多元钱给村里，作为不能回来一起修路的补偿。另有一个人出去打工五六年了，还没有成家，有一个 70 岁的老母亲在家，平时也很少回来看望，寨子里的红白喜事等各类事务更是不回来参加。这一次大家出工出力修路，他不回来参加也不想出钱，寨子里的人不高兴了，说不出钱又不参加集体活动就取消他的“寨籍”，他也不当一回事。后来他回来建房拉材料，寨里人不让他上路，他才知道错了，求告大家说：“我思想糊涂，犯了错，请大家原谅，不要把我排除在外，继续承认我是寨里人吧。”然后，他补交钱并向大家道歉，又积极参加寨子里的各种活动，大家才原谅并重新接纳了他。

10 月，德峨的天气已经有些冷了，早晚需要穿羽绒服或厚一点的衣物。当我们再进村扶贫时，小车走得十分顺畅，一天可以跑完几个村子。好些群众买了摩托车，个别群众还买了小三轮货车和农用车，外面的客运面包车和货运车也进进出出拉客拉货。群众出入赶集、购物、探亲访友，方便极了，村里男女老少都喜笑颜开。

屯级公路修通硬化以后，拉材料方便了，我们动员江南、竹林、上弄艾几个屯的群众修建了 8 个 60 立方米以上的水池，加上原来建有的旧水池，基本解决了群众用水问题。

我们单位帮扶的对象有 13 户符合危改条件，其中 11 户非常渴望得到危改指标。但是他们真的太穷了，没有一户能够一下子拿出全部的建房款，好多都是用借亲友的钱或打工半年的钱先建主体框架，等再打工半年得了钱才安装门窗和简单装修。还有好多群众是先欠着材料和人工钱，然后等政府拨付补助款再还债。

上弄艾屯的两户贫困户的危改房建设经历了很多波折。80 岁的老人杨爱奶很想建房，可是儿子外出打工几年不回来，说没有老婆没有钱不愿意建房。但是他的老母亲还住在很多年以前建的矮小简陋的木瓦房子里，木头木板做的墙壁到处透风，泥土烧制的瓦片房顶也多处漏雨，已经是危房。我们和村干部及第一书记反复电话联系、动员、劝说。经历了 3 个月思想斗争后，她儿子终于想通了，同意回来建房。房子主体框架和门窗建好后，他又返回广东打工，说几个月后再回来装修。

王玉才家建房就更困难了，夫妻俩身体都不太好，成为植物人的女儿还在医院昏睡不醒，他们一点钱都拿不出来。他们虽然很想建房，却反反复复，犹犹豫豫，不敢行动。我们动员村里人出工出力帮他们开挖屋基，凑钱借给他们备料，又资助他们两吨水泥。花了近两年时间，他们的房子终于在 2020 年 8 月底建好了。这是上弄艾屯最后一户危改房，建成后我们都松了一口气。

我每次下乡都用手机拍照。几年来，扶贫工作中的重要节点，村里的变化，我都用镜头记录了下来。上弄艾屯是我们单位的重点扶贫点，我的镜头见证了这个屯的重大变化。现在，这里新楼耸立，充满了阳光和生气，昔日阴郁苍凉、落后肮脏、交通闭塞、房子危旧、死气沉沉的寨子变成了美丽透亮的小山村。

取得这样的成绩是非常不容易的，大家都拼尽了全力。就危房改造工作来说，我们的头儿想尽办法弄到了资金，给我们单位所联系帮扶的 13 户危改户每户补助 2 吨水泥——要知道现在单位里是没有专项扶贫资金的。因此，老百姓非常感谢我们，每次到上弄艾屯扶贫，群众都要挽留我们吃饭。有一次，由于工作内容较多，我们忙了两个多小时，已经过了饭点，正要赶回镇上吃饭，群众却弄好了饭菜。他们每家弄了一两个菜，拼到王玉才家，还有几户拿出了自己酿的苞谷酒，说要陪我们吃一顿饭。平时，为了减轻群众负担，我们下村开展扶贫工作都不在群众家里吃饭。这次，群众把菜拼到一起，不吃过意不去。

头儿说：“苞谷酒真香，喝啊！”大家把酒碗举起碰了个大满杯。

我们和群众尽情热闹了一回。再去扶贫时，我们共同出资买了五花肉、排骨、豆腐等菜去寨子里和群众一起又吃了一餐，头儿说这是回谢他们上次的招待。

以小见大

从德峨镇水井村上弄艾屯贫困户王抽奶一家及整屯的脱贫经历，我们看到了党委、政府在扶贫工作中所采取的有针对性的、递进式的、有成效的帮扶措施及取得的扶贫成果。

王抽奶所在的上弄艾屯，群众全部是苗族，虽然距离镇政府不足 10 公里，但不通公路，交通闭塞，土地少，粮食不能自给，村民文化程度低，因而整个寨子 12 户群众都很穷困。除了有 1 户群众在多年前得到茅草房改造瓦房指标，建了一间 40 平方米的平顶水泥砖房外，其余 11 户群众全部住在破旧歪斜的木瓦结构的房子里，没有卫生厕所。寨子坐落在东南西三面环围的山窝里，晴天太阳照射不足 6 个小时，阴雨天则雾气笼罩，阴气沉沉；寨子里没有一个硬化场地和一条硬化道路；生产生活用电不足，不通广播电视，没有移动通信信号；生活用水困难，靠接屋檐雨水或到几里外的山沟取水生活；因畜牧家禽散养在房前屋后，卫生状况极差；村民大多衣衫褴褛，经济困窘，在 2015 年进行精准核查时全部被认定为贫困户。本来当初开展脱贫攻坚工作时，计划全屯整体外迁，但是由于一些主客观原因没有实行。后来工作组就地开展脱贫帮扶工作。

2016 年年初，全县的帮扶干部开始下到村屯全面铺开脱贫工作。

当时，王抽奶一家有四口人，丈夫、家婆、儿子和她。住房是不足 50 平方米的木瓦结构房子，房子已经整体向西面歪斜了，靠几根木柱支撑着；家里是通常农村房子的布局，厨房、堂屋、卧房连在一起，没有围隔；家里没有什么用具，除了简单的锅碗瓢盆、床上用品和一些农具，再没有其他物品。这是一个靠领取低保补助生活的家庭，家庭成员身体状况都不好。王抽奶的家婆患有慢性病，丈夫更是身患哮喘、心脏病、高血压、肝病等多种疾病，她自己也有心脏病和高血压，而且是肢体四级残疾。他们三人基本丧失劳动能力，需要长年看病吃药，唯一的劳动力王金刚已经25岁，全家的生活就靠他打工维持。但是，王金刚也是半残疾，左眼失明却办不了残疾证，在外面打工很多企业都不愿意聘用他[1]，他只能选择打零工，收入不高且不稳定，还没有保障。

他们一家的生活确实很艰难，好在有了扶贫工作队，有帮扶干部帮忙，逐步解决了他们的困难。从2016年开始，帮扶联系人先是帮助王抽奶办了四级残疾证和慢性病医疗卡，让她可以享受每个月80元的残疾补助和每年2000元的慢性病医疗补助；同时，还帮助完善她家人的各项农业补贴和低保补助，给王金刚提供相对稳定的企业招工信息和渠道。后来，他在外面打工，每个月有三四千元的稳定收入。帮扶联系人还给他们申请危房改造资金，帮助他们建好了120平方米的水泥砖混结构房子。虽然王抽奶的家婆和丈夫分别于2016年年底和2018年年底过世，只剩下他们母子俩相依为命，但在帮扶干部的帮助下，他们的生活也在慢慢变好。

同时，在工作队队员的努力下，县里、镇上安排了全屯户户危房改造、通屯公路、水池水柜、电网改造、广播电视村村通、公共文化体育服务中心、卫生室等项目。经过几年的实施，这些项目已全部完成，上弄艾屯面貌一新。新建的楼房掩映在绿树丛中，寨子干净舒适，阳光亮丽，与2015年破烂阴郁的旧村庄相比，真是发生了天翻地覆的变化。屯里群众建好房子后，身体健全的劳动力全部外出打工，孩子们全部上学读书。老人们安心地守护在家，做些力所能及的活儿，照顾着节假日回家的孙子孙女，等待着年节时候儿子儿媳回家团聚。寨子里充满了安宁祥和的生活气息。

为了巩固扶贫成果，头儿和我们工作队队员召集几个屯的干部和群众制定了村规民约，让大家共同爱护公共设施，搞好公共卫生，开展文体活

1 王金刚没有残疾证，聘用他的企业无法得到国家相应的安排残疾人就业的政策扶持。

动，移风易俗，团结协作，发展经济，建设保持好新农村新家园。

实际上，在隆林许多乡镇村屯，像王抽奶一样的贫困户，像上弄艾一样的贫困屯，在这几年县里开展的脱贫攻坚大会战中，各项保障都在逐步完善，逐步实现了脱贫，家庭生活、家园建设都在一步步走向美好。

安心搬迁

在多年的扶贫实践中，扶贫的方式随着形势发展变化而变化。隆林经历了从救济扶贫到开发扶贫、就业扶贫、产业扶贫，再到易地安置扶贫的变化；扶贫方式从单一扶贫到综合并用教育扶贫、科技扶贫、金融扶贫等，再到实施医疗、低保、养老、助残保障扶贫，甚至兜底扶贫[1]等。可以说，经过扶贫实践，摸索出了多样化、全覆盖的扶贫模式，有效地解决了脱贫攻坚中的各种问题。

在众多扶贫方式中，易地扶贫搬迁是一种比较彻底的脱贫解困的方式。把生产生活条件极度恶劣地区的贫困户搬迁到条件较好的地方，解决群众就业、生活、教育、医疗、养老等民生问题，是脱贫攻坚的有效方法之一。

隆林在这方面做了很多的努力。党委、政府把外迁安置作为最重要的脱贫方式，规划立项并筹集 16 亿元资金，在桠杈镇、德峨镇和县城郊区建设了 3 个贫困群众安置小区，总共安置 3470 户 15 064 人。另外，还安排了 944 户 4118 人到粤桂协作扶贫投资 22.24 亿元建设的贫困移民安置点——百色深圳小区。这些外迁安置点为贫困群众初步解决了居住问

1　兜底扶贫，即对完全丧失劳动能力的孤寡老残等特殊贫困人群，国家实行全部免费包干供养。

题，帮助他们走出了脱贫致富的第一步。2019 年 12 月 3 日，隆林举行了"十三五"期间易地扶贫搬迁工作收官仪式，宣告全县易地扶贫搬迁工作圆满收官。同时，这也标志着广西的易地扶贫搬迁工作全面完成。

隆林的几个易地扶贫搬迁安置点的地理位置适中，环境优美，交通方便，更重要的是安置小区内各种配套设施完善。如鹤城新区就在县城边上，设置有花园、绿地、广场、商业区、停车区、儿童乐园、社区医院、学校、农贸市场、旅游配套产业用房等，非常适宜居住。同时还成立了社区管理机构，配备足够的管理工作人员，规范管理小区事务，让新移民小区融入城区管理之中。此外，为入住小区的群众解决了户口、上学、医疗、养老问题，这让搬迁入住的群众感到非常放心和舒心。

更重要的是，党委、政府通过几项有力措施解决了搬迁群众的就业问题：一是安排搬迁群众在城里产业园区的各相关企业里就业；二是设置公益性岗位，安排合适的搬迁群众在新区和县城的各街道、社区就业；三是开展技能培训，确保每个搬迁户的成年劳动力掌握一门以上就业技能，方便他们求职务工；四是重点引导、推荐搬迁群众外出务工，保证持续的劳务输出，给搬迁群众带来稳定的收入；五是谋划开发鹤城新区后面的上千亩山地，规划建设星级森林公园，将公园建设成为集山水园林、养生康体、休闲娱乐、乡村民俗旅游等多种功能为一体的风景区，为易地搬迁入住的群众开辟更多的就业空间。

这些举措让搬迁群众安心、高兴。

德峨镇搬迁户杨新民说："真的划得来，城里有了一套房子，小孩读书条件好，又能在旁边的厂里做工，每个月收入两三千元。非常感谢政府的关心！"

"感谢乡领导让我搬出了那个山沟沟，感谢帮扶人田维充让我这 50 多岁的人在社区有了份工作。"来自金钟山乡的黄代周说。

"当年天生桥电站建设，库区村庄移民时，我怕搬到县城没办法生活就没搬。谁知胆大的搬到县城后过得有头有面的，我后悔死了。这回易地搬迁我一定要搬，享受城里生活。”来自天生桥库区的罗昌新说。

群众发自内心的话语，是对易地扶贫搬迁最好的肯定。

医疗保障

在下乡开展扶贫工作时，我们发现居住在边远地区的部分群众的身体健康和卫生防疫是非常迫切需要解决的重要问题。

也许是由于居住环境恶劣、卫生条件差、饮食饮水不健康，抑或是有遗传病、流行病存在，部分群众长年受疾病折磨，早逝的阴影压在人们的心头。结核、哮喘、结石、肝病、高血压是折磨群众的几种主要疾病。在我们扶贫期间，上弄艾屯有 3 个群众因哮喘和肝病不治而亡，还有几人因慢性病长年看病服药；竹林屯有两人患哮喘病长年打针吃药；江南屯有 3 个慢性病患者，一个患结核，一个患肝病，一个患哮喘，也是长年服药。

为此，我们单位几个帮扶人分别带他们到县医院求医拿药和做手术。

江南屯的贫困户王亚垂，在外面打工得了肺结核，神情沮丧，脸色灰黄，手脚瘦得像芦柴棒，一副绝望消极等死的样子。帮扶联系他家的老韦同志几次动员他去医院治疗，他都不愿意去，他家里人也不让去，认为肯定医不好了。后来，我们头儿和大家一起去江南屯访贫，发现了他的病情，就耐心动员和劝说，先是做通了他的工作，唤起他新生的希望，又做通他家人的工作。终于，家人带着他到县医院住院治疗了一个多月，然后又拿药回家疗养。经过几个月的治疗，王亚垂病情逐渐好转，脸色开始红润，身上也长肉了，精神面貌大为改观。

王亚垂高兴地说:“医生讲每月拿一次药，再过一年左右就完全好了。

非常感谢扶贫领导同志救了我的命！”

2020 年全国新冠肺炎疫情缓解后，恢复健康的王亚垂和村里人结伴，到广东打工去了。他说：“病好了，趁年轻多打点工挣钱，再找个女朋友结婚，好好过日子！”

我们都为他的新生感到高兴。

我们头儿把群众的疾病和防疫问题向村第一书记和镇政府领导反映了，并提出让防疫部门派工作队下到村寨进行防疫检测、卫生宣传，让医疗部门定点医治以及建立乡村医疗长效机制的建议，请大家多多关注和解决群众的疾病防治问题，尽可能减少群众的疾病，认真做好村屯的卫生防疫工作。

在这几年的脱贫攻坚工作中，隆林密切关注医疗保障“198”政策、医疗补助政策、“先诊疗后付费”和“一站式”即时结算等政策措施落实情况，对业务系统网络上报数达标情况和家庭签约医生服务情况进行全面排查，全面提高家庭签约医生服务质量，落实贫困人口参保补助政策，对未脱贫户、两年扶持期内脱贫户参保个人缴费部分实行财政全额补助，不断完善“一站式”即时结算工作，有力保障群众就医报销。据统计，2020 年全县城乡居民基本医疗保险参保率达 100%；两年扶持期内及 2020 年脱贫户患病人口住院费用实际报销比例均达到 90% 以上，门诊特殊慢性病治疗费用实际报销比例均达到 80% 以上；建档立卡贫困人口家庭医生签约服务率达 100%；30 种大病的贫困患者救治率达到 90.35%——实现了家庭签约医生高质量全覆盖服务，确保贫困群众有地方看病、有医生看病、看得起病。

产业发展

曾经，隆林因为地处偏远，经济基础薄弱，发展起点低，开放观念跟不上，产业发展总是走不出大山。农业方面，除了烤烟成点气候，在广西烟叶生产中占有一席之地，其他产业基本发展不起来；工业方面，有“十五”期间国家十大重点水电工程之一的天生桥水电站建在境内，电解铝产业有所发展。

新时期以来，在隆林追梦人的努力下，农业、工业、第三产业有了长足发展，经过脱贫攻坚大决战的洗礼，这些产业逐渐显出其特色和魅力。

这几年，隆林累计投入产业扶贫资金约 16.6 亿元发展农业种植，重点打造了西贡蕉、桑蚕、油茶、板栗、百香果、九十九堡高山生态米、中药材、生态蔬菜等十几个万亩产业扶贫示范园，特色优势产业覆盖全县 37 400 多户贫困户。养殖方面，隆林也下了很大功夫进行产业培育，主要体现在林下养鸡、溪水养鸭、水库库汊养鱼、养蜂，以及隆林黑猪、黄牛、黑山羊养殖等方面，发展了多个养殖产业园。

这些产业都是利用隆林的自然条件，结合本地的实际情况而发展的。虽然在培育发展过程中，经历坎坷、失败，遇到资金、技术难题，但是经过政府不断引导，各方面协作，干部群众努力实践、探索，这些产业终于克服困难，迈过险关，大部分取得了显著的成果。这些产业解决了相当多贫困群众的就业问题，给贫困群众带来了很好的收入。

隆林工业的发展是个传奇。历史上属于传统山区农业县的隆林，在农业发展方面尚处于劣势，发展工业更是稀奇的事情。但是，隆林却有传奇故事。新中国成立后，隆林和其他许多山区县一样，只有小手工业、集体工矿企业、乡镇企业等，都处于一种低水平、小规模的运行状态，在经济变革的风浪中飘摇沉浮，起起落落。直到 20 世纪的最后 10 年，隆林工业的六只“金凤凰”异军突起，名震广西区内外，创造了山区落后农业县的工业奇迹。在时任隆林县委书记石卫武这只领头雁的带领下，党政领导班子和全县干群以愚公移山的超人胆识和干劲，以当年的“深圳速度”，用短短的几年时间，大力发展锑、黄金、硅铁合金、水泥、水电及电解铝六大产业，前五个产业平均每年给隆林创税利上千万元；“万吨铝厂再造隆林”项目，第一年创税5500万元，往后逐年增加，直至上亿、几亿元。六只工业“金凤凰”让隆林年财政收入过亿！这在百色、在广西都是奇迹。后来全球经济形势波动，隆林工业走入低谷。再后来，在新领头雁县委书记张启胜的带领下，隆林一干人马以新时代创业精神，以规模化、集团化、园区化的方式，创办城西工业园区和桂黔工业园区，实现“铝二次创业”，让隆林的工业涅槃重生，打造了新的辉煌。新工业园区在扩大就业、提振隆林经济发展、助推脱贫攻坚等方面，起到了非常重要的辅助作用。

隆林是一个有五个民族杂居的自治县，几百年以来流传着五大民族节庆——苗族跳坡节、彝族火把节、仡佬族尝新节、壮族三月三歌会、汉族袍汤节，此外还有十二生肖圩日文化、五个民族十六个支系的服饰文化、五个民族独特的饮食风俗和专有的制作技艺等，资源丰富多彩，具有浓郁的地域民族文化特征。隆林地处桂滇黔三省（区）接合部，境内有因建设天生桥水电站而形成的面积相当于10个杭州西湖的天湖，还有国家级的黑颈长尾雉自然保护区，水域资源、森林资源丰富。但是，由于各种主客观原因，隆林的民族文化和自然山水旅游产业起色不大。

新时期，隆林民族文化和乡村旅游产业发展优势渐显。民族文化是隆林特有的名片，资源丰富，有做大文章的优势；隆林依托三省区接合部、南盘江—天湖大水域和国家级自然保护区的山水自然条件，发展特色乡村旅游极具潜力。隆林追梦人充分意识到了自身的资源优势，近几年着力于民族文化和乡村旅游项目开发，努力创建广西全域旅游示范区，科学规划、盘活资源、搭建平台、携手合作，通过德峨五彩民族小镇、“两赛一展”、传统民族节庆、腊仁欢乐水乡、三冲（中国美丽休闲乡村）、马顶（广西美丽休闲乡村）、龙旺（广西生态乡村农旅休闲旅游扶贫示范区）等旅游项目的开发，拓展了隆林旅游发展的道路。

芦笙奏响

几年扶贫下来，最让人高兴的事情之一，是在江南屯参加王金刚的新居落成仪式和婚礼。

王金刚是王抽奶的儿子。我们第一次下乡到王金刚家时，他在外地打工，我们只见到他的父亲、母亲和祖母。当时我们就被他家的房子“震撼”了，整个房子歪斜着，屋顶的瓦塌了一小半，晴天漏光、雨天漏雨，只好用蓝色的塑料布搭盖着；墙是用木条、竹竿、芦苇混合围并，再用牛粪黏合而成，也是到处漏风漏光。

他家是我们头儿的联系户。看到这种情况，登记完手册之后，头儿悄悄拿出 500 元钱递给了他母亲。

后来，头儿联系了王金刚几次，动员他申请危房改造指标，经过反复做工作，他同意并回到了村里。拿到危房改造资金后，王金刚跟朋友借了几万元钱，加上自己打工几年积攒的钱，足够建房子了，不幸的是他的父亲这时疾病发作过世了。王金刚按照习俗为父亲办理了后事，花掉几万元钱，建房子的资金又有了缺口。

他说：“最后一次为父亲尽孝，应该的。建房子的钱另外再找。”

办完丧事，王金刚转身又去了广东。

半年之后，王金刚回来了，也基本筹够了建房子的钱，同时还带回了一个女朋友。在寨子里村民的帮助下，王金刚用了不到两个月，就建好了一栋水泥砖混结构的平房，厨房和卫生间另外搭建在主屋的旁边。新建好的房子，有着金黄色的合金大门、透亮的玻璃窗子、花青色的地砖、白色的罗马柱楼梯扶手，这些素雅而简单的装修，让这个贫困户家庭的房子在寨子里显得亮丽宽敞。

房子建好后，县里广电部门安排工作人员到他家里，帮助他家安装了电视网络，配了电视，通了无线网络。

王金刚家里还得到补助建起了一座水池，用水问题彻底解决。这时村里的电网改造也全部完成了，王金刚家和其他村民一样，都能正常用电了。

王金刚说："等有钱了再加建一层半，把房子建成真正的新农村小别墅。"

2019 年春节期间，我们都接到了王金刚进新房及结婚的请帖，虽然年底事务繁多，我们几个人还是去参加了他的婚礼。

隆林被誉为"活的少数民族博物馆"，这里的各民族群众能歌善舞，传统文化底蕴深厚，非物质文化遗产五彩缤纷，各民族服饰丰富靓丽，他们的服饰被赞誉为"花一样的民族服饰"。

其中，苗族文化较为典型，群众普遍能歌善舞，芦笙、月琴、山歌都信手拈来，每年都会举行声势浩大的"跳坡节"传统文化活动，万人空巷；服饰靓丽多样，纺织、蜡染、刺绣等传统工艺传承久远；特色美食如羊瘪汤、辣椒骨、腊肉、苞谷酒等声名远播。

当我们走进村里时，爆竹声不断，王金刚家张灯结彩，屋子里和院子里摆满了丰盛宴席。宾客们靓装艳服，欢笑不断，到处一派热闹景象。

这时候，身着五彩苗族服饰的姑娘和小伙开始吹响芦笙，踏起舞步，弹奏月琴，唱起苗歌。笙琴和鸣，轮番演绎祝贺婚礼和进新房的曲子；青年男女对唱山歌，共贺大喜日子；村里男女老少欢欣鼓舞，喜笑颜开。新婚的王金刚夫妇和他的妈妈都穿着艳丽的苗族服装，脸上洋溢着幸福的笑容，欢乐喜庆充满了整个小山村。

所有亲朋好友围坐在一起，长桌上摆满了丰盛的农家菜肴，苗家特色菜羊瘪汤和辣椒骨的香味让人垂涎欲滴，还有那醇厚酣甜且幽香四溢的自酿苞谷酒，让大家都沉醉在苗家村庄的喜事里。祝福歌、敬酒歌此起彼伏，大家一起分享王金刚新婚的快乐，一起庆贺脱贫后迁居新房的喜悦，一起感受村子变得宽敞、亮丽、干净的舒适惬意。

大家沉浸在欢乐的气氛中，相互敬酒、对歌、祝福……

我们陶醉在一曲曲美妙芦笙中，见证了脱贫后苗族青年男女的特色婚礼和进新居典礼。

满园春色

脱贫攻坚路，虽艰辛难走，但成效显著，收获了满园春色。

这是一场声势浩大的战役，几乎是举全社会的人力物力来攻坚，极大改善了民生，极大改善了农村的基础设施，改造了群众的住房，改善了农村生态和环境卫生，推动了贫困村产业经济和村集体经济的发展。脱贫攻坚成效显著，功德无量，利在千秋。

江南和竹林这两个小小的村寨，与县里其他情况相似的村寨一样，经过全县上下的统筹努力，经过县、乡、村三级干部和粤桂协作项目的帮扶，变得美丽而富有诗意。绿意盈盈的山林树木、平坦结实的通屯水泥路、四通八达的农村电网、亮丽宽敞的小洋楼以及群众喜笑颜开的面容，无不让我们帮扶干部感到欣慰。

我们现在下乡开展工作，所到之处，水泥道路连通，交通非常便利。满眼见到的都是绿树青山，山间溪水、沟谷小河透亮、干净、清澈。村庄房屋掩映在绿树秀竹和花草丛中，空气清新，环境净美。间或传来的鸡鸣狗叫牛哞，让人觉得温馨又闲适。

走进村庄，遇见村民，不论男女老少，脸上都洋溢着笑容，村庄充满着温馨的氛围。

晚上，双能源路灯映照着各个村子，远看犹如一个明亮静谧的世界，如梦似幻。置身其中，沐浴在村庄温暖的灯光里，让人感到特别舒适和惬意。

经过几年扶贫，农村产业不断发展，经济逐渐向好，群众餐桌上的食物日渐丰盛，家用电器齐全，电动车、摩托车、轿车、农用车走进各家各户，群众出行及货运客运都非常方便。村子里，孤残老幼各有保障，医疗卫生、教育培训、文体娱乐等设施设备一应俱全。可以肯定地说，几年的扶贫工作，让农村有了天翻地覆的改变。

温暖数据

这五年，隆林一串串的脱贫攻坚数据，不是冰冷、无意义的，而是有温度、有重量的。这些数据记录了脱贫攻坚相关内容要求，记录了项目指标的出台、实施、验收过程，见证了脱贫攻坚一步步向前的踏痕印迹，证实了一个个目标任务的落实完成，记录着一户一户群众、一个一个乡镇村屯的脱贫摘帽，代表着全县脱贫攻坚取得的一个个成绩，展现出扶贫工作者和广大干部群众决战贫困的精神风貌。

数据既是现实要求，也是目标任务，更体现理想和追求。

（一）数据是决策，是方向，是措施

2016—2020 年，县里出台各类脱贫攻坚指导性文件约 290 份，年均

50 多份，表明了政策的不断完善，工作方法的灵活多样，有针对性、有实效性。

2016 年：确定“12345”工作方法，即确定一个全县脱贫攻坚主题，明确两个目标，完成三个任务，突出四个着力点，强化五个责任，同时开展“七个一批”“十大行动”和“十个到村到户”行动。

2017 年：重点做好“四篇文章”，即基础设施建设、产业扶贫、易地扶贫搬迁、村集体经济。

2018 年：强力推进结对帮扶工作，完善监督考核机制，加强贫困人口技能培训，激发群众脱贫内生动力，不断提高群众对脱贫工作的满意度。

2019 年：进一步夯实精准扶贫基础，完善脱贫攻坚政策体系，全面落实脱贫攻坚责任，强力推动脱贫攻坚各项政策措施精准落地，确保在产业扶贫、就业扶贫、健康扶贫、教育扶贫、金融扶贫、危房改造、贫困村基础设施建设和壮大发展贫困村集体经济等方面取得新成效，在扶贫责任落实、扶贫资金监管、两项制度衔接、社会力量参与、激发内生动力等方面取得新进展。

2020 年：聚焦全面建成小康社会、实现“十三五”胜利收官的总要求，奋力实现第一个一百年奋斗目标，全面贯彻自治区党委、市委各项决策部署。严格按照中央“两不愁三保障”的总要求，聚焦整县摘帽“九有一低于”指标，用足用活极度贫困县扶持政策，补短板、强基础，坚决打赢脱贫攻坚收官战，如期实现整县脱贫摘帽。打赢“四大战役”：义务教育保障战役、住房安全保障战役、基本医疗保障战役、饮水安全保障战役；打好“六场硬仗”：项目建设硬仗、易地扶贫搬迁硬仗、内生动力硬仗、产业扶贫硬仗、集体经济硬仗、就业扶贫硬仗。巩固拓展脱贫成果，保持政策稳定和工作连续性，强化低保等政策性保障兜底，做好返贫人口和新发生贫困人口监测和帮扶，推动脱贫攻坚政策体系和乡村振兴战略有效衔接。

这些指导性文件内容详尽、细致、周到，方法措施得当、适宜、到位，显示了隆林脱贫攻坚政策的力度、广度和厚度。

（二）数据是信心，是决心，是战斗力

人力不断加强。

从 2016 年开始，全县共安排 6983 名县乡干部结对帮扶 18 953 户贫困户、联系 12 972 名贫困学生，实现 88 个贫困村党组织第一书记、扶贫工作队全覆盖。

2017 年选派 472 名脱贫攻坚工作队队员、7151 名结对帮扶干部，脱贫攻坚合力进一步增强。

资金逐步加码。

2016 年：投入各类扶贫资金 12.58 亿元，整合涉农扶贫资金 2246.70 万元，向中国农业发展银行融资 7.10 亿元。

2017 年：整合投入各类扶贫资金 26.24 亿元。

2018 年：筹集资金 7.66 亿元用于脱贫攻坚，落实东西部扶贫协作资金 3000 万元。

2019 年：整合投入资金 8.39 亿元。

2020 年：整合资金 20 亿元。

（三）数据是收获，是成果，是决战成效

2016 年：实现 2595 户 11 457 人脱贫、14 个贫困村脱贫出列，贫困发生率由 23.57% 下降到 21.09%，打赢了脱贫攻坚第一仗。

2017 年：全县 14 个贫困村脱贫出列，16 215 人脱贫摘帽，贫困发生率由 2016 年的 21.09% 下降到 2017 年年底的 16.24%，脱贫攻坚再传捷报。

2018 年：全县实现 33 个贫困村 5973 户 26 752 人脱贫出列，贫困发生率首次降至个位数（8.41%），脱贫攻坚工作取得历史性突破。

2019 年：代表自治区接受精准脱贫国家第三方评估，完成自治区年度脱贫攻坚“四合一”核验工作任务，实现 25 个贫困村出列、25 360 人脱贫，贫困发生率降至 2.01%。

2020 年：完成中央“两不愁三保障”的总要求，打赢脱贫攻坚收官战，如期实现整县脱贫摘帽。

以上各个年度的种种数据，是温暖而有重量的，它们充分展示了隆林五年来所做的种种努力。隆林人坚决咬定目标，精准施策，递进发展，不断取得新的进展，最终完成全面脱贫攻坚目标任务，顺利实现脱贫摘帽。

对于曾经极度贫困的隆林各族自治县来说，上面一系列数据的变化，有沉重，有艰难，有喜乐，更有温度。

隆林脱贫攻坚的数据变化，正如一首动听乐曲里跳动的音符，让人感到舒心而安然，美妙又温暖。

追梦伟绩

隆林有一群追梦人，他们有梦想，并敢于追逐梦想，他们不惧风霜雪雨，披星戴月、历尽艰辛，为的是实现民生幸福的梦想。他们让人感动，让人敬佩，历史会记得他们为改善隆林民生、消除贫困、实现共同富裕所付出的努力。

领头雁，带着群雁，翱翔长空，飞过岁月，追逐梦想，潇洒秀美。多年来，隆林历届党政班子连续奋战，决战脱贫攻坚，立志不获全胜不收兵。运筹帷幄，精准施策，协调上下，调度各方，申报项目，筹措资金，调研督查，指挥若定，稳扎稳打，步步为营，成果不断——他们为脱贫攻坚、改善民生耗尽心力。

帮扶干部，是扶贫开发、脱贫攻坚的中坚力量。近 10 年来，在自治县党委、政府的坚强领导下，全县干部职工、教师、医务工作者都联系有帮扶对象 3~5 户，分散在不同的乡镇村屯。他们除了要完成好本单位的业务工作，还要定期安排时间下到乡镇村屯，帮助联系户填写资料，商量研究确定脱贫路子，申请各项保障、补贴和帮扶资金，还要指导产业发展、引导劳务输出、测算经济收入，凡是涉农扶贫的工作，无所遗漏。不论刮风下雨，还是酷暑寒冬，帮扶干部们都能克服工作、家庭、生活、身体的诸多困难与不便，积极投身到脱贫攻坚工作中。他们的身影遍布乡镇村屯，脚步踏遍隆林的大道小路，他们的工作痕迹留在了脱贫攻坚的每个角落。

乡镇村屯干部、驻村工作队队员，是最基层的脱贫攻坚工作者，在最艰苦的环境中，做着最基础、最辛苦的工作。他们克服了无数的艰难困苦，走遍村寨的山山水水、家家户户；他们乐观、坚持，完成大大小小的工作任务，与群众打成一片，共同完成脱贫攻坚的总目标。

隆林这些追梦人，为在2020年实现“两个确保”[1]目标任务，经年累月，用心用力，恪尽职守，吃苦受累，历经艰辛，熬白了鬓发，累弯了腰杆，流汗流血，甚至付出生命的代价。在脱贫攻坚战役中，涌现了很多可歌可泣的扶贫英雄，他们是新时代农村发展进程中最有功劳的人，也是最值得尊重和学习的人。

追梦人留下坚实的足印，以难能可贵的精神，以丰硕的决战成果，树起了脱贫攻坚胜利的历史丰碑！

---

1 “两个确保”：确保农村贫困人口实现脱贫，确保贫困县全部脱贫摘帽。

为了人民的生活更幸福

——记隆林脱贫攻坚基础设施会战

王彩琴

隆林是全国仅有的两个各族自治县之一，也是百色革命老区唯一的少数民族自治县，更是广西极度贫困县和国定深度贫困县。隆林下辖 16 个乡镇 179 个行政村（社区），境内聚居苗、彝、仡佬、壮、汉 5 个民族，全县总人口 42 万余人，其中少数民族占 80% 以上，是真正多民族聚居的区域自治县，集老、少、边、山、穷、库等复杂综合因素于一体。

习近平总书记强调，全面建成小康社会，最突出的短板在“三农”。农村基础设施不足、公共服务落后是农民群众反映最强烈的民生问题，也是城乡发展不平衡、农村发展不充分最直观的体现。

自治区党委书记鹿心社表示：要把“两不愁三保障”作为打赢脱贫攻坚战的底线任务和标志性指标，在切实做到贫困群众不愁吃、不愁穿的基础上，集中力量打好“四大战役”。

隆林县委书记张启胜指出：在全县脱贫攻坚的决胜时刻，各级各部门要认清形势，不松劲、不懈怠，集中力量，攻坚克难，全面补齐饮水、住房、电、路、通信设施薄弱短板，坚决打赢以“四大战役”为主线的各攻坚保障战。围绕户户通安全饮水、住房安全、通电、通路、通网络等目标，全面排查，找清找准问题短板，确保如期高质量完成全县脱贫攻坚任务。

一、民以食为天，食以水为先

饮食饮食，先饮而后食。

据统计，人不吃食物，生命大概可维持 20 天，但如果不喝水，则最多只能维持 7 天。人体约 70% 是由水组成的，当人体失去 6% 的水分时，就会出现口渴、发烧等症状；当失去 10% ~ 20% 的水分时，则会昏厥、脱水甚至死亡。水，是人体内各营养物质输导的重要介质，它对人类生存的重要性不言而喻。

农村饮水安全工程是民心所向。我国政府历来高度重视解决农村饮水安全问题。2014 年，中国科学院在对农村饮水安全工程实施情况进行第三方评估时认为：近年来，我国实施农村饮水安全工程建设，数以亿计的农村居民从中受益，是国家许多重大惠民工程中最受欢迎的，被誉为“德政和民心工程”。“十二五”期间，我国农村饮水安全问题基本解决；“十三五”期间，中国农村集中供水率达到 85% 以上，自来水普及率达到 80% 以上，水质达标率整体有较大提高，千吨万人以上供水工程供水保证率不低于 95%，小型工程供水保证率不低于 90%，城镇自来水管网覆盖行政村的比例达到 33%。

农村安全饮水的标准包括水量、水质、用水方便程度、供水保证率四个指标，全部达标才能评定为“饮水安全”。一是水量，每人每天可获取的水量不低于 35 升；二是水质，感官性状良好，无色无味，水体清洁干净；三是用水方便程度，人力取水往返时间不超过 20 分钟，水平距离不超过 800 米，垂直距离不超过 80 米；四是供水保证率，要不低于 90%，即一年中获得少于 35 升水量的天数不超过 37 天。

农村饮水安全工程是保障群众身体健康、加快农村经济发展、提高生活水平、全面建成小康社会的一项重要基础性工作，亦是隆林精准脱贫攻坚的主要任务之一。

“十二五”期间，隆林累计投资 1.71 亿元，建成农村饮水安全工程 757 处，总供水规模 1.98 万立方米 / 天，解决农村 18.24 万困难人口饮水问题，改善农村 11.36 万人饮水条件，全县饮水难题基本解决。“十三五”期间，隆林以解决 97 个贫困村贫困人口饮水安全问题为重点，同时兼顾 78 个非贫困村中贫困人口的饮水困难和不安全问题，规划建设 1093 处农村饮水安全巩固提升工程，计划总投资 3.38 亿元，覆盖全县 16 个乡镇 20.15 万农村人口，含 7.80 万贫困人口。2020 年 2 月，隆林共完成饮水安全巩固提升工程 930 处，投资 2.56 亿元；预追加投资约 4300 万元补充新建改造提升项目 118 处，覆盖 97 个贫困村，预计总受益人口约 20.63 万，其中贫困人口 5.98 万。全县各地都在全力攻坚安全饮水难题，其中天生桥镇 2018—2020 年完成新增家庭水柜 283 座，重点完成播存村饮水工程一处，解决 750 户 3360 人的饮水难题；隆或镇完成集中供水工程 11 个，总投资 364 万元，解决 8 个村 536 户 2635 人的饮水问题，其中贫困户 101 户 516 人；其他共新增家庭水柜 277 座，总投资 609.40 万元，涉及人口 1152 人，其中包括贫困群众 127 人。

“现在国家的‘饮水工程’真好！有家庭水柜，还有集中供水，水管到家，我们也能像城里人一样用上干净的自来水！”桠杈镇忠义村朝门队耿仲详不无感慨地说。2016年之前，那里的群众吃水多靠人挑马驮，要爬坡过坎，到几百米甚至几公里外的地方取水。因缺水，那里一直沿用一水三用，甚至是多用的习惯，用水之节俭，极为罕见。

德峨镇水井村龙吓屯的罗毕济说：“要是没有国家给的这些供水项目，我们人挑马驮水的痛苦经历永远都不会结束。”之前，水源离家远，缺水的时候，寨子里的人就必须去水源处找水，找到水之后再叫人爬下去提上来背回家。猪场乡那伟村村主任欧阳天原说：“2016 年前，我们户户群众都是要到那伟大寨子水沟挑水的。担水上坡，30 分钟一趟。”如今各家有了家庭水柜和集中供水设施，拧开水龙头就有干净的水用。这与地头上的水柜有所不同，因有盖板保护和池子过滤，水不会被灰尘或其他杂质污染，也不会生出青苔和虫子，是真正干净的养命水。

用上干净、卫生的水，是人们最为迫切的需要，革步、金钟山、天生桥等库区乡镇的群众深有体会。革步乡小学的王大勇在谈及从前的饮水时有些皱眉。在实施供水巩固提升项目之前，该地水质不好，有不同程度的浑浊，加上此前该库面养鱼网箱尚未清理，饮水便总会带有饲料和鱼腥味，且通过物理沉淀无法改变。直到 2017 年，隆林农村安全饮水巩固提升工程和网箱清理同步完成，才从根本上解决了库区饮水难题。“现在水质好了，”王大勇笑着说，“可以放心使用，太好了！”

二、使者送光明，霓虹驻心间

各地农村用不上电、用电难、用电贵、用电不方便等问题一直存在并突出。改造农村电网、改革农电管理、实现城乡同网同价，是民心所向，是民愿所在，是切实降低农村电价和减轻农民负担的重要举措，是提高农民生活水平和开拓农村市场、繁荣农村经济的重要保障。

“十三五”期间，隆林完成电力行业扶贫网改项目共 969 个，涉及 97 个贫困村。其中，2020 年完成 18 个贫困村 47 个扶贫电网改造任务，标志着隆林扶贫电网改造项目的全面收官。当前，隆林电力基本满足“一乡一站”的要求，并形成坚强的高压网络；农户全部接通生活电，所有贫困村均通动力电；3 个易地扶贫搬迁安置点的配套供电线路延伸工作和 63 个精准识别扶贫产业用电项目全面完成；落实免费电政策，动态开展低保、五保户等困难户的免费电核查工作，完成免费电办理 8988 户；持续开展低电压台区排查及整改443个，全面消除了隆林配变首端低电压和180伏以下客户低电压等问题。

经过升级改造，隆林群众的用电获得感显著提升，农村网架薄弱、变压器重过载、用电难、用电贵、同网不同价等问题得到全面解决，群众生产生活用电得到极大改善。

（一）小康路上送光明

岑溪，隆林供电局项目管理中心经理，主要负责全县的电网建设任务。其本人及其带领的24人团队，多年来曾多次获得区、市电力行业多项荣誉。2019年，他带领团队逢山开路，遇水搭桥，攻克难关，使隆林农村电网建设提速，481项中央投资农村电网项目提前30天完成并投产，被誉为当地小康路上送光明的小达人。

隆或镇滴岩村马帮在队长廖帮华的带领下，长期在黑龙江、福建等省从事驮运施工材料的工作。2015年7月，当得知家乡的电网建设正在开展，却愁着不知如何解决材料的运输问题时，他便主动请缨带队回到家乡要求“参战”。隆林介廷送变电工程项目线路总长22.09千米，需架设高压铁塔72个，其中55个塔区共800多方的砂石料全靠马帮运送。40多个台区有8个不通路，也靠马帮驮运材料。马帮助力电网改造的事迹在当地广为传颂。

据天生桥供电所党支部书记韦达桢介绍，隆林是全市第4个将电网上划南方电网统一管理的县。2015年，在二次网改之前，几个村共用一个变压器，电损费用高达2～3元/度。之后，南方电网接管，直管到农家各户电表，费用比之前降低了一半以上。

电力人李廷新讲到，目前基础电已通达隆或镇所有村屯。未网改升级前，这里每年须经常停电修整。网改后，增大了线路，电负荷变小，停电的情况变得极为少有。网改之前的电压很不稳定，尤其是在极端灾害或恶劣天气影响下，很容易发生大面积停电。隆或镇马卡和龙家郎丫口段线路，每年冬季都会因霜雪压迫导致供电中断。2017 年，曾有过一次极为严重的覆冰故障，须人工爬电杆做敲冰处理，电杆又冷又滑，上去的人随时都有掉落的危险。网改后，技术和设备一并更新，情况好转。现新线路都配有自动除冰设备，发现结冰现象，打开设备即可实现整条线路的自动融冰化处理，无须高空作业，大大减少了电力工人的伤亡，提升了农村群众用电的满意度。

网改前的德峨镇常么村龙那配变低压电杆全部使用自制木杆，低压线路最长供电半径达 2130 米，低压线路末端电压仅为 98 伏，大部分村民只能使用电压等级为 110 伏的灯来勉强照明。因低压导线腐蚀老化严重，且存在迂回供电现象，当地平均电费为每度 1.8 元，甚至有高达每度 2.5 元的，村民的用电负担非常重。2016 年 6 月，龙那 4 个屯台区的电网改造升级工程顺利接火，电费一下降到了 5 角多一度，一直困扰群众的用电难、用电贵问题得到彻底解决。另一边，桠杈镇忠义村朝门队的耿仲详也是电网改造的受益人和见证人。他说:“电改好，不仅用电实惠、方便了，而且夜里家家户户的灯都亮堂堂的同白天一样，电压足，想用什么电器都可以！”

农村电网改造升级后，隆林老百姓家里冰箱、洗衣机等现代家电一应俱全；用电取代木柴做饭取暖，干净省时又省力；入夜的农村灯火璀璨，群众的生活有了大转变！

（二）不落一户，不丢一人

岩茶乡者艾村论洋屯黄显清家共五口人，是 2020 年的脱贫户。夫妇俩年过六旬，其子离异外出未归，留下两个孩子由他们照看。该户 2016

年在离寨子几公里远的地方建危改房，由于独户一直没能接上生活用电，靠自购的一台小型发电机来解决照明问题。乡里得知后，经与县供电部门协调，于 2019 年年底投入约 13 万元为该户接通了生活专电，彻底解决其用电难题。

者保乡巴内村者险屯的姜亚标情况类似。其一家四口人，此前照明用的是 4 年前自己买来的 3 盏太阳能灯。当地党委、政府协调供电部门，投入约 30 万元为该户拉通 2~3 公里长的专线，最终解决了该户的用电难题。姜亚标说："独居深山多年，党委、政府都没把我们忘记，还花那么多钱把电拉通给我们用，真是高兴，太感谢了！"

各级党委、政府以实际行动为群众解决困扰多年的用电难题，彰显着"光明路上不落一户、不丢一人"的决心。

三、曲径通幽，沟壑变通途

"出门行路难，富贵安可期"，戴叔伦的《行路难》道出了现代人"要致富先修路"的心声。

公路无论何时都是各地经济发展的动脉。通乡、村公路的提级改造更是对农村经济的发展、转变具有无可替代的作用。落后的道路网使得农村居民的生活条件未能随着经济的发展而得到同步改善，农村自给自足的消费环境没有得到根本改变。农民"难买难卖"的一个客观原因就是出门难。打好农村公路提级改造攻坚战，打通行路难"最后一公里"，是助力乡村同步小康和加速度前进的关键。

"十一五""十二五"期间，隆林分别获得资金投入 3.4 亿元、4.7 亿元，实施完成了 335 公里的通乡镇柏油路和 33 公里县乡联网路、175

个行政村 986 公里的通村水泥路，全面实现全县各乡镇的柏油路通达和全部建制村通水泥硬化路的目标。“十三五”期间，全县乡镇主干公路提级改造，从根本上改善了农村公路通行条件：2017 年，已完成通乡镇主干公路提级改建柏油路合计 551 公里；2019 年年底，自治区交通运输厅认定隆林农村公路总里程为 208 条 1705.87 公里，其中县道 12 条 458.78 公里，乡道 15 条 139.82 公里，村道 181 条 1107.27 公里；公路桥梁 83 座 2441.88 延米。项目覆盖全县 179 个行政村（社区）。畅通后的农村道路网，让山里山外的人和商品加速流动和通行。

石山的行路有多难，龙吓屯的罗毕济给出了答案。2011 年前该寨未通公路，群众的行路难生动体现在他们每次赶集时必走的那条小路上。该路陡峭异常，人走在上面，几乎要像猴子爬树那样——躬身屈膝，额头贴地，手脚并用，要使出全身力气攀在石头上才行。但这不是最难的，难的是寨子里的农户一年到头好不容易养大几头猪来换钱，出栏时，自家人根本就抬不到外面去卖，需要全寨子的青年来帮忙。每一户至少需要 3 天才能将猪运出去，全寨 20 户，要 2 个月。2011 年，寨子修通了砂石路，当地人的出行才算结束了“猴子爬山”的窘境。2017 年，寨子铺成了更为坚实的水泥路。不仅村里人出行方便，同时也方便外边的商人进到寨子来交换商品。光洁的公路上，不时能看到有人沿路叫卖。车上载满了要销售的大米、青菜、水果，或是收购到的药材、牲畜等山里货。销售商品的车子刚到寨子便吸引了不少人前来。这给行动不便、留守在家的老人和孩童甚至是在家发展生产的青壮年带来了极大的便利。罗毕济说：“不用背着背篓去赶集，在家门口就能买到想要的东西，这在以前哪里敢想？”罗毕济和儿子罗秀济计划再过几年，就给家里添置一辆小汽车，以后出门再也不怕风吹雨淋。

在金钟山乡，笔者生平第一次体验到了泥山的行路难。下雨时，为了防滑，那里的群众都会用铁链把摩托车的两个轮子绑起来，还要把车子的挡沙盖拆卸下来，以防止车轮被稀泥卡住走不动路。

“未解决的行路难，让老百姓日常出行十分不便。”蛇场乡乐香村包村工作组成员蒋东洋说。该村乐烘屯离村部约 2 公里，2016 年包村工作刚开始时，他们坐车到该屯后需再爬 1 小时的山路才能到达乐香村村部。2018 年某日，下着雨，该乡中学教师彭正千在前往该屯扶贫的路上滑倒致脚骨折，休养半年有余才康复。2019 年前，由于路不通，该屯的 18 户人家还都是住危房，但路一通，不到半年时间，家家户户的危房便全都改造一新。最让人遗憾的是，2017 年时，曾有一位广州老板要到蛇场乡蛇场村投资兴建蔬菜厂，但实地考察后因交通不便作罢，乡里便因此错失一次良好的招商机会。

桠权镇忠义村朝门队的耿仲详说：“寨子上有水泥路通进来，进出寨子方便了。10 年前，出行全靠走路，现在赶集有摩托车代步。2010 年刚通砂石路时，忠义村便有 20% 的人家买了摩托车。近年水泥路一通，家家户户都有摩托车，多的还有好几辆；30% 左右的家庭则买了小汽车，现代汽车进出院子，真是大开了眼界！”金钟山乡坡西屯一位 80 岁高龄的老人也对着乡里的干部说道：“还以为我这辈子见不到有水泥路通到家门口了呢，可算是见着了！”

如今，蛇场乡在建的通乡二级路有 50 公里长的德峨—岩茶（弄金）公路，以及 28 公里长的新民—弄金公路。通乡、村公路的提级改造攻坚项目全面开花，极大地弥补了隆林农村道路建设的短板。

四、居有定所，风雨不动安如山

住建部在《农村危房改造政策问答汇编》中说明：“农村危房改造是

党中央、国务院为改善民生、加快城乡一体化进程做出的一项重大决策，是改善农村人居环境的德政工程，是扩大内需促进经济增长的惠民工程，也是保持社会稳定、密切党群关系的民生工程。”

据隆林住建局郭珍杰介绍，目前隆林县共有农村住户约 88 220 户，2009 年以来农村危房改造项目惠及农村住房 28 397 户，占比 32.19%。“十三五”期间，全县建档立卡贫困户 27 546 户，脱贫攻坚期间有 5924 户通过农村危房改造项目解决了住房问题，占比 21.51%；易地搬迁解决住房 4226 户，占比 15.34%；自建房 17 337 户，占比 62.94%；租借户 59 户，占比 0.21%。

其中隆或镇共有 6900 户约 3.1 万人口，完成危改房 656 座；德峨镇完成 639 座；新州镇累计改造 601 座；岩茶乡完成 500 余座。

金钟山乡楼房屯的戴恒光是 2016 年危改户，回想起通村公路和危改项目完成之前家乡的样子，他打趣地说：“那些年，我们屯虽名为‘楼房’，但寨子里几十户人家却户户住的是木瓦危房，不见一处高楼。”“现在家家都是二层以上小洋楼，高的四五层楼也有，国家的好政策帮了大忙。”戴恒光高兴地描绘。

德峨镇水井村龙吓屯的罗毕济，一家有六口人。2015 年得到危改指标，现如今住在 3 层 200 多平方米宽敞明亮的小洋楼里，与之前一家人挤在 90 平方米不到的木瓦危房里相比，简直是天差地别。

隆或镇沙保村三角山屯的安小明属典型的无能力建房五保户，60 多岁，智力残疾，无劳动能力，是 2018 年危改户。此前，他或借住在其侄子安华科家里，或一人独居在旧危瓦房里。镇政府委托其侄子安华科代拆代建了一间 60 平方米的平房，如今安小明也终于有了属于自己的新家。

隆或镇八峰村那乐屯贾国召，2015 年危改户。危改完成后，得到补助 2 万多元。对此，他心怀感恩，便用大红纸亲手写上“党德如阳光扶贫治困造福万民，国恩似雨露改危建新温暖大众——感谢政府”的对联并贴在了自家新房的大门上。

隆或镇工作人员王高欣慰地说道:“通过实施农村危房改造，有效地改善了农村的人居条件。贫困群众拥有安全稳固的房子，再也不用为突发的自然灾害担惊受怕，生命财产安全得到有效保障，十分有意义。”

都说“金杯银杯不如群众的好口碑”，党和政府为群众做实事、办好事，老百姓看在眼里，记在心里。贾国召家门口贴的那副写着“感谢政府”的对联，便是老百姓感恩党和国家的惠民政策最质朴也最真实的情感表达。隆林以挂牌督战的形式攻坚住房难题，让全县危房户都加快完成了改造，让困难群众居有定所、住无漏室，帮助成千上万的农村困难群众真正地实现了安居梦想!

五、天涯变咫尺，城乡一线牵

古代常用的通信方式有击鼓传信、鸿雁传书、鱼传尺素、灯塔指航等，而现代人的通信早已与极速便捷的移动智能网络息息相关——“天涯若比邻”已成为现实。

截至 2020 年，隆林 179 个行政村已实现了网络通信服务全覆盖。现代通信助力乡村脱贫有了成效。

隆林移动分公司于 2018—2019 年共在隆林完成第一期 174 个站点的新建任务并开通使用；2020 年上半年二期 70 个“电普”基站也已完成建设并开通。如今，隆林共有移动基站物理站点 589 个，逻辑站点 973 个。两期站点的完成，较大程度上缓解了当地农村移动信号网络的覆盖难题。截至 2020 年 5 月，移动宽带网络建设已覆盖全县 126 个行政村，贫困村移动宽带覆盖率达67%。同时，该公司也在加快推进“隆林农村4G网络广覆盖”和“县城区域5G智慧生活打造”等项目，并从2018年7月起，多次开展“中国移动扶贫爱心卡赠送”活动。该公司共向贫困户赠出约950万元[1]通信费，惠及19 801户贫困户，同时免费为贫困户提供宽带接入服务；还为隆林脱贫攻坚创新搭建“中国移动精准扶贫MAS云平台”，将各种扶贫信息、政策及时推送到贫困户和帮扶干部手中，让脱贫攻坚的通信速率大幅提升。这种以信息化方式助力脱贫攻坚的举措，在广西尚属首例。

隆林电信分公司“十三五”以来积极参与扶贫村屯网络资源建设，投入4000万余元，启动2019年百色普遍服务项目，于2020年6月完成101个4G基站的建设，共覆盖目标村屯295个，使全县电信覆盖率提升14.3个百分点；完成贫困村屯光纤网络建设项目，总投资589万元，覆盖2019年脱贫村45个；累计提供端口4880个，完成183个自然村屯宽带和电视资源覆盖，切实解决了隆林基础通信资源薄弱的问题，为全县脱贫攻坚摘帽助力。

隆林广电融合媒体云平台实现全覆盖：140个行政村实现广电光纤联网，完成率100%；“村村通户户用”数量为2700户，完成光缆总建设827公里；配套完成7个服务站、1个乡镇机房的基础设施建设；发展“广电云”用户2231户，完成率82.63%。该公司同时还将易地扶贫搬迁安置地鹤城新区作为扶贫重点，至2019年年底共为政府兜底购买一年服务费的住户免费发放广电网络机顶盒1321台，并全部完成安装入户。

通信网络提升了农村医疗报销工作效率。隆林各乡镇驻地、各村屯都实现了移动、电信、广电等网络覆盖。金钟山乡卫生院院长常志珍说，自

1　950万元指的是赠送价值38元/月的爱心月租卡和通信费给每个贫困户，连续赠送12个月。

打乡里通了网络，卫生院的医疗报销业务变得快捷很多，可以统一使用移动 POS 机帮助贫困户办理业务，并利用其优势为困难群众开展上门服务等。通信的通畅，让各地医疗报销业务实现了一站式服务，不仅卫生院的工作效率提高了，也为群众提供了便利。

消除弱信号，沟通无阻碍。猪场乡那伟村的欧阳天原终于用上了稳定的信号。此前，当地信号弱，凡接打电话都要跑到山上 1 公里外的地方。如今，各地通信信号得到了加强和升级，群众再也不用追着信号跑。龙吓屯罗毕济家里也刚拉通了网络，现四口人就有 4 部手机，全通移动、电信网络和 Wi - Fi。同时，2020 年家里拉通了广电电视网络，能接收到好几十个台的节目，罗毕济的生活和眼界正因现代通信网络的发达，一下变得丰富又开阔起来。

蛇场乡蒋东洋高兴地说，现几家公司的通信网络都覆盖、畅通了，各村都设有邮乐购和淘宝等电商网点，方便群众线上销售农产品和进行网上消费。该乡乐香村同立屯于 2020 年 3 月也安装好了信号塔，现干部下到该屯开展工作再也不会发生因无信号而失联的状况。

隆林以“力拔山兮气盖世”之势，打响农村水、电、路、房、网等基础设施战役，又以“补短板，强基础”之力，全面解决了全县安全饮水、安全住房、行路、用电、通信等各项保障难题，最终结成硕果，打通了民心“最后一公里”，让人民收获了幸福。所谓“织箩要收口，编筐要收边”，在脱贫攻坚最后胜利时刻到来之际，人民共赴幸福小康之路之时，全县 40 多万民众，亦与全国人民一道，载歌载舞，庆之，贺之！

夜郎圆梦扶贫路

覃世衡

路漫漫其修远兮，吾将上下而求索。

——屈原《离骚》

“夜郎自大”，这个成语在中国流传了两千多年。当年，地处蛮荒之地的夜郎国国王向汉朝使者发问：“汉孰与我大？”结果，他的这句话成了世人的笑柄流传至今。

据《后汉书》记载，战国时期的夜郎“东接交趾，西有滇国，北有邛都国”，而隆林，便在这其中。夜郎国是西南地区少数民族建立起来的一个国家，这里交通闭塞，经济落后，老百姓为了生活苦苦挣扎。

战国时夜郎百姓生活艰苦，但现如今的隆林，情况却已大不相同。改革开放以来，隆林各族人民在县党委、政府的领导下，打响一次又一次的水、电、路和危房改造的战役，农村的基础设施得到了根本的改善，群众的生活发生了翻天覆地的变化。“十二五”期间，隆林大力加强基础设施建设，共实施完成屯级道路建设 193 条 500.33 公里，其中砂石路 152 条 432.81 公里，道路硬化 41 条 67.52 公里，总投资 6614 万元，17 334 户 35 084 人受益。全县社会、经济得到了全面的发展，农村贫困面貌得到了较大改观，人民生活水平普遍提高，贫困人口逐年减少。据统计，全县人均纯收入从 2010 年的 2900 元增加到 2015 年的 5836 元；贫困人口从 2010 年年底的 215 361 人减少到 2015 年的 79 553 人。大部分农村都通了水、电、路，修建了漂亮的房子，安装了网络电视，村民用上了智能手机。

2015 年，经过精准识别，全县共识别出转入“十三五”时期贫困村 88 个，贫困户 19 006 户共 79 553 人，建档立卡贫困户劳动力人数为 46 998 人，贫困发生率高达 23.57%。隆林的贫困人口总数和比例居百色市第二，仍是百色市乃至广西脱贫攻坚的主战场之一。如何把这沉重的劳动力“数据”转化为经济优势，这是“夜郎”们必须思考、解决的问题。

穷则思变

隆林地处桂、滇、黔三省（区）交界处，位于云贵高原东南边缘，集老、少、边、山、穷于一身，相对封闭的交通条件和大石山区的地理环境，导致了隆林长期以来的经济封闭和文化隔离。截至 2015 年年底，隆林尚未通铁路，距离百色约 200 公里，距离南宁 400 多公里。在县域内的 16 个乡镇中，距离县城最远的隆或镇、介廷乡和金钟山乡都在 60 公里以上，加上境内山路崎岖，山高路险，从乡镇到县城往返一趟往往需要一天的时间。由于一些村屯不通公路——即使部分通路，也存在路况差、车速慢等问题，导致农户种植的香蕉（芭蕉）、杉木和黄牛、黑山羊等隆林特产对外运输困难、成本过高。不便的交通不但阻碍了农牧产品的销售，同时也增加了农民生产生活的成本。一些村屯的农户在盖房子时，用于运输建筑材料（砂石、砖块）的开支要高于建筑材料本身的价格，部分村屯的货物运输甚至只能靠人力和畜力来实现，效率低、成本高。

我们经常用“天无三日晴，地无三里平”来形容大石山区恶劣的生产生活条件。隆林部分乡镇（主要为德峨、桠杈、克长、天生桥、者保、隆或、蛇场）的条件有过之而无不及，地不平，又缺水，可以用“地无三分平，雨水贵如油”来形容。先说缺水问题。由于石山地区植被较少，山中缺少表流，雨水很快就会流入岩洞或溶斗中形成地下河。因此尽管降雨充沛，但在大石山区可用的水资源却非常有限，农户的生产生活用水主要靠修建水柜（水窖）蓄水。由于水柜数量有限，水资源的不足对生产生活造成了严重制约。其次是缺土少地。在大石山区，土壤是稀缺资源，农民为了获得足够的口粮需要将山谷里的泥土用背篓背上山填入石缝里，然后种上玉米，“石缝里刨食”。如果遇到干旱，连这点收成都会成为泡影。隆林人均耕地面积为1.89亩，但大多数耕地分布在石山地区，耕地质量较低。由于石漠化地区缺水，粮食种植结构主要以耐旱的玉米为主，但是单产远低于全国、全区的平均产量。2014年隆林粮食播种面积351 490亩，粮食总产量93 927 197公斤，年平均粮食亩产量为267.23公斤。而同期全国平均粮食亩产392.93公斤，广西全区平均粮食亩产357.80公斤。隆林单位面积耕地的粮食生产力仅为全国平均水平的68%，为广西平均水平的74.69%。为打好隆林脱贫攻坚这场硬仗，百色市政协副主席、隆林各族自治县委书记张启胜多次在会上强调，要举全县之力，以过硬的作风啃下脱贫攻坚的最硬“骨头”。在劳务输出方面，他和他的团队立下了“军令状”，挥起铲除穷根的“三把斧”。

措施一：科学决策　精准定位

在隆林，农民外出务工已不是什么新鲜的事了。10多年以前就有许多年轻人南下广东打工，一年就能赚上4万~5万元，多的有10万元以上。回家风风光光，足够让待在家的人羡慕不已。有的外出几年就回家建起了小洋楼，买了小车。让人奇怪的是，在外出务工人群中，贫困人口劳动力占的比例少之又少。怎样让世代居住在大石山的贫困农民走出大山闯大海，早日让钱袋子鼓起来，从而走向脱贫奔小康之路？这是隆林历届党政领导一直在探讨的问题。大家经过外出考察和实地调研，不约而同地得出了一个大胆的结论——大搞劳务输出。紧紧围绕 88 个拟脱贫村，全面开展贫困人口转移就业技能培训，加大转移就业培训力度，增加收入，实现稳定脱贫；依托县职业技术学校、社会培训机构和用人企业，在贫困村屯建立劳务培训基地；加大对人社、扶贫、妇联、农业、商务等部门培训资金的整合力度，集中投入贫困人口转移就业技能培训，到 2020 年，努力实现绝大多数贫困家庭户均 1 人取得职业资格证书或技术培训合格证书；搭建就业公共服务信息平台，实现公共就业服务网络县、乡（镇）、村三级全覆盖；引导农村贫困劳动力有序向非农产业或城镇转移，全面实施居住证制度，实现劳动就业、子女入学、升学考试、医疗卫生、住房租购、社会保障等领域“一证通”；制定优惠政策，鼓励企业参与脱贫攻坚，多措并举为贫困农民创造更多的就业岗位，帮助他们到集镇、县城各行业就业，增加收入，稳定脱贫。这一精准的定位，为隆林的脱贫攻坚注入了强大的精神动力。

说干就干，隆林脱贫攻坚指挥部灯火通明。

从 2015 年以来，隆林县委、县政府把劳务产业作为重点打造的精准脱贫产业之一，先后出台加强劳务输转工作的意见、实施转移就业工程和加强有组织劳务输转工作的意见、城乡劳动力职业培训转移就业实施方案、加快富民产业培育促进城乡居民收入倍增若干政策规定、劳务产业发展“十三五”规划等一系列文件。自治县脱贫攻坚指挥部里，张启胜书记、杨科县长坐镇指挥，副书记钟永锋、副县长黄桂华对全县脱贫人口的情况如数家珍。他们对全县的脱贫工作做到窗口前移、挂图作战、披星戴月，多少个日夜，他们坚守工作岗位，对出台的每一个意见、方案和每一次会议，都严格把关。由于贫困人口农村劳动力转移就业工作针对性强、扎实有效，

2019 年，全县累计在外务工农民 8.5 万人，劳务输出收入达到 3 亿多元。劳务输出已成为隆林增加贫困农民收入、实现再就业的重要途径之一。

措施二：夯实基础　强抓培训

"没有金刚钻，难揽瓷器活""打工先培训，出门好赚钱"。五年来，在经历了工作难找、工资不高等遭遇后，越来越多的隆林外出务工人员逐渐意识到拥有一技之长的重要性。

光靠农民单打独斗，劳务输出产业难成气候。正是基于这种考虑，"十三五"期间，隆林从用工信息收集与发布、职业技能培训、跟踪服务、管理维权等方面入手，通过行政推动、宣传发动、政策驱动、服务促动、培训带动等措施，发展壮大劳务输出产业，全面实施农民工职业技能提升计划。以县职业技术学校为主体，建立健全农民工培训基地，免费对贫困户劳动力开展订单、订岗、定向、菜单式培训，促进转移就业，增加工资性收入，加大对农民工创业扶持力度，建设农民工创业园。鼓励农民工租赁产业园区标准厂房发展第二、第三产业，支持农民工以租赁、入股、合作经营等形式，盘活利用农村集体建设用地，发展旅游业、服务业或加工业。对贫困户"两后生"开展 2 ~ 3 年职业技能学历教育，按规定给予培训补助和生活补助。注重扶持农村残疾人实用技能就业培训。建立完善职业培训、就业创业服务、劳动维权"三位一体"的工作机制，推进驻外劳务服务站和基地建设，促进农村劳动力输出有组织、求职有服务、就业有技能、创业有平台、权益有保障。深化商事制度改革，优化返乡创业登记方式，降低返乡创业门槛。加大财政支持力度，落实定向减税和普遍性降费政策，鼓励金融机构加大对农民工创业的信贷支持。鼓励支持企业雇用贫困农民工。

五年来，全县积极争取项目支持，全面开发劳务输出产业。通过全面实施示范基地、阳光工程、就业再就业培训和务工人员夜校培训等劳动力转移培训项目，共培训 24 835 人，配套培训经费 1275 万元。

五年来，全县努力整合教育资源，创新培训开展方式。培训区域辐射 10 多个乡镇 100 余个村委会，3780 多名受训农民免费获得农民工职业资格证书，70% 以上农民工实现就业。

五年来，全县规范运作程序，扎实开展务工人员培训。全县共进行职业培训 1050 人，职业技能学历教育 450 人，“雨露计划”扶贫培训 1500 人；由各乡镇扶贫办、县农业农村局、县林业局、县科技局培训各类新型农民 1656 人；培训转移农村劳动力 8600 多人，培育了 2000 多名种植养殖能手，造就了 5000 余名创业增收带头人。

五年来，全县不断创新招聘方式，竭力搭建农村劳动力转移平台。先后举行了 3 场劳务输出现场招聘会，带动转移农村劳动力 4300 多人；组织区外企业深入 5 个乡镇，开展片区劳务现场招聘活动 20 余场，累计转移农民工 2000 余人。

一分耕耘，一分收获。“十三五”期间，全县劳务输出基本实现了从无劳动技能向有一定劳动技能转变，从零星输出向规模化转移转变，从盲目外出向有序转移转变，从鼓励外出向自愿外出创业转变，从低收入向高收入转变。

措施三：真诚呵护　全程服务

对有劳动能力的贫困人口，隆林加大就业帮扶力度，通过就地转移就业或外出务工实现稳定脱贫，采用爱心专列、大巴专送，发放稳岗补贴、带动就业补贴等方式，鼓励大家外出务工。为确保贫困户外出务工人员的出行安全，县里每年年初都把有意向外出务工的建档立卡贫困户组织起来，安排专用大巴把务工人员分别送到百色、南宁等劳动密集的城市，年终又派车把他们接回来，这种保姆式的贴心举措，着实让很多贫困家庭外出务工人员感受到了政府的关怀。2020 年春节前夕一场突如其来的新冠肺炎疫情，如一阵闷雷在隆林 8.5 万外出务工人员头顶上炸响。他们个个是家里的顶梁柱，小孩的学费，春耕用的种子、化肥、农药，红白喜事等一大笔的开销，都在等他们外出务工赚钱来贴补。如果不及时采取强有力措施，把这些务工人员送到厂里复工，势必会影响全县脱贫攻坚战局。为此，自治县在特殊时期采取超常规的办法，挂牌成立全区首个粤桂扶贫劳务协作服务中心，紧急部署摸底收集贫困劳动力就业意愿、就业意向，同时和广东、浙江等地用工需求量较大的厂家进行劳务对接，实行包车点对点接送，引导贫困群众尽快返岗复工。2020 年 4 月，隆林专门组织大巴专车，直接将外出务工人员由隆林送至广州等地，跨省点对点输送 2327 人安全返岗。据统计，全县共组织外出务工 107 910 人，其中贫困劳动力 48 062 人；新开发临时扶贫公益岗位 6250 个；同时全力抓好“扶贫车间”复工复产工作，认定就业“扶贫车间”的 18 家企业全部复工复产，带动就业 984 人，其中贫困劳动力 209 人、易地搬迁劳动力 55 人，有效化解了疫情对劳务输出的负面影响。家住者保乡中棒村的王朝现在广东中山一家家具厂打工。他是 2020 年预脱贫户，父亲残疾、母亲年老，再加上小孩，一家四口主要靠他的工资维持生计，一个月不上班就少了几千块工资；几个月不上班，搞不好就影响 2020 年脱贫。当复产复工的号角吹响时，乡里第一时间到王朝现家动员他返岗，还帮忙联系好了县里组织去广东的专车。这让他十分激动，心里感受到一阵温暖。

破茧成蝶

镜头之一：隆或马帮

在隆林最早外出务工的队伍中，名号最响亮的就数隆或的马帮队了。来自隆或镇滴岩村马帮队的廖帮华说，他们从事马帮驮运电网材料工作已有7个年头，主要在黑龙江、广东、福建、浙江、江西等省活动。夫妻俩现在赶6匹骡子，最多的时候曾赶过10多匹，一年下来接活多时可赚50多万元，少的也有30多万元。滴岩村小丰坡屯一姓文的马帮老板，这几年靠组织马帮外出运输“大发”了，不仅在隆林县城买下了价值上百万元的房产，还在家乡小丰坡屯投资上百万元建起了十分气派的别墅。别墅面积上千平方米，是连体式多层洋楼，楼底层的停车房就有7个。文家早已买了轿车，还专门修了可以将车直接开到二层客厅的螺旋型车道，仅这条车道就花费10多万元。据不完全统计，隆或镇沙保、滴岩、双多3个村外出赶马的人最多，每年外出赶马的人在5000人左右，拥有马匹逾6000匹，赶马收入超亿元。

镜头之二：者保商人

者保乡中棒村那力屯的70后梁绍邱，年幼时家境贫寒，父亲身体不好，做不了农活，只能靠母亲种田养家糊口，时常吃不饱、穿不暖，生活十分艰难。为了能够帮家里，13岁的他被迫辍学。1990年他开始外出到贵州打工，1993年后到广东高州打工，但他不怕苦不怕脏不怕累，一心想打造出自己的一片新天地。经过多年的打拼，2006年他创办广东耀泰过滤器科技有限公司，任公司董事长；2013年创办广东东莞市乾泰包装有限公司，担任总经理；2017年创办广东东莞市途猫科技有限公司，担任董事长，同时兼任广东省隆林商企协会会长、东莞市广西商会常务副会长。他成功了，但没有忘记家乡的建设。2013 年，他捐献 32 万元修建了一条通到那力屯的通屯道路。

镜头之三：德峨养蚕能人

没有外出务工，在自家门口也能创业致富的养蚕能人杨丽芬，2007 年 2 月开始租地种下 120 亩桑园，当年喜获丰收。随着生产规模不断扩大，2012 年 8 月，她组织村里 28 户农民成立隆林第一家桑蚕种养合作社——隆林芬达种桑养蚕农民专业合作社，以“公司 + 专业合作社 + 基地 + 农户”的模式，对蚕农实行一条龙服务。目前，合作社已发展社员 35 户，桑园种植面积 1500 余亩。在她的持续影响下，2012 年隆林引进第一家桑蚕企业——隆林嘉利茧丝绸有限公司，公司投资 5000 万元兴办了占地 30 亩的缫丝加工厂。之后，在该公司的带动下，全县当年新增养蚕户近 300 户。2020 年，隆林新增桑园面积 27 087 亩（其中新建两个石漠化山区千亩桑蚕高产示范基地，占地 3000 亩），建立种桑养蚕专业合作社 6 家，种桑户达 3000 多户。由于在桑蚕产业带动发展上成绩突出，杨丽芬先后被授予自治县“双学双比”活动女能手和“年度种桑养蚕先进示范带动户”及第一届百色市“十大创业女性” 荣誉称号。

隆或镇、者保乡是隆林有名的“老板乡”，在外出创业的过程中，不少农民通过自身的努力变成了人人羡慕的老板。据不完全统计，这两个乡镇的千万富翁、百万富翁、十万元户就有上百号人。

全县劳务输出工作渐入佳境，全县劳务经济持续健康发展。广大农村呈现出“一人务工、全家脱贫，外出一群、富裕一片”的喜人局面。转移输出渠道由少到多、由窄变宽。目前，广东、浙江、福建、江苏、上海、山东等 6 大输出基地逐步夯实，昆明、贵阳、成都、重庆等城市输出渠道畅通良好。近年来，全县年均抓取劳动力转移输出有效订单超过 2.3 万人，年均劳务合作伙伴突破 115 家，为劳务输出产业开发打下了扎实的基础。

据统计，“十三五”以来，全县累计培训建档立卡贫困劳动力 17 845 人，完成“十三五”计划目标的 110%；累计转移输出建档立卡贫困户劳动力 18.8 万人次，完成“十三五”计划目标的 400%；累计完成务工总收入 15.67 亿元，完成“十三五”计划目标的 113%；累计完成务工纯收入 13.32 亿元，完成“十三五”计划目标的 108%。仅 2019 年，全县完成务工总收入 3 亿元，农民人均务工纯收入 3.6 万元。

数字彰显成就，这一连串闪光的数字，充分展现了“十三五”以来隆林劳务输出工作所取得的巨大成就。数字已不再是贫困的代名词，而是真金白银的符号；这些数字释放出的能量，已经开始转化为强劲的经济优势。日益发展的劳务经济，正彰显着隆林的独特魅力。

今天的“夜郎人”已经发生了根本的改变，他们变得更加开放与自信。他们踏着坚实的土地，他们的步子迈得那样矫健、沉稳。

路，在勇者的脚下不断延伸。

梦，在崇山峻岭中激情飞扬。

强产业，筑根基，拔穷根
——隆林产业脱贫发展的路子

钟定光

习近平总书记指出，产业兴旺是解决农村一切问题的前提。从生产发展到产业兴旺，反映了农业农村经济适应市场需求变化、加快优化升级、促进产业融合的新要求。发展产业是实现脱贫的根本之策。要因地制宜，把培育产业作为推动脱贫攻坚的根本出路。

在中央的脱贫攻坚战“五个一批”工程中，“产业扶贫”处于第一位。激活脱贫致富内生动力的关键和基础举措是发展产业，没有产业，没有经济上的稳定后续来源，就没有真正意义上的脱贫。

一、统筹谋划，创建园区

产业是巩固和确保脱贫持续的关键，“三农”工作是这场脱贫攻坚战的主题。新中国成立后，隆林 70 年间发生了翻天覆地的变化，人民生活得到了极大改善。“十二五”期末，全县社会经济得到了全面发展，农村面貌得到较大改观，人民生活水平普遍提高，贫困人口逐年减少。2015 年，精准识别的贫困村共 88 个，贫困户约 2 万户 7 万余人；建档立卡贫困劳动力 4.69 万人，贫困发生率高达 23.57%。为消除贫困，在 2020 年与全国同步奔小康，县党委、政府加大产业发展，促农增收。

在广大农村，种养产业是脱贫攻坚重头戏，同时亦是衔接下一步乡村振兴的重要环节。近几年，县领导班子总结摸索，提炼出了“三张叶子一株蕉”“两黑一黄一清（禽）一白”的产业思路：三张叶，即烟、桑、茶；蕉，西贡蕉；两黑，黑山羊、黑猪；一黄，黄牛；禽，林下养禽；一白，鱼。

隆林以“园区 + 带”模式做大做强产业。创建脱贫奔小康的“四个万亩”产业园——西贡蕉、桑蚕、油茶、板栗产业园；创区级园 2 个，4 星级油茶园 1 个，3 星级三冲茶园 1 个，西贡蕉市级园、万峰湖渔业园各 1 个，小云脚核桃、三冲茶叶和岩茶平台西贡蕉县级园各 1 个。在此基础上，还建有 7 个县级和 32 个乡级产业园，主要针对全县的贫困村和贫困户实施，由政府投资折股到园区，贫困村、贫困户及园区平台公司等多方共同受益。

二、放开手脚，绽放梦想

截至 2020 年 7 月，隆林 16 个乡镇 2.75 万贫困户，除完全丧失劳动力、长期外出务工、自主创业的 3422 户贫困户外，“5+2”特色产业覆盖贫困户 2.25 万户。贫困户发展优质稻生产 8459 户，1.88 万亩；养猪 2444 户，9797 头；养鸡 6331 户，45.85 万羽；种植杉木 9576 户，14.29 万亩；养殖桑蚕 2365 户，1.32 万亩；种植油茶 5605 户，3.12 万亩；种植板栗 2890 户，1.23 万亩。

（一）绿色田园，舞动翅膀

天道酬勤，隆林百姓正靠着自己的双手，守好粮仓，建好菜篮，护好餐桌，造好钱袋，如今不愁吃穿、民心安稳。

1. 优质稻

优质稻生产是隆林当地老百姓解决吃饱和吃好问题的关键，也是开展精准扶贫的一项重要举措。隆林有耕地 30 余万亩：包括玉米 23 万余亩，水稻 9 万余亩。2018、2019 年隆林分别在介廷、岩茶、克长、蛇场、隆或、沙梨等乡镇实施 5000 亩、2500 亩优质稻核心产业园，激发了生产的积极性，直接带贫 633 户 2613 人，辐射 7 万余亩，覆盖带动贫困户 8000 户以上，贫困人口约 4 万人。2020 年隆林建设优质稻奔康产业园 6000 亩，带动农户 1000 余户，包括贫困户 581 户 1319 亩。

2. 果、茶

（1）“金粉佳人”西贡蕉。隆林于 20 世纪 80 年代引进西贡蕉，2010 年开始大面积种植。2019 年，西贡蕉种植面积 37 000 亩，投产 26 000 亩，产量 5.46 万吨，产值 1.638 亿元，主要分布在南盘江沿岸的者保、平班等 8 个乡镇 30 个村，涉及 1885 户（贫困户 457 户 3522.9 亩），100 亩以上的大户有 20 余户。几年来，隆林先后成立西贡蕉专业协会 1 个、合作社 6 个、经营公司 2 家，提供产业一条龙服务，承销全县西贡蕉至重庆、贵州、云南、深圳等地。西贡蕉易于管理，生长期短，效益高，是一项短而快的脱贫致富产业，参与的贫困户年均收入 2 万 ~ 3 万元。隆林先后建立平班岩来斯、沙梨、岩茶平台等市、县级蕉产业园，使之成为具有地方特色与优势的扶贫路子。

（2）“黄金产业”百香果。隆林推行 2019—2022 年百香果产业规划，主打“黄金百香果”品种及品牌，建设基地5万亩，覆盖12个乡镇，重点实施“八个五”工程：5万亩产业园，5000亩高产园，5个连片乡镇示范园，500亩育苗基地，500亩加工物流园，500名高端技术人才培养，500家电商平台，5星级核心园。由华农公司和壮乡果科技有限公司联合投建，采用“公司+基地+贫困户”的模式，在那隆水库、黄泥堡至天生桥水泥厂公路沿线，打造“十里百香果长廊”“十里果香产业观光带”，面积5000亩。建成后，每个贫困人口管护0.5亩，可安排贫困人口10 000人参与入股经营，覆盖附近及县城鹤城新区部分贫困户。以5 ∶ 5股份分红，预计每亩可为贫困户带来收入5000元，第二年后亩约增收2000元。

（3）“绿色银行”茶产业。隆林境内森林茂密、空气清新，具有得天独厚的茶叶生产优势，是公认的全国茶叶最优产区之一。近两年，作为隆林“三张叶”之一的茶叶，其发展得到大力支持。2019年全县共有5个乡镇种植茶叶，种植面积1.09万亩，鲜茶产量1656吨，干茶产量371.7吨。现有3家标准茶叶加工企业，主产红、绿茶和野生茶。其中1家茶企业获得有机绿色食品认证，1家在申报无公害产地和产品认证。隆林积极打造茶叶品牌，成功注册“翅东牌”等商标。2011年以来，先后投入1000多万元扶持野生茶生产。2014年，开始对境内野生茶进行一系列的研发保护。目前古树茶业有限公司投资开发的野生茶资源及茶文化旅游养生项目，总面积26 000亩。以“五个一”（两个一万亩保护开发区和有机茶园、一间年产100吨加工厂、一个4A级茶文化旅游景区、一个弘扬民族茶文化的品牌）作为发展思路，隆林的茶资源和丰富的民俗文化资源将得到有效整合，对带贫就业、促进旅游脱贫等具有深远影响。

（二）绿色山坡，展翅翱翔

1. 板栗花开引蜂来

隆林现种植板栗 13.78 万亩，主要分布在沙梨、平班等 12 个乡镇的 75 个行政村，覆盖全县 11 343 户，其中贫困户 850 户 3465 人。年收板栗 0.72 万吨，产值 3600 万元，是隆林富民支柱产业之一。2017 年，“隆林板栗”列入国家地理标志保护产品；同年，在沙梨乡母施、委敢、沙梨三个村创建 1.5 万亩板栗产业扶贫示范园，覆盖 9 个屯 417 户 2162 人，涉及贫困户 101 户 476 人；2019 年，在自治区林业局的大力支持下，广西国有六万林场入驻，按照与农户（贫困户）“保底分成”方式合作，做大做强隆林板栗品牌；经林业低改，该园内亩产均提高到 300 ~ 350 斤，有效助力当地群众的增产增收和板栗产业的向好发展。

2. 筑巢引凤见油茶

隆林是广西油茶的重要产地之一，全县油茶种植面积 18.6 万亩，其中盛产期 12.72 万亩，覆盖全县 16 个乡镇 1.69 万户 6.94 万人，涉及贫困户 2881 户 1.24 万人，已成为隆林重要的扶贫产业之一。隆林先后建成油茶示范点 6 个，主要分布在沙梨、岩茶、介廷等乡镇，面积 8700 亩。通过“双高”种植，平均亩产茶油从 7.5 公斤增加到 30 公斤以上，亩产值从 900 元增加到 3600 元，年总产值增加 3 亿元，种植户人均增收 4500 元。近几年，隆林通过自治区林业局引进广西国有六万林场入驻基地，带动了油茶生产的高潮。

3. 短平快富烟与桑

2019 年，隆林烤烟种植面积为 2.2 万亩，收购烟叶 4.3 万担，总产值 5000 万元。隆林烤烟坚持走“企业 + 基地 + 村 + 农户”发展路子，全面推行“两头工厂化、中间机械化、管理专业化”的现代烟草生产模式，由烟草部门统一收购，保障销路。多年来，隆林切实发挥烤烟产业扶贫优势，积极引导贫困村、贫困户大力种植烤烟或以土地流转、务工等形式参与其中。2020 年，隆林 40 户贫困户 182 人种植烤烟 831 亩，交售烟叶 1968.82 担，收入 243.72 万元，户均卖烟收入 6.09 万元，人均 1.34 万元。扣除生产成本 80.2 万元，纯收入为 163.52 万元，户均纯收入 4.09 万元，人均纯收入 8985 元，大大超过脱贫标准线。

种桑养蚕是隆林"十三五"脱贫规划的一项重要产业内容，适应性强，覆盖面广。2012 年以来，隆林以国家"东桑西移"重要战略机遇为引领，做大做强该产业。与此同时，隆林通过桑蚕产业带动贫困户发展，使贫困户收入明显提高。隆林现有蚕茧加工扶贫龙头企业 1 个，年可加工鲜茧 600 余万斤，年产生丝 500 多吨，年耗投产桑园 8 万亩以上；目前累计发展桑园 6.25 万亩，覆盖全县 80 多个村 150 余个自然屯，其中贫困村 60 余个；年产鲜茧 3 万余担，产值超 5000 万元，户均养蚕收入 2 万元。目前，隆林桑蚕产业已形成"龙头 + 合作社 + 基地 + 贫困户"模式，建有 200 亩以上脱贫产业示范片 26 个，千亩示范园 2 个。

（三）养殖致富，兴旺乡村

隆林黑山羊、黄牛和黑猪是广西地方名特优品种，分别于 2010、2015、2016 年获得农业部地理标志产品认定和地理标志保护登记。隆林挤出 60 万元资金用于这"两黑一黄"商标及地理标志的注册。2016 年，"两黑一黄"特色产业取得了长足的发展，特别是在带贫减贫方面成效显著，共带动就业 5.2 万人次，带动贫困户养殖 2.1 万人次，户均增收 1 万元以上。据统计，隆林 2019 年出栏生猪 13.22 万头、牛 1.6 万头、羊 7.12 万只；成立养殖专业合作社 50 个，带动农户 12 952 户，总产值 5.46 亿元，纯收入 1.71 亿元。同年，隆林投资 8000 多万元在平班镇平寨村建设脱贫奔康黑猪产业园 1 个，年可带动 200 户贫困家庭，又申请到国家 500 万元隆林黑猪地理保护工程项目资金，为做大做强黑猪品牌提供强有力支持。

三、人人都是发展产业的主角

田园上放飞筑梦的翅膀，每一个故事都生动，每一个人物都出彩。

（一）产业龙头竞风采

广西红谷公司由李隆雷于 2015 年带头创建，主打隆林黑猪品牌，是红谷集团在隆林的落地公司。公司先后在平班扁牙村、天生桥岩场村、德峨龙英村等地建养殖场，占地 270 亩，现存母猪 2000 头，年出栏生猪 4000 头以上，年总产值 2000 万元。现有加盟连锁店 42 家，分布在南宁、百色的各区县。公司实行产供销一条龙全产业链合作运营模式，为农户提供种猪、饲料、技术、防疫指导等，保底 8 元 / 斤回购肉猪，保底 14 元 / 斤回购仔猪，户均年纯收入 5000 元。在该公司带领下，2020 年隆林黑猪预存栏 50 万头，产值约 10 亿元，涉及农户人均 1 头，贫困户户均 2 头，人均增收 2000 元。

隆林平班镇民乐村的王日蒋于 2012 年注册成立蒋源畜牧养殖有限公司，总投资 500 万元，年存栏山羊 2000 只，出栏 25 000 只。公司 2014 年参与产业扶贫，当前已与 200 多户贫困户开展协作，无偿提供种羊和技术给农户，实行订单合作，以高出市场价格 0.3 元 / 斤保底价回收，目标是带动周边 500 户以上。

为响应上级坚决打赢脱贫攻坚战的号召，隆林主动为贫困户谋出路。经争取，广西富凤农牧集团有限公司（以下简称“富凤集团”）到克长乡河马村建林下养鸡扶贫集中区。通过合作养殖、保价回收，2017 年建养鸡场 6 个，7 户贫困户参与。目前，已发展到 17 个养鸡场，9 户贫困户参与。2019 年，共投鸡苗 30.88 万羽，出栏 2.45 万羽，获利 97.47 万元。该集中区已成为全县林下养鸡脱贫产业的新标杆。

（二）风雨彩虹，田园筑梦

在介廷乡弄昔村者阳山屯，有位脱贫典型周三。2017 年，他家顺利脱了贫。2020 年已 57 岁的他，脱贫得益于家里有产业。周三家现有油茶 50 亩、沃柑 30 亩、杉木 100 亩，养殖鸡 120 羽。大儿子周青还在南宁办了一家小型养鸡场。多规模、多产业搭配不仅降低了单一产业发展的风险，还稳定提高了全家的收入。他家不再外出务工，实现了年人均纯收入 2 万 ~ 3 万元，不但脱贫质量高，一家老小还能在家团聚。在这之前，周三也是不易。他说，以前务工、创业、做产业着实苦。打工——一年到头在外奔波劳碌不说，还攒不下几个钱；创业——小儿子周科武拿家里务工得的钱去买车搞运输，最后亏本反欠外债。2010 年，大儿子又拿家里的杉木去银行抵押贷款创业，不幸的是那年杉木被一场大火烧了个精光，由于没买保险，损失惨重……尽管这样，周三还是觉得把家里的产业做好才是最大的安定，毕竟往后年纪越来越大，还在外边“混”不现实。产业是出路，更是退路。从此，他带领全家吸取教训，以愚公移山之志在产业道路上坚持到底，终于成功！

在九分石头一分土的大石山区，人人都面对共同的困境：人多，地少，吃不饱，致富难，迫切需要寻到一条致富门路！

位于县城西面的者浪乡么窝村及村子里的人就是这样。在发展桑蚕产业之前，村里 330 户 1529 人以玉米种植和小规模养猪为生，没有其他增收途径。2016 年，隆林蚕桑产业强力做大，村干部和党员率先走出山门，学习技术，带头发展，最终调动了当地群众发展生产的积极性。2018 年么窝村致富带头人龙洞平牵头成立龙蚕种养合作社，带动 127 户农户参与，全村种桑面积 500 余亩。在其后援单位深圳罗湖区的帮助下，龙洞平建成 3 栋 1000 平方米的蚕房和 200 亩的桑园基地，覆盖 27 户 108 人，其中 13 户直接参与，14 户通过土地流转获取租金，当年户均养蚕收入 0.6 万元；2019 年增至 49 户，21 户养蚕，28 户流转桑园，户均养蚕收入 1.6 万元，同比上年明显增收。贫困户熊卫成 2018 年种 8 亩桑养蚕，卖茧 542 斤，收入 1.3 万元；2019 年卖茧 1287.4 斤，收入 2.8 万元，收入渐涨。

说到养蚕能人，当然少不了要说一说猪场乡羊街村坡头屯的杨亚记。在参与种桑养蚕之前，他们当地农民维持生计的方法主要是种植玉米、养猪和背井离乡去打工。可恋家是天性，70 后的杨亚记也如此。2014 年，作为贫困户的他，一家五口人有 3 个在校的娃，得靠夫妇俩成年外出务工养活。正应了那句“放下砖头，我无法养活你。抱起砖头，我无法拥抱你”的话，生活与家庭难兼顾成了他最大的心病。知道隆林大力推广桑蚕产业，特别是听说建蚕房还有补助，一张蚕精心管养 20 来天就能有 2000 元进账，空闲时还可兼顾其他产业时，他心动了。2017 年他回家建起了蚕房，种上了桑，第一年养蚕获得第一桶金 2 万元。初尝甜头，2018 年杨亚记又将面积扩大到 15 亩，收入升至 2.8 万元。经过几年的摸索，他不仅养得好大蚕，还学会了三龄前小蚕的孵化和饲养技术。通过租地流转，他更将自家桑园扩大到 20 亩，年养蚕收入增加到 5 万元。产业让杨亚记在家实现脱贫的同时，也解决了孩子们上学的问题。为了让杨照济、杨红奶等贫困户尽快脱贫，他走家串寨，劝说发展。参与的农户也跟着早早地摘了贫困帽，如今户均养蚕年收入 2 万元不说，还都盖起了新房，过上了好日子。

介廷乡岩怀村的贫困户黄黎明，在参与“九十九堡生态米”种植和清水鸭养殖之前，一家老小五口人，一直挤在不足 60 平方米的一间小平房里生活，收入全靠两口子外出务工。现在靠产业，他一家已从山上搬到了公路边建好的一栋三层200多平方米的小洋楼，家里多了搞运输用的农用车、皮卡车和代步用的两辆摩托车，一跃成为当地小有名气的“土豪”。另一边，贫困户黄亚闯身体残疾，外出务工失败后，只能待在家里耕种几亩田，日子过得艰难。但自打跟着村里发展优质稻米种植和清水鸭养殖后，现年收入3万元以上，不比外出务工差，生活也是越来越好。

作为致富带头人的克长乡河马村支书韦积代，带领村民致富也是毫不含糊。2012年，他带领8户农民试种75亩春烟，收成后种上水稻，又一改传统在稻田里放养鱼。当年，他带头开展的“烟稻鱼”模式首次试验即获得成功。在外务工的村民看好，都纷纷跑回来。2019年，该村共101户农户（包括21户贫困户）加入，面积达到1534亩。在该模式下，当年烟田的平均亩产值达到5000元，户均收入7万元以上。2020年流转土地，面积扩大到1654亩，户均收入突破8万元。对此，韦积代自豪地说:“今后脱贫致富可持续，我们有的是信心！”

在新州镇那么村也有这么一位带头致富的好书记——李丽。中专毕业后在常么村幼儿园任教的她，目睹乡亲们发展生产的困境，毅然辞去稳定工作，回到家乡带领乡亲发展。经多方考察，她最终决定与富凤集团合作养鸡。在她带动下，目前全村已有11户参与养殖。除养鸡产业外，她还发动群众利用山地优势，大力发展杉木种植。目前，那么村种杉10 373亩，人均拥有6.65亩，森林覆盖率达57.3%；全村11个自然屯的129户贫困户630人全部脱贫摘帽。

克长乡河马村韦志强，1974年出生的壮家汉子，一家四口人自1997年以来全靠外出务工讨生活。2017年，他在驻村工作队和县畜牧站的指导下与富凤集团合作，借贷13万元，在自家责任山上搭建800多平方米的养鸡棚，放养8000羽鸡，第一批获利2万元。起步的成功激起了他的干劲，又投建第二个养鸡棚，一次性投养2万羽，年收入15万元。韦志强是河马村当地规模养鸡第一人。在其带动下，目前该村已有李彩玉等

28 户参与其中，年总出栏 100 万羽，利润 450 万元以上，户均年收入 10 万元以上。李彩玉就是在他带动下返乡创业的贫困户。她眼见韦志强在家养鸡获得成功，也萌生了回乡创业的念头。2018 年，她和丈夫筹措资金，在自家山上建了 3 个养鸡棚，当年投养 2 批 1.4 万羽鸡，获利 6 万多元；2019 年扩建鸡棚，养鸡 4 万羽，获利 18 万元；2020 年扩展鸡棚至 5 个，养鸡 5.2 万羽，收入 25 万元。养鸡成功极大地改善了李彩玉家的生活，房子、车子、票子、孩子都有了，一家人过得圆满又幸福！

天生桥镇马窝村科峰屯 60 岁的壮家老汉王明井亦是贫困户。20 世纪 90 年代开始养羊，家里收入不断，日子红火。可天有不测风云，2013 年，100 多只羊全发病死光了。几年的积蓄瞬间化为乌有。2014 年，他有幸得到了镇里、村里的支持，拿到 5 万元小额贷款作为购买种羊恢复生产的资本。这次，汲取了教训的他，对羊舍进行全面消毒，精心侍弄。功夫不负有心人，现每年他的山羊存栏就有 100 多只，年售 40 ~ 50 只，年收入 5 万元。养殖的确是农民发家致富的好途径，天生桥镇因养羊脱贫的贫困户就有 22 户，其中收入最多的一户年出栏 200 只，纯收入 10 万元。

隆林 179 个村，产业发展成功的案例实在多。种蔗制糖能手刘石、种养致富能手胡艳春、油茶桑蚕产业领路人黄金亮、种烟致富带头人郑妹奶等，都是优秀代表。正因有了他们这样一个个田园筑梦人的努力，脱贫攻坚才得以高质量完成！

四、壮大集体经济的力量

“火车跑得快，全靠车头带。”“村民富不富，关键看支部；村子强不强，要看领头人！”“火车头”经济已成为农村和农民经济发展的标兵。

（一）未雨绸缪，运筹帷幄

近年来，隆林把发展壮大村集体经济作为夯实基层基础、推动乡村振兴工作的重头戏来抓。坚持“稳妥兜底、因村施策、抱团发展、示范带动”的工作思路，切实增强村集体经济发展内生动力，多层次、多渠道、多形式促进村集体经济发展，有力提升村级组织的战斗力，为打赢脱贫攻坚战提供坚实保障。隆林 16 个乡镇，179 个村（社区），2015 年仍有贫困村 88 个。2016 年以来，隆林在财力吃紧的情况下仍大力整合各类涉农资金 8600 多万元投入村集体经济项目，确保每个贫困村注入启动资金不少于 50 万元，非贫困村不少于 30 万元。2019 年，隆林村集体经济总收入 982.62 万元，村平均收入 4 万元以上，其中收入 5 万元以上的村 41 个，占 23%；收入 10 万元以上的村 20 个，占 11.1%。

隆林按照“1+N”总体思路，采用“委托经营分红 + 自主发展经营 1 个以上项目”模式。目前全县村集体经济项目共 589 个，其中 179 个村实施产业带动型项目 239 个，占 40.6%；20 个村实施物业租赁，占 3.4%；160 个村实施资产盘活项目 164 个，占 27.8%；3 个村实施资源开发型项目，占 0.5%；163 个村实施委托经营，占 27.7%。

产业带动——村集体直接参与产业开发。猪场乡烂木干村注册“隆苗香”农业品牌，利用本地气候优势，重点发展高山红、黑米等珍稀品种，充分利用电商平台，线上、线下双营销拓宽销售渠道。2019 年该品牌米销售额达 32 万元，参与种植的贫困户户均增收 2000 元以上，村集体增收 8 万元以上。介廷乡岩怀村着力打造“九十九堡生态米”品牌，在中国 – 东盟博览会等区内外知名平台宣传销售，每年为村集体经济增收 1.2 万元。金钟山乡弄八村利用当地良好资源环境，大力发展生态蜜蜂养殖，统一“森山蜜”品牌经营、技术管理和销售，规模已达 500 余箱，2019 年产值 24 万元，村集体经济收入 4 万元以上。

物业租赁——鼓励贫困村租赁集体物业、资产等，收取租金，增加收入。平班镇管肖村建设板坝农贸市场，由村民合作社管理经营，通过出租铺位和收取供水管道维护费来增加村集体经济收入。目前共出租摊位30间，2019年收入达5万元以上。

资产盘活——盘活县级政府门面及村级闲置办公用房、门店、厂房、仓库、校舍等，增加收入。2019年共整合财政涉农资金1200万元，盘活隆林各族自治县华隆开发投资集团有限公司（以下简称“华隆公司”）经营管理的县各机关单位门面137间，转由82个非贫困村及19个贫困村承接转包获取收入，每村每年可增收2万元以上。新州镇水洞村盘活闲置校舍租赁给个体户，年收入1万元；隆或镇马宗村盘活旧校舍为“扶贫车间”，年增加村集体经济收入0.3万元，解决30人就业。

资源开发——支持贫困村开放集体未承包到户的土地、荒山、水面、林木等资源，公开招投标引资开发，增加收入。德峨镇弄杂村提供村集体坡地，成立村集体林场，引进资金联合开发，每年为村集体带来收入3万元。

委托经营——利用村集体经济启动资金委托企业经营，每年有稳定的收入，有效防范市场风险。2019年此项共计收入553.45万元，占集体经济总收入的56%。目前共55个村委托华隆公司投资经营取得收益，17个村委托电力公司发电取得收益，11个村委托红谷集团发展养猪取得收益，4个村委托三冲公司发展茶叶取得收益，75个村委托百色百矿集团通过产业园铝水工程和生产经营投资取得收益，1个村委托农氏公司发展养猪取得收益。

隆林自2019年起，计划用3年形成村集体经济重点产业集群，解决村集体经济薄弱现状，实现提质增效目标。一是重点实施“百村万亩村集体桑园”自营项目，整合各类涉农、扶持资金为贫困村各投50万元建100亩以上的村集体桑蚕基地，3年丰产期后，年可带来每村8万元收入，贫困户在园务工年可增收约0.8万元。目前，已建成1000平方米自动化大蚕房 8 个、首批 1280 亩 12 个村集体桑园。二是重点实施“百村万亩村集体茶园”，与公司合作建园，在德峨、者浪、革步等乡镇收购连片种植万亩茶园，划给 175 个行政村，自主经营不少于 50 亩 / 村，由三冲茶叶有限公司、古树茶业公司统一进行技术指导及销售。该项目可为各村集体每年带来 2 万元左右收入。现已落实革步片区 534 亩集体茶园，已有 32 个贫困村受益。三是重点实施“百村万亩西贡蕉产业园”，在沙梨、平班、者保等乡镇种植万亩西贡蕉，划给 175 个行政村，自主管护不少于 50 亩 / 村，由华农公司统一规划指导和销售，年可为每个村带来 5 万元左右收入。2019 年已完成种植 1800 亩，目前已有 97 个贫困村受益。

（二）多措并举，百花争艳

从空壳村到万元村，集体经济实现良好转变。

平班镇积极落实“1+N”发展思路，通过物业租赁、产业开发、入股分红、资产盘活等模式，降低单一入股风险，推进村集体经济发展壮大。该镇 2016 年村集体收入为零，2019 年所有村收入 4 万元以上，村集体经济呈现“百花齐放”良好局面。2016 年村集体委托经营项目 3 个；2019 年新发展项目 17 个，委托经营 11 个，自主经营 6 个。同年村集体经济收入为 107 万元，其中收入 4 万 ~ 5 万元的村 10 个，占 58.82%；5 万 ~ 10 万元的村 4 个，占 23.53%；10 万元以上的村 3 个，占 17.65%。平班镇村集体经济由被动发展到主动转变，由“一穷二白”到年入百万，发生了翻天覆地的变化。

板坝农贸市场位于隆林平班镇管肖村和贵州巧马镇板坝村交界处，管肖村利用辖区地理优势，升级改造农贸市场和周边居民饮水管道，统一规划管理，通过租赁固定门面、摊点摊位和收取管道维护费，每年为村集体增收 5 万元以上。委陇村通过实践探索，充分发挥土地资源优势，引进富凤集团，建鑫达养鸡场，大力发展林下养鸡。2019 年村集体经济增收 1.3 万元，带动 12 户贫困户户均增收 4000 元并于当年顺利脱贫。岩晚村以“村集体 + 农户”模式，发展百香果产业，5 户贫困户积极参与，2019 年村集体经济增收 2 万元。平寨村采用“合作社 + 党员”的模式发展黄牛养殖，2019 年村集体经济增收 1 万元，2020 年增收 5 万元。岩友、委哉抱团扁牙沃柑基地，实现 234 户贫困户产业全覆盖，村集体经济增收 0.4 万元，户增收 500 元。岩晚、委陇抱团蒋源畜牧养殖有限公司，实现 214 户贫困户产业全覆盖。

2016 年以来，区财政给平班镇 730 万元村集体发展基金，安排给每个贫困村 50 万元、非贫困村 30 万元，并结合实际分类施策，激励有资源、资产的村自主发展，壮大村集体经济。对于自主发展确实困难的薄弱村，实行资本入股和盘活门面的委托经营方式，保证有稳定收入。委哉、康上等 5 个村全权委托隆林电力公司经营，2018 年各收入 3 万元，2019 年各收入 4 万元，2020 年各收入 5 万元；扁牙、民新等 8 个村委托百矿集团和华隆公司经营，2019 年收入达 4 万元，2020 年收入达 5 万元。平班镇坚持资源利用、资产增收，全面开展集体清产核资，摸清家底，因村制宜，引导各村开展承包租赁，使闲置资源发挥效益，实现保值增收。委哉村出租旧村部增收 0.2 万元，康上村出租校舍增收 0.17 万元，共和村流转集体土地增收 5 万元。

新州镇马雄村充分利用各种扶持资金，投入 223 万元发展长、中、短项目 5 个，实现自主发展与股份合作、稳定收益与高收益项目相结合。2018 年村集体收入 4.97 万元，2019 年收入 20 万元以上。2018 年，投入财政扶持资金 20 万元建设 24kW 集中式光伏电站，收入 0.68 万元；投入 27 万元和华隆公司合作，获固定收益 1.89 万元；投入 3 万元入股隆林马雄种养合作社，收入 0.24 万元；盘活村部闲置房租给第三方办公、办学，年收入 1.6 万元；争取自治区林业局投入 53.4 万元建 500 平方米鸡舍，租给马雄种养合作社发展林下养鸡，年收入 1 万元；争取自治区林业局资金 120 万元和社会资金发展沃柑种植 800 亩，2019 年一期项目投产后村集体年收益 20 万元。那么村为壮大集体经济，将财政划拨的集体经济专项资金 50 万元入股华隆公司委托经营，利用村集体自有资金 5 万元入股致富带头人合作养鸡。那么村集体经济 2018 年收入 4.8 万元，2019 年收入 8 万元，2020 年突破 10 万元，实现连年增长。

“独行快，众行远”，在持续奔小康道路上，村集体经济的持续壮大发展，是“不让一支队伍掉队”的最好见证与说明！

至此，绿水青山的产业，日益壮大的村集体，终将造就乡村金山银山兴旺发达的明天。一众干群的凝心聚力，克难攻坚，奋斗不息，定会持续不断地为全民小康铺平道路，让隆林福祉绵长，繁花似锦！

搬出深山天地宽

——隆林易地扶贫搬迁纪实

苏明周

初冬的隆林，天气虽然有些寒冷，但人们似乎没有感受到冷意，因为这人间有大爱。兴高采烈的苗、彝、仡佬、壮、汉五个民族的群众穿着节日盛装，去赶一场隆林前所未有的盛会，去欢庆最后一批深山里的贫困人家搬出大山，融入城镇。

这是一个让人难忘的日子。

2019 年 12 月 3 日，隆林各族自治县“十三五”时期易地扶贫搬迁安置收官系列活动在鹤城新区隆重举行。穿着不同款式和色彩服装的民族演员们，用隆林独特的民间乐器撒拉奏响《迎客曲》，欢迎领导和嘉宾入场。上午 9 时，百色市政协副主席、隆林各族自治县党委书记张启胜激情宣布搬迁工作圆满收官！顿时，鹤城新区掌声雷动，锣鼓喧天，《今天是个好日子》热烈、奔放，《百鸟朝凤闹新居》更是喜庆、高昂。活动在《打磨秋》中推向高潮，演员在横杆上翻转飞腾，如燕子凌空掠过。活动仪式上，安置户们领到了一把把亮铮铮的新房钥匙，脸上笑开了花。

“要是没有易地扶贫搬迁，像我们这样夫妻俩都是残疾人的家庭，想在城里有一套房子，那是不可能的事。党和政府很周到，把我从高楼层调到低楼层来，真的很感谢！”来自隆林者保乡民怀村麻托社的杨时钢动情地说。

来自新州镇岩楼村岩那屯的苗族同胞杨亚稅说："要是没有易地扶贫搬迁，家里那间70平方米的砖瓦房根本住不了13个人，我只能让给哥哥，自己继续租房子住。感谢党和政府给了我们两兄弟每人一套房。"

几千年来，中国人对房子有着特殊的情结。如果你没有属于自己的房子，你永远只是一只到处漂泊的小船。人是漂泊的船，家是温暖的岸。有房子，才有家的样子，这是中国人心中亘古不变的传统。

精准规划：走出了"隆林模式"

"高山苗，水壮家，汉彝仡佬石旮旯"，这是流行于隆林民间的一句顺口溜，它在一定程度上反映了隆林五个民族依山傍势的居住特点。

隆林地处云贵高原东南余脉边缘，与滇、黔、桂三省区交界，地势高峻，山体巍峨，层峦叠嶂，沟壑纵横，地貌结构分为土山区和石山区两大类。这里地形起伏不平，地貌复杂，山区多，水面少，陡坡多，平地少，素有"地无三里平"之称。农民人均耕地仅0.87亩。根据2016年的精准识别，隆林有建档立卡贫困户18 953户，贫困人口74 979人，其中4414户19 176人生活在那"一方水土养不起一方人"的地方，生存条件恶劣，生态环境脆弱，自然灾害频发，需要进行易地扶贫搬迁。

这，不同于历朝历代那种开拓疆土式的搬迁，也不同于灾荒性的流民搬迁，它是中国特色社会主义新时期的一种开发性建设。

这，是全面建成小康社会易地扶贫搬迁的一个典型，一个缩影。人往哪里搬，地从哪里划，房屋如何建，收入如何涨，安置点如何管理——易地扶贫搬迁工作环节多、链条长，考验着地方党委、政府的智慧和能力。

围绕易地扶贫搬迁安置点到底“搬到哪里更合理”的问题，自治县党委书记张启胜指出：“安置地的生活质量、经济收入如何，直接关系到搬迁户是否‘稳得住、能致富’，要加强和完善基本公共服务体系建设，将安置点建成和谐有序、共建共享的幸福家园。”自治县人民政府县长杨科也强调：“易地扶贫搬迁安置要充分考虑隆林的综合人居环境，要尊重搬迁群众的意愿，尊重各民族的生活习性和风俗习惯，要把安置点建成美好的幸福家园。”

搬迁不是最终目的，搬迁是为了脱贫。怎样让搬迁群众端上结实的新饭碗，安置区就业扶持是重中之重。为了选好安置点位置，自治县党委和政府组织国土、规划、环保、林业、脱贫攻坚指挥部等相关职能部门，注重以亲情乡情为纽带，综合考虑拟建地的地理环境、区位优势、建设准备、安全隐患、土地性质、工程造价及产业就业环境等情况，逐一对全县规划区内所有符合条件的地块进行实地踏勘和反复比选，优中选优，最终确定了四个安置点：隆林城西鹤城新区产业园安置点，德峨镇丫口民族风情旅游区安置点，桠杈镇新街商铺门面安置点，百色深圳小镇跨区域易地产业园安置点。

精准管理：跑出了“隆林速度”

安居，才能乐业。要将安置点建成幸福家园确实不容易，涉及建设规划、工程管理、建设设计、征地补偿、建筑施工、资金融资等一系列问题。为了便于管理，自治县党委、政府创新管理模式，决定由自治县移民局作为项目主管单位，华隆公司作为县级平台履行项目业主职责。华隆公司严格按照规定的程序，对隆林易地扶贫搬迁安置建设项目进行了严格的招投标。

经过激烈的竞争，中国建筑第五工程局有限公司凭借其雄厚的实力中标。

中国建筑第五工程局主营房屋建筑施工、基础设施建设、房地产投资等三大业务板块，年经营规模 1000 亿元以上，位居中国建筑业竞争力百强企业前 5 名。中建五局奉行“中国建筑，品质重于泰山；过程精品，服务跨越五洲”的价值理念，多年来转战南北，角逐海外，在国内外建筑市场享有盛誉。

隆林鹤城新区建设项目于 2016 年 11 月开工，工期为 780 天。工程规划面积 1053.60 亩，总建筑面积约 50 万平方米，其中易地扶贫搬迁移民安置区建筑面积约 34 万平方米，总投资约为 15.77 亿元。

为了抢工期、争速度，中建五局华南公司广西分公司对鹤城新区建设项目采用“边勘察、边设计、边施工”的模式来实施，经过近 3 年的紧张施工，于 2019 年 8 月如期交房，优质履行合约，完成了隆林易地扶贫搬迁城西安置点所有的安置任务，鹤城新区从而成为百色市第一批实现提前入住的扶贫安置点。

隆林德峨镇易地扶贫搬迁安置点于 2016 年 12 月底开工建设，位于德峨村丫口屯，占地面积 19 000.38 平方米，项目总投资为 1156 万元。安置点的住宅区以每户 79.80 平方米来规划设计，均为地上一层，于 2017 年 11 月上旬举行了交房仪式。

隆林桠杈镇新街安置点于 2018 年 9 月动工兴建，用地面积 35.92 亩，总投资 1979.27 万元，以“一户一宅”方式安置，户用宅基地占地面积不超过 80 平方米，设计建设楼层为一至两层。2019 年 8 月正式组织群众搬迁入住，安置对象为桠杈镇生基湾村孔弄和孔巴两社的整屯易地搬迁群众。

百色深圳小镇项目是深圳市帮扶百色市的跨区域易地扶贫搬迁重点示范工程，是粤桂扶贫协作的样板工程，也是深百扶贫协作的标志性工程。项目地址位于百色市百东新区，用地面积 565 亩，总建筑面积 62.37 万平方米，其中规划建设安置住房 52 栋 5073 套约 46.76 万平方米，安置来自全市9个县（市）的搬迁对象2万人。同时配套建设科教文卫体设施、农贸市场、污水处理、垃圾转运站、社区管理服务中心等公共服务设施，总投资22.24亿元。项目一期于2017年11月开工建设，2018年11月竣工入住；二期于2018年11月开工，2019年11月竣工入住。

酷暑隆冬抢工期，赢得广厦千万间。经过3年多的努力，放眼隆林，一栋栋易地扶贫搬迁楼房傲然矗立，来自大山深处的搬迁户扶老携幼，背包挎囊，深情地向自家破旧的祖屋和贫瘠的山地告别。眼神虽然有些依依不舍，但更多的是兴奋和期待。为了斩断穷根，他们毅然转身，搬离深山，涌向城镇，去拥抱新的生活。

如今，半年多过去了，易地扶贫搬迁户们的生活状况如何，他们习惯新的生活了吗？还是让我们亲自到各个安置点去看看吧！

精准扶持：创出了“隆林特色”

（一）鹤城新区安置点

沿着迎宾路往城西工业园区方向走，到了隆林易地扶贫搬迁安置点鹤城新区门口后，往右拐便是一段50米左右的斜坡路，两侧是绿化景观。上完斜坡，路呈“丫”字形向东西方向延伸环抱。径直走，踏上平缓的16级台阶，有一块宽敞的竖着3根旗杆的平台，大概两个篮球场大小，坐北向南。站在平台面南回望来路，有一种站在高脚杯里被高高托起的豪迈。各种依山傍势的建筑物就建在平台北面的坎上，整个鹤城新区似乎也在高脚杯里，被高高托起。我想这其中有某种深意，大概是托起明天的希望吧。

鹤城新区有易地扶贫搬迁户 3367 户 14 584 人，搬迁户来自全县 16 个乡镇。

“易地搬迁政策好，精准施策门路多”，横批为“安居乐业”。这是杨文志新家门口的对联。“城里条件好，我做梦都想做城市人，可我没有这个能力。易地扶贫搬迁给了我机会，我可不想错过。感谢党和国家的好政策，感谢乡党委和政府圆了我的城市梦。”来自猪场乡烂木干屯的杨文志说。据猪场乡党委宣委介绍，杨文志家是猪场乡对易地扶贫搬迁工作最支持的一户，第一个带头签字同意易地搬迁，主动把旧房拆掉复垦，从而带动了 185 户建档立卡户搬迁。搬迁后，他积极配合新区政府的工作，高票当选鹤城新区委员会副主任。

“那年电站建设，库区村庄被淹没时，我怕搬到县城没办法活。谁知胆大的搬到县城后过得有头有面的，我后悔死了。这回易地搬迁我不打顿了，我也要搬到城里，享受一下城里生活。我们央索村的很多人都这样想，也都搬来了。”来自革步乡央索村 50 多岁的罗昌新说。

是啊，虽然错过了春天，可是花还会再开。

革步乡央索村的 15 个自然屯中有 14 个屯的村民是天生桥水电站库区后靠移民。那里原有的良田肥地已被淹没，剩下的是贫瘠的黄土地，生产生活条件较为恶劣。村民们之前大多以水上网箱养鱼谋生，但随着珠江流域开展水上生态整治，网箱养鱼被取缔，村民们失去了收入来源。据革步乡党委宣委张春强介绍，自治县脱贫攻坚易地搬迁政策出台后，乡党委、政府非常重视央索村的易地搬迁工作，分管脱贫攻坚的韦锋副乡长，以及驻村第一书记、驻村队员，充分利用农村人为下一代着想的传统心理，同时用早已搬迁到县城的库区移民做例子，引导村民抓住机会易地搬迁。这一招还真灵，全村 84 户 408 人，均乐意接受易地搬迁。目前搬迁农户的生产生活稳定，对新的生活充满希望。

鹤城新区的环境确实好，有移民安置区、广场、旅游商业区、停车区、儿童乐园、社区医院、学校等。目前，鹤城新区的罗湖幼儿园、第六小学、第五中学正在建设中，力争 9 月份招生办学。在教育项目竣工办学前，隆林引进了一所集小、初、高教育为一体的大型民办学校——隆衢学校，用以解决安置点学生就学问题，共安排易地扶贫搬迁群众子女 183 人就学。新区内设有居民卫生室，新建的新州镇卫生院就在鹤城新区安置点附近。可以说，鹤城新区是一个配套设施完善、居住环境舒适的大型综合性小区。

隆林在设计安置点时就考虑到要解决群众的收入问题，因此将安置点建设在工业园区附近，让搬迁户就近务工。同时还按照“政府引导、企业提供、群众点餐”模式，多渠道为搬迁群众提供就业岗位。一是优先安排 350 余名搬迁群众在产业园区就业；二是开发乡村公益性岗位，为鹤城新区安置点搬迁群众安排 120 个岗位，实施托底安置就业；三是开展技能培训，确保每个搬迁户劳动力掌握一项以上就业技能。

“我家六七个人，（原来）房子只有 30 多平方米。我除了种地，就只懂得放牛。乡领导五六次上门让我易地搬迁，我都不敢去，怕进城了找不得饭吃。现在觉得搬出来真好，在家门口就有工做，一个月两千多块钱，比在家种地放牛好多了。”来自蛇场乡马场村冲上屯的杨建新说。

“感谢乡领导让我搬出了那个山沟沟，感谢帮扶人田维冲让我这 50 多岁的人在社区有了份工作。我再也不用在家种地了。”来自金钟山乡乌冲村兰电沟屯的黄代周说。

正是有了这些丰富多样的扶持措施和灵活的就业形式，才让搬迁户了却了后顾之忧，在城里“稳得住、能致富”，创出了“隆林特色”。

（二）百色深圳小镇安置点

走进百色深圳小镇，米色外墙的楼房鳞次栉比，街道巷道整洁宽敞。巷道名称都是用深圳各个区的地名来命名的，置身其中，不时会产生一种到了深圳的错觉。这里社区党群服务中心、学校、医院一应俱全：社区医院由百色市人民医院管理运营，3 层小楼里门诊室、接种室、输液室、病房等设置齐全，可以做 CT、DR 等检查，医生来自百色市人民医院。拥有现代化教学设备的深百实验学校，占地 4 公顷，有标准化运动场、室内运动馆等设施。“我们的硬件设施在整个百色市都是一流的。学校从各县区抽调了数十名优秀老师到这里任教，还通过公开招聘充实教师团队，让这些来自偏远山区的孩子享受到和城里孩子同样的教育。”学校副校长林立书介绍。

这里超市、药房、小吃店、卖菜摊等应有尽有，路上人来人往，生活气息浓郁。目前，百色深圳小镇已安置易地扶贫搬迁贫困户 4875 户 16 159 人，他们分别来自百色市的凌云、乐业、田林、西林、隆林、德保、那坡、平果、靖西等 9 个县（市）57 个乡（镇）304 个村，其中少数民族占 70%。

“百色深圳小镇有隆林易地扶贫搬迁户 944 户 4118 人，其中金钟山乡就有 215 户 889 人。”隆林驻百色深圳小镇办事处工作人员徐佐权这样介绍。

“四十多岁了还未安家， 我以为自己要光棍一辈子了，没想到搬离那个‘夹皮沟’后，在百色有了房，还有女人愿意嫁给我。感谢党和政府给了我一个真正的家！”来自隆林的刘光军这样说。

刘光军说的那个“夹皮沟”，是金钟山乡弄八村的西舍屯，这里山高谷深，原始森林茂密，村子在峡谷的底部，想要通话须爬到半山腰八九百米以上才有信号。从西舍屯到乡政府所在地步行要走 6 个多钟头，目前只有一条机耕路，可通越野车。

金钟山乡是距离县城最远的一个乡，该乡弄八村的西舍和多龟、乌冲村的兰电沟和坡北 4 个屯的部分村民居住在自然保护区核心区，那里属于禁止开发的地带，搬迁安置问题十几年来一直悬而未决。据金钟山乡人大主席胡新利介绍，国家实施易地扶贫搬迁后，自治县党委、政府创新机制，把脱贫攻坚与可持续发展有机结合起来，决定对这4个屯200多户居民实施整屯易地搬迁。为了啃下这块硬骨头，金钟山乡党委、政府非常重视，分管扶贫攻坚的王永升副乡长，要求同属易地搬迁安置对象的弄八村村主任郑周勇和各个社的社长带动村民易地搬迁。村主任和社长都搬迁了，村民们自然就有了底气，也都乐意搬迁了。可王副乡长一心扑在脱贫攻坚工作上，夫妻俩长期两地分居，聚少离多，三十好几了，还没能要小孩。谈及此事，王副乡长说，看到4个屯的村民能如期搬迁，心中有说不出的欣慰。至于要孩子的问题，自己的年纪不算很大，等忙过了这段再说吧。乡镇工作千头万绪，每一个阶段有每一个阶段的重点，真诚地祝愿王副乡长能够工作和家庭统筹兼顾，早日当爹！

韦仕忠来自隆林沙梨乡达朗屯，他激动地说："感谢易地扶贫搬迁，让我在百色住上了三居室的高层楼房。想不到我还能在百祥社区当副主任，成了上班族。妻子在产业园区里上班，以后就不用外出打工了，家门口就有活干。"

来自隆林者浪乡者徕村的班翠玲说："要是没有易地搬迁，凭我们的能力，也许一辈子都不可能在百色有高层楼房住。做梦都想不到我能在百祥社区当妇联主席，政府帮交五险一金。丈夫在城里灵活务工，我们夫妻俩月收入6000元左右，收入稳定，吃穿不愁。"

就业稳定，收入增长，是搬迁贫困户尽快融入城市的重要保障。百色市右江区政府推行"楼上生活、楼下工作"就业模式，将安置区一楼装修成小厂房或经营门店，免租金给搬迁户经营至稳固脱贫。同时，通过"园区需求"解决一批、"劳务输出"转移一批、"扶贫车间"吸纳一批、"公益岗位"安置一批、"自主创业"带动一批的就业扶贫模式，重点帮助劳动能力较弱的"零就业"搬迁家庭。目前，百色深圳小镇易地扶贫搬迁劳动力家庭已实现"一户一人就业"的目标，共有7300多名搬迁群众上岗就业。百色深圳小镇附近，占地3万亩的深百产业园正在建设中。该园区将发展加工贸易制造业、电子信息设备制造业、输变电设备及电工器材制造业、农副产品精深加工及食品制造业、配套服务业、大健康产业等，目前一些前期入驻企业已开始招工，可提供 1000 多个就业岗位。建成后可吸纳劳动力 8 万人，帮助搬迁群众实现“致富有产业、就业有岗位、增收有门路”。

这就是粤桂扶贫协作的样板工程，这也是红色福地的福音。

（三）德峨镇丫口安置点

来到隆林德峨镇丫口安置点，50 栋一层的搬迁安置房呈长方形分四排排列。这里安置贫困户 49 户 239 人，搬迁户来自德峨镇的八科、保上、常么、德峨、金平、么基、那地、弄杂、水井、田坝、夏家湾、新街、岩头等 13 个村 38 个村民小组，其中苗族 38 户、彝族 7 户、仡佬族 1 户、汉族 3 户。

走进一户人家，说明采访意向后，担任林业站护林员的杨元济打开了话匣子：“感谢党和政府在这里建了搬迁安置住房，感谢镇领导龙万千动员我搬迁。在这里好啊！大路（隆西二级公路）就在家门口，赶德峨街一二里路，去县城也才个把钟头，上学读书、看病什么的都很方便。哪像老家小弄艾屯啊，没有大路，十来家人，一个星期才轮流抬得两家人的猪去德峨街上。起初大家都不愿易地搬迁，怕搬迁后找不得吃。我是党员，我相信党不会让大家没有饭吃的，就带头搬迁了，还请工人拆除了旧房。见我搬了，其他 9 户人家也跟着搬迁到了这里。不符合搬迁政策的 3 户人家，也自个儿到德峨街上买地皮建房搬过来了。”

其实，村民的担心是多余的，德峨镇党委、政府在建设安置点过程中对搬迁户的就业问题已经做了通盘的考虑：一是通过安排每户 1 个劳动力担任林业站护林员，基本解决搬迁贫困户的就业问题；二是在安置点建“扶贫车间”，引进小型企业加工蜡染、刺绣等民族工艺，进一步解决贫困户的就业问题；三是建设集中养殖区项目，规划用地面积 660 平方米，建设 6 平方米的猪栏 50 间，鼓励搬迁户以出租或自养方式发展产业，增加集体经济收入和个人收入；四是充分考虑民族文化和民族风俗等因素，依托野猪岭风景区和德峨风情跳坡节，带动旅游产业发展，确保贫困户搬得出、稳得住、能致富。

（四）桠杈镇新街安置点

来到隆林桠杈镇新街安置点， 53 栋一至两层的搬迁安置房沿东西方向呈带状分布，总长约 600 米；安置点坐南向北，北面是南盘江峡谷，面向贵州，视野开阔，风景秀丽；南面背靠桠杈镇驻地，交通网络方便快捷，城镇配套设施完善。据韦方全副镇长介绍，这里有搬迁户 53 户 241 人，安置对象为桠杈镇生基湾村孔弄和孔巴两社的易地整屯搬迁群众。

走进一户两层楼的人家，有艺术天赋的主人岑登亮把房屋布置得很雅致，他一脸的灿烂：“感谢党和政府在这里设置搬迁安置点，感谢镇领导的关心，让我们这些搬迁户有商铺门面，又有果蔗产业。等经济宽裕了，我想要把这两层楼加建，不知政策允许不允许。”

你看，想法不错吧！其实，这跟桠杈镇安置点当初的规划理念有一定的关系。隆林桠杈镇安置点的规划是把实施易地扶贫搬迁安置工作与加快桠杈镇城镇化建设相融合，通过发展街道商贸带动搬迁群众发展经济，让沿街的安置房既能安置群众又能成为商铺门面，为搬迁群众带来相对稳定的经济收入。同时通过发展西贡蕉、果蔗等特色产业以及开发公益性岗位、劳动力转移就业扶持、综合性政策保障等方式，扎实做好后续发展扶持，确保基本达到“易地搬迁群众户均一人稳定就业”的要求，让搬迁群众基本实现“搬得出、稳得住、能致富”的目标。

易地搬迁谱新曲，搬出深山天地宽。隆林在各级党委、政府的关怀下，在广大建设者的辛勤努力下，将曾经的美好蓝图变成了如今一幅幅欢乐祥和的民生图景，正朝着全面建成小康社会的目标稳步前行。

隆林的明天一定更美好！

筑牢民生“保障线”
——隆林民生保障扶贫纪实

张芯富

民生保障包含教育、医疗、助残、就业等方面。“小康不小康，关键看老乡。”自开展脱贫攻坚工作以来，隆林坚持以人为本，突出贫困重心，紧紧围绕贫困群众如何脱贫、稳步脱贫做工作。4 年来，全县累计实现减贫 17 588 户 78 247 人，贫困发生率从最初的 23.57% 下降至 2.02%。农村面貌发生了翻天覆地的变化，群众的获得感和幸福感得到了显著提升。

众人拾柴保障教育兴旺

百年大计，教育为本；教育大计，教师为本。治贫先治愚，扶贫必扶智。补齐贫困地区教育发展短板的重点在投入，核心在教师。努力造就一支素质优良、甘于奉献的教师队伍，是夯实兴国强国教育之基的重要内容。

一直以来，隆林高度重视人民群众反映强烈的教育热点难点问题，不断优化办学布局，使学校布局和数量能完全满足学生就近入学的需求。目前全县共有各级各类学校 297 所，在校生 89 176 人。其中小学 120 所，在校生 37 592 人；初中 17 所，在校生 21 721 人；高中 3 所，在校生 6825 人；职业技术学校 1 所，在校生 780 人；特殊学校 1 所，在校生 130 人；幼儿园 154 所（公办 20 所，民办 134 所），在园幼儿 22 128 人；还有教师进修学校 1 所。此外，举全县之力新建的 8 所城区学校，到 2021 年全部竣工后，将增加约 16 900 个学位。如今，城乡学校办学条件差距进一步缩小。漂亮整洁的校容校貌，是隆林一道亮丽的风景线。全县教学质量稳中有升。近年来隆林各学校的中考、高考成绩排名在百色一直位列前茅。

2020 年 9 月 1 日上午，隆林第六小学举行开校揭牌仪式。学校位于鹤城新区，为扶贫易地安置配套学校，是“扶贫先扶智”的典型工程。学校规划用地面积约 95 亩，分 A、B 两区，目前投入使用的是 A 区，2020 年计划设置 22 个教学班，覆盖一到六年级。学校全部建成后可容纳 60 个教学班约 2700 名学生就读。第六小学的建成，将很大程度满足城西片区及易地移民搬迁适龄儿童的入学需求，有效缓解县城小学就学压力，并满足群众对优质小学教育资源的需求。

9 月 6 日上午，第五中学和民族高中分别举行开校揭牌仪式。第五中学是鹤城新区易地扶贫安置点配套建设项目学校，位于新州镇民强村江管屯旁，距离鹤城新区易地扶贫安置点约 1 公里。学校占地面积 135.29 亩，校舍面积 50 733.43 平方米，计划办学规模为 3000 个学位 60 个教学班。民族高中则位于隆林县城往百色方向的鹤东新区，占地面积 277 亩，硬件设施有 3 栋教学大楼、4 栋学生公寓楼、2 个学生食堂，以及实验大楼、行政楼、体育馆、图书馆、民族馆等各一栋，附属工程有两个标准足球场及相应的体育设施。目前学校开设 26 个教学班，招生 1500 人。建好后的隆林民族高中，将是一所规模大、设施一流的广西县级高中。第五中学和民族高中两所学校的建成使用，极大地缓解了隆林的就学压力，为全县教育增加资源供给、优化均衡布局提供有力支撑，从而实现隆林义务教育均衡发展的目标。

为打赢义务教育保障战役，隆林以“开学不新增失学辍学学生”为目标，严格落实“双线四包”责任制[1]，全力做好劝返及控辍保学工作。2016 年，小学有辍学学生 3996 人，初中辍学学生 1077 人。2020 年，全县全力做好劝返及保学工作，通过多种方式动员辍学学生返校入学。截至 8 月，169 名义务教育适龄辍学学生已全部劝返，实现建档立卡辍学学生动态“清零”目标。

为营造全县“双线”总动员的宣传氛围，隆林还印发了《关于做好义务教育控辍保学宣传工作的通知》，发放教育政策宣传册、宣传折页等资料 14 万份。具体措施包括：建立完善联控联保工作机制，明确教育、公安等部门的责任，定期召开联席会议，对工作中存在的困难和问题逐一研究解决，凝聚工作合力。建立完善督导机制和考核问责机制，将控辍保学纳入地方各级政府考核体系和履行教育职责评价体系，把贫困户无义务教育阶段辍学学生作为脱贫首要指标，层层传导压力，压紧压实责任。建立控辍保学动态监测机制，实时调整完善县、乡、村、校四级适龄儿童台账，建立纵向到底、横向到边、不留死角的控辍保学工作机制，保障控辍保学工作落地落实。同时，通过“四步”工作法，对失学辍学学生进行精准排查：一是通过公安系统、国扶系统、学籍系统、资助系统进行比对，得出疑似失学辍学“母本”；二是通过与在校生花名册进行比对，得出疑似辍学“蓝本”；三是通过 3 月底（开学前）组织“大家访”进村入户进行信息核实；四是开学后对未及时返校学生进行“大普访”“大劝返”，边劝边核，最后得出全县失学辍学学生名单。此外，对在控辍保学台账管理过程中分类

1 “双线四包”：“双线”是指县（区）、镇（街道）、村（社区）一条线，教育局、学校、班级一条线。“四包”指县（区）领导包镇（街道）、镇（街道）干部包村、村干部包村民小组、村民小组包户，教育局领导包学校、校领导包年级、班主任包班、科任教师包人。

把握不准、政策把握不清等问题，进行逐级梳理，确保台账准确翔实。

隆林投入了大量人力和财力，根据辍学居家、辍学外出务工两种情形，分别采取相应的劝返措施。针对辍学居家的学生，按照“双线四包”责任制要求，统筹安排各乡镇、各部门、各学校相关责任人组建劝返工作组，登门入户开展劝返工作。针对外出务工的学生，根据外出务工的分布情况，统筹公安、教育等部门和单位力量，组成县外务工劝返工作小组，到务工地点依法强制开展劝返复学工作，劝返外出务工辍学学生。此外，行政督学和司法相结合，对多次劝返无果的，由辖区乡镇人民政府起诉适龄辍学学生家长；同时依法严格处理非法婚姻并生育行为，对与未成年少女结婚致其辍学的行为进行立案侦查，有力震慑同类犯罪，预防未成年人辍学。

在保学方面，隆林教育局指导全县各义务教育学校、职业学校切实履行保学责任，有针对性地创新工作举措，让劝返学生留得住、学得好，提高保学效果。具体措施包括：一是劝返复学的学生可以享受农村义务教育学生营养改善计划和寄宿生生活补助等政策；二是要求各相关学校对劝返复学的学生落实专人“一对一”帮扶，认真分析掌握辍学原因，有针对性做好心理疏导，对每一位学生在思想上、生活上、学习上倍加关心，让复学学生身心愉悦，安心留校学习；三是引导学生树立正确的学习观、价值观、世界观，使每一个复学的学生都能得到发展和进步；四是从学生的兴趣和爱好出发，探索研究教学方法，减轻学生学业、心理负担。

在隆林教育扶贫工作中，涌现出一个个动人的故事。桠杈初中35班的杨可同学经常率领一群“弟子”旷课逃学。要抓好班纪，首先必须驯服他。班主任杨成洪老师了解到杨可很钦佩历史上的农民起义领袖，便对他说：“一切英雄人物，不但勇敢无畏，坚毅、不屈服于危难，更有着为民众献身的伟大精神。现时代的英雄，就是生活的强者、学业的勇士，能够勇敢、无畏地面对学习、生活上的困难，能够以超出常人的意志力战胜困难，为社会做出贡献。如果你能将自己的勇气、胆量以及组织才能用在正确的事情上，你也有可能成为一个受人尊敬的小英雄。”针对他的闹事行为，杨老师以身边发生的真人真事对他进行了法制教育，并与他一起学习理解警句。经过一次次的交谈、开导、点拨、情感渗透，杨可终于信服了。杨可进步很快，日常行为发生了转变，后来还入了共青团，成为老师的得力助手，并代表学校参加县里的摔跤比赛获得了亚军。杨老师为他的进步感到欣慰。

不能让一个孩子掉队，是杨成洪老师坚持的班主任工作信条。2007年12月的一天，王方向同学突然向杨老师提出要回家陪奶奶，准备不来上学的想法。杨老师听了，心倏地一沉。第二天杨老师就到王方向家了解情况。原来他妈妈在他上小学四年级时就因病去世，家里因为给妈妈看病负债累累，他的父亲远赴他乡打工挣钱还债，他长年和年迈的爷爷奶奶生活。缺失亲情的他，学习成绩处于中下水平，在小学阶段一直受到同学的欺负排挤。虽然辍学这件事在他看来合情合理，但却一直悬在杨老师的心头：怎么能让一个13岁的孩子从此告别校园与读书无缘呢？一个周日的晚上，杨老师召集班干部，探讨了挽留他的办法，决定召开一次特别的班会，班会的主题是“五十四个宝，一个都不能少”。

第二天的下午，班会召开了，杨老师简单地讲明主题，然后是班长讲话，接下来几个同学主动发言，他们都陈述了让王方向留下来的理由，有的学生说着说着，就情不自禁地流下了眼泪。每个学生都对王方向说了一句话：“方向，希望你留下来。”当时王方向的眼角潮湿了，他的脚动了一下。杨老师认为时机已成熟，就走到他的身边，抚摸着他的头温柔地说：“方向，老师都看见你脚动了，别走了，好吗？”在杨老师的鼓励和同学们热烈的掌声中，王方向终于下定决心，走上讲台，鞠躬说：“谢谢大家。”台下又是一片真诚的掌声。沉默了一会儿，王方向又轻轻地说：“我不走了。”台下再次响起了持久的掌声，杨老师欣慰地笑了……

低保养老让特殊群体更有保障

隆林民政局以打好脱贫攻坚战为主线，切实落实主体责任，通过多种方式方法，努力实现“全面、精准”双兜底、双保障，让特殊群体生活有依靠。

广泛宣传，提高群众对低保政策的知晓度。一方面深入乡镇对低保救助工作人员进行面对面培训，重点讲解低保办理过程中的财产认定误区，让更多的乡、村级民政经办人员熟悉低保政策；另一方面扩大群众宣传覆盖面，通过媒体平台和发放宣传手册等方式进行广泛宣传。

完善机制，加大对特殊群体救助力度。建立社会救助多部门协调机制，制订因重残、重病而导致的“支出型”贫困家庭救助方案，明确条件和认定办法，结合脱贫攻坚工作，及时将这些特殊困难群体特别是符合条件的边缘化人群纳入低保救助范围。

运用服务平台，增加受助人员信息来源。充分运用“一门受理，协同办理”服务平台，发挥村委会成员、驻村干部、志愿者等人员熟悉民情的优势，重点聚焦国扶系统导出的边缘户名单，开展对陷入生活困境的群众的排查，扩大受助人群范围。

网上审批，探索推进低保无纸化审批。积极推广运用自治区低保信息管理系统，开展网上低保审批，有效缩短审批流程。督促各乡镇集中力量，实现信息核对与部门调查审核同步进行，提速完成审核审批工作。

据统计，截至 2020 年，隆林新增农村低保对象 1330 人，现有农村低保户 12 637 户 47 031 人，农村低保覆盖面从 11.82% 提高到 12.16%。

适当提高城乡居民基本医疗保险财政补助和个人缴费标准，提高城乡居民基本医保、大病保险、医疗救助经办服务水平，实现“一站式服务、一窗口办理、一单制结算”。加强农村低保对象动态精准管理，合理提高低保等社会救助水平。完善农村留守儿童和妇女、老年人关爱服务体系。

发展农村互助式养老，多形式建设日间照料中心，改善失能老年人和重度残疾人护理服务。

“做梦也没有想到种了一辈子田地，现在老了也能像城里人一样领上养老金。”刚满 60 岁的者保乡同福村同福屯群众梁七丽手里拿着自治县城乡居民社会养老保险为其所发放的养老保险存折，高兴地说：“每个月 126 元，让我们这些农村老人生活更有盼头啦！”

和梁七丽一样，2020 年 1—6 月，隆林全县 60 周岁以上的 39 319 名农村老人全部按月领上了基础养老金，累计领取养老金 2018.94 万元。自新型农村社会养老保险工作启动以来，隆林将新农保经办业务工作重心下移，把新农保工作平台延伸到乡村，建立健全了县、乡、村三级新农保服务网络，不断提高参保覆盖面。目前，全县城乡新农保缴费 11.53 万人，共收到参保费 794.59 万元。建档立卡户的参保费由政府代缴。

助残政策让残疾人生活有希望

2016年以来，隆林残联的各届领导班子在上级残联指导下，在县委、县政府及有关部门的支持和配合下，带领残联全体干部职工和乡镇残联工作者，团结协作，辛勤努力，多项工作取得好成绩。

为切实改善残疾人生活状况，保障残疾人基本生活权益，推进残疾人社会保障体系建设，隆林积极做好残疾人“两项补贴”（困难残疾人生活补贴和重度残疾人护理补贴）发放工作，切实保证弱有所扶。为充分发挥“阳光助残扶贫基地”辐射带动作用，隆林通过免费为贫困残疾人提供生态黑猪苗，将残疾人从业脱贫与创建扶贫基地相结合，帮助广大农村贫困残疾人增强自我发展能力，增收脱贫。同时，积极组织开展黑猪养殖专业技术、现场销售、保险理赔等知识培训，解答贫困残疾人提出的问题。

此外，残联还建立了“政府领导、民政牵头、残联配合、社会参与”的工作机制，使民政、财政、残联等部门加强协作，共同做好残疾人“两项补贴”的资格审定、补贴发放和监督管理工作。同时，明确补贴标准。从 2019 年 1 月开始，困难残疾人补贴标准为每人每年 960 元，重度残疾人护理补贴标准也为每人每年 960 元。

截至 2020 年，隆林共有困难残疾人 4012 人，其中建档立卡贫困户享受困难残疾人生活补贴 2885 人；重度残疾人 3230 人，其中建档立卡贫困户享受重度残疾人护理补贴 1611 人。

完善医保让群众不再因病致贫返贫

隆或镇伟岭村大田屯82岁的王亚告老人，因病在隆或卫生院住院，住院不用交押金。老人不禁感慨：“政府帮我家代交了每人250元的新农合，感谢共产党，处处为我们贫困户着想，过去‘大病扛着，小病拖着’的现象没有了。”

63 岁的龙福群是隆林县隆或镇伟岭村大田屯的建档立卡贫困户，因患有慢阻肺、心肌病、胃食管反流等疾病，需要长年吃药。村医每个月都会到他家，为他做简单的体检并指导他用药。

作为建档立卡贫困户，龙福群享受到了国家为其代缴城乡居民基本医疗保险个人缴费部分的政策，在一定程度上减轻了看病压力。但由于龙福群的慢性病较多，日常的门诊拿药不在报销范围内，每年四五次的住院治疗费用让他的经济压力依旧很大。

2019 年，县医保局出台贫困人口慢性病门诊维持治疗认定政策。凡在乡（镇）中心卫生院确诊为高血压、冠心病、糖尿病等 29 类慢性门诊维持治疗病种的，均可进行慢性病认定。龙大爷的病正好在认定范围内，有了这项政策，他日常看病用药的经济压力又减轻了不少。

“国家政策好，今年我住了 3 次院，个人总共只花费了 1000 多块钱。”龙福群说，“现在医疗报销手续十分简便，一出院就能结账报销。”

不用为看病发愁，龙福群仅是这项民生实事的受益者之一。据了解，截至 2020 年 9 月 9 日，隆林县城乡居民应参保人数为 383 180 人，已参保人数为 383 180 人，参保率为 100%；其中精准扶贫对象共计 121 508 人，符合基本医保参保条件的精准扶贫对象为 121 421 人，已参保 121 421 人，参保率为 100%。建档立卡贫困人口（两年扶持期内脱贫户、未脱贫户）患病住院报销 10 116 人次，总费用 4434.51 万元，报销总费用 4121.19 万元（其中基本医疗报销 3034.96 万元，大病报销 359.81 万元，二次补偿 280.81 万元，医疗救助 334.46 万元，扶贫兜底 111.15 万元），报销比例 92.93%；建档立卡贫困户患者按规定在县域内或异地定点医疗机构就医门诊慢性病报销 2609 人次，总费用 163.29 万元，报销总费用 145.22 万元（其中基本医疗报销 102.83 万元，大病报销 16.62 万元，二次补偿 4.07 万元，医疗救助 8.01 万元，扶贫兜底 13.69 万元），报销比例 88.93%；进行“一站式”系统报销的达 52 323 人次。

“截至 2020 年 8 月底，已为建档立卡贫困人口全额代缴城乡居民基本医疗保险费用，全县建档立卡贫困人口城乡居民基本医疗保险及大病保险参保率达 100%。”隆林县医保中心负责人姜再斌介绍。

据了解，为确保贫困人口医疗保障待遇保障到位，县医保局从完善医保政策体系、深入开展打击欺诈骗保行动、积极推动医保支付改革、全力确保医保基金平稳运行等方面持续发力，让建档立卡贫困人口的获得感和幸福感显著增强，有效遏制了因病致贫、因病返贫现象的发生。

隆林县人民医院作为县域内农村贫困人口大病救治定点医院，大病救治病种从 2017 年的 10 种扩大到现在的 25 种。截止到 2020 年 6 月，国家建档立卡农村贫困户 25 种大病总发病 281 人，已救治 281 人，救治率 100%。

针对建档立卡贫困户门诊特殊慢病卡办理率低的实际，县医保局在县人民医院和中医院设立了专门的慢病办理咨询处和绿色通道，指定专人负责办理。只需持二级医院以上相关病种的疾病证明及相关检查报告单，到上述两所医疗机构任一所填写申请表后，等待医疗保障局审核发放相关疾病的慢病卡即可。贫困人口门诊特殊慢性病实行“先享受待遇后备案”制度。截至 2020 年，全县共办卡 12 464 张，符合办理 29 种门诊特殊慢性病卡条件的贫困人口 4898 人，已办理 4898 张，办卡率 100%。

针对易地搬迁医疗点建设问题，新州镇卫生院跟鹤城新区连片，于 2019 年 7 月 29 日已整体搬迁至城西疾控中心新楼（新址位于城西信用社后），为易地安置点建档立卡贫困户群众提供各项卫生健康及基本医疗服务。城西医疗点已正式投入使用，工作人员已到该医疗点正常上班。

保稳定收入，全面拓展工作岗位

2020 年 1—6 月，隆林建立贫困劳动力个人就业档案，采取“点对点”直接接送方式，继续组织有外出务工意愿的贫困劳动力尽快返岗复工；加大就业扶贫车间扶持力度，落实自治区就业扶贫车间补助、贫困劳动力稳岗补贴、交通补贴、金融扶持等政策；加大扶贫公益性岗位的开发力度，开发 6250 个村级临时扶贫岗位，及时安排人员上岗就业。

开展“点对点”输送工作。采取电话、微信、QQ 等联系方式对有意愿返岗复工人员进行摸底排查，了解劳动力就业意愿、就业意向、就业能力、培训需求等情况，并将人员信息汇总登记造册。主动与广东深圳对口协作主要务工地人力资源和社会保障部门和用工企业对接用工需求，协调专列专车组织农民工及时外出返岗务工。截至 2020 年 6 月 22 日，隆林安排跨省点对点省际直达包车 245 辆，乘坐专列专车赴粤返岗就业 6552 人，其中包括建档立卡贫困户 2327 人。

着力推进就业扶贫车间复工复产。严格按照疫情防控有关要求，深入就业扶贫车间调查研究，指导引导扶贫车间有序复工复产，确保贫困户就业不受疫情影响，有效巩固脱贫成果、提升脱贫质量。对于企业用工需求，多举措大力宣传。2020 年 3 月 2 日，隆林认定的 7 家就业扶贫车间已全部复工复产。2020 年 4 月，新认定“文创”和“达江”两家电子加工就业扶贫车间。截至 2020 年 6 月 19 日，9 家“扶贫车间”共带动就业人数 937 人，其中贫困劳动力 209 人，易地搬迁劳动力 55 人，留守农村妇女 653 人，残疾劳动者 20 人，人均年增收 15 000 元以上。

推进村级临时性扶贫公益岗位开发工作。结合隆林疫情防控需要，全县计划开发保洁环卫、防疫消杀、测温、社区巡查、入户排查、跟踪联络、卡点值守等村级临时性扶贫岗位，工资待遇 800 元 / 月。截至 2020 年 6 月，已开发村级临时性扶贫岗位 6250 个，所有人员已全部到岗，签订就业协议，购买商业意外伤害保险，每月实行工作考勤、考核制度。

为贯彻落实就业扶贫政策，各乡镇积极为外出务工或在当地就业扶贫车间、企业、家庭农场、农民专业合作社等合法经营主体稳定就业的贫困劳动力申请稳岗补贴。通过落实稳岗补贴政策，激发贫困户的内生动力，打好疫情期间贫困户稳岗就业主动仗。发挥驻村工作队和帮扶干部的力量，通过入户走访、微信、电话等形式，收集帮扶贫困劳动力务工地点、月数、身份证、银行卡等材料，及时完善申请表和务工证明，确保稳岗补贴不落一人，做到应享尽享。

为进一步落实广西壮族自治区政协“就业脱贫 · 委员行动”座谈会精

神，推动区政协办公厅对口帮扶隆林各族自治县就业扶贫工作有效开展，促进隆林贫困劳动力到区政协委员企业就业，提高隆林贫困家庭劳动力就业创业能力，助推隆林坚决打赢脱贫攻坚战，2019 年 2 月 21 日，区政协在隆林举行“就业脱贫·委员行动”（隆林）务工人员欢送仪式，欢送受聘的农民工朋友到相关政协委员企业就业。为了做好此次贫困群众到政协委员企业就业工作，自治区政协和百色市政协以及隆林各族自治县有效衔接、迅速行动，积极开展组织和宣传发动工作。同时，为做好贫困群众到岗接送工作，隆林还派出部分县、乡、村干部与贫困群众一同外出，确保受聘人员平安出行、顺利入企。据悉，此次行动共有来自隆林 16 个乡镇的 433 名贫困劳动力与自治区 25 家政协委员企业达成就业意向，受聘人员乘坐免费大巴车直达南宁、防城港、贵港等地就业。

脱贫工作越到最后时刻，越要狠抓工作作风问题，坚决克服形式主义、官僚主义，狠抓实干，确保各项工作见真章、出实效。只有扑下身子、深入一线、深入基层，督与战一起抓、上级下级一起干，千斤重担大家挑，共同奋战，才能夺取脱贫攻坚战的全面胜利。

在决战决胜脱贫攻坚的收官之年，隆林剩下的贫困村和贫困户都是难啃的“硬骨头”。“我们实行每周六扶贫‘加强日’工作制，开展党员‘四帮四带’、结对帮扶‘九个一’以及争当脱贫攻坚‘明白人’等系列活动，引导贫困群众依靠勤劳双手脱贫致富，决不让一户贫困户掉队。”隆林主要领导表示。

好日子，正等着我们共同去奋斗！让我们一起迈进小康社会，过上幸福美满的生活！

蜂路无穷途，引领致富路

——记隆林养蜂致富带头人代小林

梁万德

“时代给了我力量，我不能走回贫穷的老路，不能让我周围的乡亲在贫困的路上徘徊。”正是这份执着的追求，成就了代小林的人生。

也许别人难以相信，或许数年前代小林自己也未必相信，他实践的中华蜂引蜂、养殖、管理模式被中国权威中蜂（中华蜜蜂）养殖专家称为中国中蜂养殖的一次革命；也不会想到，他从事的中蜂养殖工作得到了中国养蜂学会常务理事徐祖荫教授如此高的评价：我数十年梦想和追求的养蜂模式，代小林今天做成了。

代小林，何许人也?

其貌不扬。一米六几的个头，32 岁，在陌生人面前还显得有几分腼腆。也许是因为个头并不高大，他看起来不过是二十六七岁的样子，看着青春有活力，似乎总有一股使不完的劲。

其志非凡。这个代小林，竟能打破千百年来中华蜂的收蜂、养殖、经营和管理模式，使多少专家都认为是一种“神话”可望而不可即，使越来越多的贫困户在他的帮扶下摆脱了贫穷，走向了富路。

其心仁善。他虽然刚从贫困中走出来，但却一直不忘还在贫困中摸索的父老乡亲。他的理想和目标，就是让更多的人摆脱贫困，尽快富裕起来。

一、不做宿命论者

贫穷和宿命论是孪生子。这个时代虽然给人们摆脱贫困创造了优越条件，但仍不乏“生死由命，富贵在天”的宿命论者，这种思想使他们在脱贫的路上举步维艰。青年时期的代小林却不屈服于所谓的命运，敢于向贫穷和命运发起挑战。

如果有人说一个80后少年时期连饭也吃不饱，未必有人相信。而这样的命运，偏偏降临到了代小林头上。

1986年,代小林出生在隆林金钟山乡一个有50余户人家的小村子——牛场村。这是一个缺田少地的地方，乡亲们的贫穷是让人难以置信的。代小林少年时期吃不饱饭是常事，他说他十几岁的细胞都是吃玉米长成的——吃大米是一种奢求，就连吃苞谷饭也常常吃不饱。

贫穷，使他的学历至今一直无奈地定格在“小学三年级”。

后来，改革开放的春风吹遍中国大地，外面的世界生机盎然，精彩的世界也唤醒了牛场村不甘贫穷落后的人们。

代小林一家也开始醒悟了。为了能吃饱饭，他们从牛场村搬到了国营金钟山林场辖区的马兰庆，在那里他父亲起了间简陋茅草房，向林场领导请求在林场即将开发种树的荒坡种植玉米。可是好景不长，他们刚吃了几年饱饭，林场树苗长高，不宜在林地里继续种玉米，代小林一家于1999年又搬到弄八村西舍屯。这是一个汉、壮杂居的村屯，自然条件较好，善良的乡亲们给他们分了约1亩田和5亩旱地。在这里，代小林能较多地吃到大米了。能吃饱饭了，但无经济来源，日常开支还是紧巴巴的。看着外面精彩的世界，年仅16岁的代小林不甘寂寞了。当时正值兰花市场看好，代小林所在的德峨、猪场、蛇场等乡镇山上多生长野生兰花，他便在德峨镇当地租地搞兰花种植。种了3年，代小林收获了他人生的第一桶金，有了几万元进账。可是好景不长，2005年兰花市场一落千丈，种植兰花的事业就此收场。

2005年，代小林听说玉林市多产野生蜂蜜，且无人收购，而隆林、西林多有广东等地老板来收购野生蜂蜜，就生出了做野生蜂蜜生意的想法。至2008年，他虽然也在老家西舍养殖中蜂，但还是以做野生蜂蜜生意为主。虽然每年都有3万~4万元入账，但辛苦又背井离乡，而且上山采蜂蜜多有危险，心里总不踏实。2008—2009年，他用几年积攒的资金在近家的那绍村开了个餐馆，两年赚了近20万元，后因客观原因，生意每况愈下。那时正值生姜、薏米行情好，2009年他又在西林投资种了100亩生姜、400亩薏米。可是人算不如天算，种下后遭逢50年不遇的大旱，生姜、薏米失收，他损失了20万元，还欠下6万元债务。

面对巨额债务，他的天几乎塌了。妻子此时弃他和孩子而去，更使他感到雪上加霜。他回到西舍屯，一位好心的壮族朋友劝他："算了吧，反正饭是有吃了，钱财这东西，多有多用。生死有命，富贵在天。命中有时终归有，命中无时不强求。都说夫妻本是同林鸟，大难临头各自飞。既然她在你落难时离你而去，就当和她没有姻缘吧。"

对于妻子的离去，经过一段时间的痛苦，代小林也终于想通了，觉得并不值得留恋。但是他的命只与贫穷有缘吗？他看看身边的苗族朋友，历史上曾把他们说成"不事商贾，礼仪罔闻"，在隆林曾被视为最贫穷的群体。但是改革开放后，他们不分男女，敢于向命运宣战——做买卖、搞建筑、跑运输，走出家门，外出打工，不少人摆脱了贫穷。"我是一个健康健全的人，我不能就此躺下。"——他下了决心。

为了挽回"败局"，他在2009年再下玉林，重拾野生蜂蜜生意，以图积累资金，东山再起。

二、选定目标，重操蜂业

采集野生蜂蜜既危险又不稳定，因此代小林在做野生蜂蜜生意的同时，也没放弃在老家养殖中蜂，顺便收购附近乡亲们自产的蜂蜜到县城卖。

2000 年，代小林就将自己上山采的蜂蜜和收购来的蜂蜜 160 斤，通过马驮船运车拉，拿到近百公里外的县城卖。因为天气热加上长途颠簸，蜂蜜表层起了泡，城里人误认为蜂蜜质量不好，无人问津。天将晚了，代小林身上仅有 7 毛钱，连吃饭钱都不够。他苦苦恳求当地大药房一位好心人，将蜂蜜暂时寄放在药房待后处理。他用仅有的 7 毛钱买了 4 个李子作为当天的晚餐，然后连夜赶回老家，次日上午到了猪场乡才在熟人家吃了锅里剩余的半碗苞谷饭。

到家后妈妈才告诉他，他家有一位叔公在县组织部工作，可打电话让他代处理蜂蜜。代小林和叔公取得了联系，叔公很快以每斤 5.5 元的价格处理了这 160 斤蜂蜜，代小林赚了 800 多元钱。叔公告诉他，有这么好的蜂蜜尽管拿给他，他的熟人不少，都等着买。

2010—2012 年，代小林只养了二三十箱野生中蜂。做了 3 年的野生中蜂蜂蜜生意，他知道，只要做好良心生意，养蜂前景是光明的。2013 年，他边扩大野生中蜂养殖规模，边收购家乡蜂蜜出卖，以积累扩大中蜂养殖规模的启动资金。他每年都批发给县城土特产店几千斤蜂蜜，他的心，从此用到了养殖野生中蜂上。

在我国，无论从蜂种还是从蜂蜜质量上比较，与意大利蜂（简称意蜂）相比，中蜂都是上乘的。中蜂勤劳，适应我国环境及气候，抗病力强，采集百花，所产蜂蜜质优且药用价值高，深受我国消费者欢迎。但自从意蜂被引进且大规模集中放养后，对中蜂威胁极大，它们强势抢采花源，危及中蜂的生存环境，还常常袭击中蜂，使有些地方的中蜂几近覆灭。与此同时，我国蜂农原始粗放的收蜂、养殖、管理模式，影响了中蜂的繁衍和发展。

因此，对于如何发展中蜂养殖，代小林认为：“不能再按老路走。”

三、走一条中蜂养殖的新路

多年的经验使代小林看到了中蜂养殖的前途，他知道要把中蜂养殖事业做大做强，就必须打破传统的养殖和管理模式。而要做成大事，没有科学的理论指导就可能会因盲目而误入歧途。代小林只有小学三年级文化，要摸索出一条新路，又是何等艰难。

2013 年，在代小林多年实践取得一定经验，正下定决心做大做强中蜂养殖事业时，遇到了两只拦路虎：一是自身文化水平低，学习养蜂理论有困难；二是缺乏启动资金，在西林的投资失败已经使他债台高筑。山重水复疑无路，柳暗花明又一村。他在网上学习外地养蜂经验时，偶然认识了田林女子韦丽芬。经过一段时间的交流，韦丽芬觉得代小林有志气，有目标，选择的中蜂养殖项目也很有前途，于是决定与代小林同甘共苦，用自己打工积攒下来的钱为他还债，还向亲戚朋友借钱作为养蜂资金，让代小林早日渡过难关。

有了韦丽芬的支持，代小林更有勇气，更有干劲。他买了有关养殖中蜂的书籍，和韦丽芬一起通过网络学习别人的养蜂经验，了解外面的养蜂动态，还自费到云南等地学习养蜂经验。

2014 年，对于代小林是最困难也最关键的一年。近春节了，代小林身无分文，他与韦丽芬上山挖山薯，让妈妈拿到集市卖了换钱。为了让一家老小过好春节并扩大养蜂规模，他向 42 个人借钱，只有两人同意，借了两千元给他。虽然过节有了钱，但仍然缺乏养蜂启动资金。他和韦丽芬找遍了亲戚朋友，终于在次年扩大了中蜂养殖规模。

经过多年的学习和实践，他做到了“人有我有，人无我有”。他发明了用特殊的香料加多种中草药引蜂，让三四公里外的野生中蜂自然入箱，加上他特殊的管理，形成了代氏科学管理模式。此外，他还指导本屯杨亚才（苗族）等可信赖的朋友，用他独特的方法引蜂，当年就引进了数百箱，向人们证明了他独特引蜂法的成功。2018 年，他的恒温蜂箱获得了国家发明专利，可在不同海拔引蜂，而且引得进、留得住。

四、蜂路无穷途

经多年的实践，代小林的收蜂、养蜂及管理模式在 2015 年已趋成熟，在县内外产生了强烈反响。县内外养蜂人士慕名而来，他们来时有敬佩的，也有怀疑的，可最终他们见到了实际情况都是信服的，是“满载而归”的。

此时，国家的扶贫政策已深入人心、家喻户晓，代小林也为党的亲民爱民富民政策所感动。他虽然也刚从贫穷的路上走出来，而且事业还须扩大，但他决心让自己的事业与党的扶贫富民政策相向而行。

2016 年，他为了扩大自己的养蜂事业，注册成立了隆林代氏蜂业有限公司。为了扶持周边群众脱贫，公司申请了 10 万元贷款，专门制作了 1700 多个标准恒温蜂箱无偿发放给蜂农。由于代小林的成功在附近乡镇群众中已是“眼见为实”，而且是零风险零投入，3 个月即有经济收入，因此，养殖中蜂成为当地群众的迫切要求和自觉行动。当年，中蜂养殖已覆盖金钟山乡、革步乡、猪场乡等乡镇及西林、云南的广南等一些县。

代小林的成功引来了区内外众多媒体人士的关注，他们争先报道代小林独特的养蜂模式，报道他带领周边群众养蜂脱贫的事迹，在区内外引起强烈反响。

2016 年年底，云南德宏师范高等专科学校食用药用昆虫研究所郭云胶教授会同广西林科院蒋学建博士，组织了全国蜂界 60 多位杰出人士到代氏蜂业有限公司考察，对代小林“小规模、大群体，统一管理、统一品牌，放眼全国、扶贫助弱”的经营理念和管理模式给予高度评价。

2017—2018 年，代氏蜂业在周边发展养殖户 200 多户，隆林 16 个乡镇中已有 11 个乡镇有加盟商加盟了代氏蜂业有限公司，养殖农户达 1000 多户。有的养殖户每年仅蜂蜜收入就达 3 万 ~5 万元，一般的也有 1 万多元。金钟山弄八村的苏达新 3 个月养蜂收入就达 1 万多元。中蜂养殖对农户脱贫致富功不可没。

至 2018 年下半年，百色市 12 个县（区）已有 6 个县（区）有了加盟商，广西区内已有 6 个市有了加盟商。

在区外，贵州、湖南等 7 个省（区）的 100 多家加盟商加入代小林的养蜂事业。

2018 年，代氏蜂业有限公司在县内 3 个乡镇举办了 3 期 350 人的培训班，并对从广东、贵州、湖南、湖北、浙江、广西、云南 7 个省（区）来的 100 多个加盟商进行培训。

代小林在发展自己养蜂事业的同时，不忘身边还在贫困中徘徊的父老乡亲。按规定加盟商每年要向公司上缴一定的加盟费，但代小林见他们刚起步，就免了加盟费，让他们用这笔费用为蜂农制作蜂箱，无偿送给养蜂贫困户，扶持他们脱贫。他还有一个不成文的许诺：从 2018 年开始，每卖出一斤蜂蜜，就抽出一元作为扶贫资金。

在谈到目前的困难时，代小林思索片刻后说道：“由于有各级党委、政府及各界人士的支持，代氏蜂业是越做越大了，给我们带来了很大的动力。区内外蜂业人士不断过来参观学习和加盟，但我们公司远离县城，交通不便，基础设施很不完善，很对不起远道而来的客人。如果能在县城有个办事处，培训就能在县城办，还可以进行产品展销，这样效果更好，很希望得到各级党委、政府及社会人士的支持。”

代小林的甜蜜事业正日益壮大。他说，今后县内及近邻的工作他会交给公司同事负责，他将把养蜂事业推向市外、区外。

代小林不无感慨地说：“与其说我事业的成功是我多年打拼得来的，倒不如说是因为我生在了一个好时代，是党的扶贫和富民政策鼓舞了我。蜂路无穷途，扶贫无止境。我每走一步，都不会忘记还没脱贫的乡亲。我不仅要扎根隆林，还要把眼光投向更高更远的地方。”

我们相信代小林，期待代小林。

系向云端的丝带

林秀芝

“我老家在高——高——高的云顶上，骑在我爸肩膀上一伸手就摸着白云朵朵啦！”

这是女儿在四五岁时给小伙伴们的回答，她稚嫩的脸上绽放出云朵似的花。

一

弄华屯隶属隆林革步乡马用村，位于者浪、德峨、革步三乡（镇）交界处，东与者浪乡坡合村相连，南与德峨镇三冲村接壤（紧邻三冲茶场），西与革步乡蒙里村毗邻。

弄华屯海拔 1600 米，一年四季大多笼罩在雾霭之中，这里植被丰富，空气湿润，气候凉爽，土壤肥沃，有着茶叶等多种作物生长的绝佳生态环境。

弄华屯分为上弄华和下弄华两个寨子，上弄华居住着汉族，他们大约在 100 多年前陆续从贵州等地搬迁过来，姓氏较杂；下弄华多是壮族，人口较少，姓氏也比较单纯。两个风俗习惯各异的民族在这里繁衍生息，和睦相处。他们勤劳俭朴，世代过着日出而作日落而息的生活。

因为交通不便，生活在这里的山民只能靠人背马驮将自家产出的农产品零星带出山外去卖，换得很少的钱买回一些诸如盐巴、煤油之类的生活必需品。虽说它的闭塞程度还没到陶渊明笔下“乃不知有汉，无论魏晋”的境地，可这里的人也算得上是过着与世隔绝的生活了。

回想 20 多年前我第一次跟当时的男朋友现在的老公回弄华时的情景与感受，真的是既新奇又悲凉。记得我们中午在者浪乡下车，吃了碗粉就沿着乡政府背后一条蜿蜒曲折的小路走去。一路上坡下坎，3 个多小时后蹚过一条沟渠，到了河对岸，见到几户人家，我以为到了，可是一问，男朋友指着面前又一座高耸入云的大山对我说：“还要上那里去。”

我仰头一看，不觉惊呼：传说中的“摩天岭”也不过如此吧。好在那时还是 8 月，天晴，路干，要是在农历十月以后去，非得穿防滑水靴不可，否则那陡峭又泥泞不堪的黄泥巴路保准让人连滚带爬地摔上几回。

又爬了 3 个小时左右的山路，才隐约望见前边山坳上零零散散的一些房屋，都掩映在茂密的林子里。等走到男朋友家时已是傍晚时分，橘红色的太阳悬在山尖上欲坠未坠。

站在屋子前极目远眺，望不尽的是连绵起伏的黛色山峦，白纱似的轻雾飘浮在群山之间。男朋友的小妹告诉我，到腊月间这些雾气就会涌进家来，屋子里满满的都是。当时我想：哦，原来雾的家就在这里呀！

村民的房屋或聚集或零星地建造在邻近的两座山坳上，大多是木瓦或木草结构的“二层楼”（上层住人、下层住牲口），防风防寒性能极差。

二

弄华“山高水远”，不仅出行不便，饮水也是大问题——要到山下很远的溪涧才有水，每天不管多忙都要留一个壮劳力专门在家取水。

这样的情形一直持续到改善农村基础设施建设的政策实施后才有所改变：2010 年 9 月底，政府从 8 公里外的德峨镇三冲村境内一处水源地引来了一条人畜饮水通道。

然而，路，还是原来的路。弄华人只有“望山兴叹”，他们不再心存奢念，唯一能做的只有让自己去适应，在苦难中寻乐。

屯里曾经流传过一则“趣闻”。说是在 20 世纪 90 年代，一个二十大几的小伙子和妻子去者浪赶场，买了个陶制水缸背回家。二三十里的山路，他妻子千叮咛万嘱咐，就怕有个闪失。小伙子小心翼翼地背了一路，眼看就要到家了，却在自家屋后脚下一踩滑，一个趔趄连人带缸摔下坡去，好险人还不笨，立马解开背绳才没伤着。

缸却碎成了几块。

他立马爬起来，顾不上看自己伤着了没，麻溜地下坡去捡拾摔成了几大块的陶片，装进背篓又爬上来，一边还自言自语道：“又有几个花盆了。”他妻子无奈到笑出了眼泪。

三

长夜漫漫，终有黎明。悲苦百年的弄华屯终于等来了曙光——国家精准扶贫政策的实施让弄华屯喜事连连：2015 年，完成农村电网改造，实现了用电无忧；2016 年，年度第一批国家专项扶贫资金投入的道路硬化项目落户弄华屯！

测量队进山了。

这回的设计拟从西面蒙里方向的马祖屯往左拐，途经马鞍山再回旋上到弄华屯，计划先建成马祖至马鞍山段。

或许是之前修路的失望太多，所以不敢再存希望了，人们不再像以往那样兴致勃勃地询问这询问那，不再热情高涨地凭着山里人的生活经验给工作队说看法、提建议，而是沉默起来，用一副视若无睹的姿态在观望。

测量工作紧张有序地进行着。

10月，马祖至马鞍山屯的通屯水泥路工程开工仪式如期举行，礼炮声、隆隆的挖掘机声震醒了沉寂多年的群山。

12月30日，这段投资95.42万元（合同造价）、长2.57千米的通屯水泥路顺利竣工，马鞍山村民率先享受到了交通便捷带来的好处。

2018年2月8日，“0008－隆林县革步乡马用村马鞍山至上弄华屯4.017千米通屯水泥路工程”“0009－隆林县革步乡马用村下弄华至上弄华屯2.038千米通屯水泥路工程”同时完成项目招标工作。3月，中标工程队正式进驻弄华屯，各种机械设备相继到位。

弄华屯沸腾起来了！

各家各户敞开大门，积极配合工作队，遵从设计路线，遇地让地，遇墙拆墙，毫不含糊。好些原先在县城务工的村民得知修路人手不够时，二话不说立即收拾行李回家加入到修路队伍中。

他们说：“在家门口做工既有工钱拿又能照看家里，再说还是修自己走的路，做起来干劲十足、信心百倍！”

“修好了路咱们的杉木也能卖出个好价钱，生活更有奔头啦！”

是啊，环境的限制使得弄华屯种植的茶叶、桐果等农产品只能由着那些进山收购山货的老板任意挑剔、压价。

还有那一坡坡的杉木。都说“十年树木”，杉木苗栽种下去，从小苗到长大成材不知要付出多少艰辛的劳动，弄华人就指着这些苗木有一天能变成一张张红彤彤的钞票来修造房子、送孩子读书。

等到苗木长大了、成材了，那些腋下夹着皮包的木材老板也就进山来了。

纯朴好客的弄华人杀鸡上酒盛情款待，然后领着老板们到抬眼望不见天的林地去察看。面对眼前成片成片粗壮挺直的杉木，木材老板禁不住喜形于色，伸出白皙的手掌摸摸这棵、拍拍那棵，恨不得一把将它们统统搂进怀里。

在地里转了一圈后，老板开口了："老哥啊，说心里话，木呢，是好木不假，这点我不否认。但是，你也晓得的哈，就是你们这里的路……"

原本信心满满的弄华人瞬间像犯了错的孩子般垂下了头。

老板道："你也晓得咧，弄华这里的杉木生意没有几个人愿做的咧，运输成本太高，累死累活也赚不了几个钱。这样吧，今天认识你也算咱俩有缘分，我就图个人情帮你找销路，要是刚才说那数你接受得了的话，咱们这生意就成了。要是不成，古话说得好，生意不成仁义在嘛。"

就好比一年到头养肥了一头猪，长定了，若是不卖，再喂下去也是浪费粮食和精力了。所以就算是亏了也只能卖掉。杉木也一样，何况人家说的也是事实啊，谁让咱这旮旯就这条件呢？有人愿意进山来买就不错了。

所以最后的结局往往是：勤劳卑微的弄华人，怯怯地伸出满是老茧疙瘩的手，去捧着那一双细皮嫩肉的手，一个劲儿地千恩万谢，把心里乐开了花的木材老板送出一个垭口又一个垭口……

弄华人最大的梦想是在这片热土上也能跟山外人一样有尊严地活着，而这份尊严，只有国家才能够给予。

四

2018年9月22日，星期六，我和老公趁着休息决定回趟弄华。本打算只是回去看看的，不想却成了一次意义非凡的“采风”。

下午1时许，炽热的太阳当头照（所谓的“秋老虎”）。我穿着短袖、中裤，套上防晒衣，戴上安全帽——整装出发！

往西——往县城西南方向走。

摩托车“突突突”往前冲。走着走着，刚才还是热辣辣的天一下子暗了下来，凉风飕飕的，我居然打了个寒战。感觉有雨点打在安全帽上，不大，却奇脆。推开帽子的挡风玻璃望去——前方远山已是灰蒙蒙的，正下着雨，身后半公里以外同样是重重的迷蒙雨雾。越往前去路越湿，浑黄的积水也越深，显然前方刚有大雨下过。

马祖岔路口，左转，去往弄华屯方向。

才过马鞍山不远就被两辆载满砂石的工程车堵住了去路，一问才知这儿过去就是铺设马鞍山屯至弄华屯水泥路的施工场所，车子正要倒车卸料，不料其中一辆不慎陷进了坑里。

老公跟师傅们聊天时我在周边“晃荡”看风景：这处工地选得好，山脚正好有一处小溪流，工人们就地挖了个大坑，垫上塑料篷布，用一条高压塑料水管将溪水引到坑里。筑路工程能就地取水，这是大自然的馈赠。

从他们的聊天中我们得知就剩大约两公里没铺水泥了，若是天气晴朗的话，20天左右就能完工。“但是，”其中一个本屯的司机说，“咱这海拔高，早晚雾大，就是不下雨也像是下雨，能施工的时间很少，今年的雨水又特别多，给施工带来很大的困难。你看，刚才一场雨下来，这轮子一陷，大半天的工夫又耽搁在这里了。”他指了指趴窝的车，无可奈何地摇摇头。

“把料先卸下吧！”车子旁有人朝他喊。

他撂下我们跑了过去。我们也跟了过去。

十几个人忙活着将垫在轮子周围的石块、木条往外抽，一个个满身的黄泥点子和沙尘。当中大部分是家住附近的村民，看见了过来帮忙的。

老公也挽起袖子加入其中。

卸砂——启动——开足马力。轮子发疯似的刨土，刨、刨、刨，刨出一堆稀泥和股股浓烟。

还是无济于事，还是爬不出来，而轮子已在坑里悬了空。

“石头丢进去！大的丢进去！”

“锄头！递把锄头过来！”

“钢钎！拿两根钢钎！”

……

我想要过去，却被老公喝住：“你就不要来添乱啦，躲远点！”

想想也是，只好又到别处“看风景”去。

打这路过的人也都加入到拯救这头“大铁牛”的大战中去。差不多花了两个小时，这“铁牛老兄”才不情不愿地爬出来。

一群脏兮兮的大老爷们一屁股瘫坐在稀泥地里，糊着泥巴的手撩起衣襟甩开汗珠子，扯着嗓门兴奋地朝着远处“喊山”——那是一种只有他们自己才能听得懂的山歌调调。群山浑厚地回应着，定是在为他们欣喜和表示祝贺吧！

一场秋雨过去，近树、远山、蓝天，甚至连空气都如同浸泡在水里洗过一样。云朵棉花似的轻盈洁白，杉叶尖上颤颤欲坠的雨珠晶莹剔透地将他们的影子清晰定格在里头 —— 琥珀般洁净、透明。

五

终于，到2018年7月初，下弄华至上弄华2.038千米段、投资91.71万元（合同造价）的水泥路竣工。紧接着马鞍山屯至上弄华4.017千米段、投资185.26万元（合同造价）的水泥路也竣工了。至此，马祖至弄华屯通屯水泥路全线竣工通车，从此结束了弄华屯没有公路的历史，摩托车、轿车、农用车、运输农产品和木材的大货车终于可以安全进出。这是一条“丝带之路”，它把弄华屯跟外面的世界连接在了一起。弄华，从此不再是那个被遗忘的角落，不再孤单和闭塞，它将和其他兄弟村屯一道前进和发展，走出自己的富裕之路、幸福之路。

六

如今站在马鞍山脚下仰望紧接云端的弄华屯，那里昔日五面透风、摇摇欲坠的木屋已被一幢幢白色小楼所取代，镶嵌在小楼旁的蓄水池如镜子一般映着白云蓝天。这条自马祖路口迂回途经马鞍山蜿蜒而上“摩天岭”的水泥路，宛如一根银灰色的丝带，自山姑娘的脚踝缓缓环绕而上，绕过腰际，绕过前胸，绕过颈项，最后系上她黛色的秀发。那幢幢新楼便是随意缀上的头饰，在穿透薄雾的阳光映射下熠熠生辉……

愿你们的日子越来越好

卢思雨

精准扶贫。

脱贫攻坚。

“小康不小康，关键在老乡。”

“决不能让困难地区和困难群众掉队。”

“与全国全区同步全面建成小康社会。”

这一声声号角，这一句句承诺，像三月的惊雷催促着我们走向脱贫攻坚的扶贫路。

在这千千万万的贫困群众和数以百计的扶贫队伍里，有的千方百计努力摆脱贫困，有的怡然自得于“晨钟暮鼓”的幸福，有的坚守着“不脱贫不撤兵”的信念……一个个鲜活的人，一件件感人的事，都在脱贫攻坚的大潮中一一呈现，像一面面镜子折射着我们精准扶贫的帮扶成效。

一、那些触动内心的贫困人家

托尔斯泰在《安娜·卡列尼娜》的开头第一句就说，幸福的家庭都是相似的，不幸的家庭却各有不同。

走到播立村黄佩乳的家门，看到她家贴着瓷砖的三层小楼，我心中对当初的建档立卡评分存了几分怀疑：有这样房子的家庭还评得上贫困户？深入了解，才知她家庭的困难。黄佩乳的丈夫搞建筑，2015 年以前家庭生活条件不错，还建起了这幢小楼。然而，天有不测风云，房子建好不久，丈夫就因病去世，留下十几万元的医疗债务及妻儿仨人。为了供两个孩子上学，黄佩乳就在周边的砖场、石场给人帮工，靠双手卖苦力供养孩子和还债。由于长年做苦工，她原本瘦弱的双臂都变了形。看着她，我心里充满了同情——这是一个不幸的女人。

但幸运的是，她碰上了精准扶贫。针对她家的特殊情况，乡里给她办理了低保，还聘她做屯里的保洁员。驻村第一书记为其孩子找到了爱心资助人，除了能享受到学校给予的贫困生补助外，他们每月还能得到 100 元的生活资助。广西广播电视台领导到她家走访后也表示，只要孩子能考上大学，会想办法资助他们大学期间的必要生活费。这些帮扶行动对于她也许只是杯水车薪，但我们希望这一份份绵薄之力能给她的家庭注入一缕阳光，带来一份希望，早日实现脱贫。

2017 年 11 月，黄亚来还住在全村唯一的木瓦结构房子里。那天，屋外阳光正好。我走进他家时，他正坐在火塘边，靠着床沿打瞌睡。环顾四周一目了然，各种杂物乱糟糟散在各处，乍看满屋都是东西，细看之下，其实什么也没有。一口黑乎乎没有刷洗的铁锅被随意地丢在一个塑料水缸边，锅里还装着未洗的碗筷。我们 4 个人弯腰进屋，屋子瞬间被挤满，暗了下来。因为我已从包村工作组组长的口中大致得知了他的家庭情况，所以对他是有点生气的——可怜之人必有可恨之处。他年近四十才娶上老婆，因为他的懒而穷，老婆外出打工 4 年未回家了，而且好像也没有再回这个家的意愿，留下他和一个刚满 10 岁的孩子在家挨日子。这些年乡里一直给他危房改造指标，他不是说日子不好，就是说没钱，一直拖着，拖成了全村唯一没有住上砖混结构房子的贫困户。

2018 年 10 月，我们再次来到他家，是来给他新建的房子装门窗的。这是 2017 年年底与他的约定——他接受危改指标马上建房，我们负责帮他安装门窗。早早的，他已站在门口等我们。有了新房子，他整个人显得精神了许多。我们一边进屋一边问他："建厨灶补助的钱和危改补助的钱都到了吗？"

"到了，全都到了。"他赶紧进卧室拿出"一卡通"存折给我们看。他上小学的孩子正在客厅看电视，墙边整齐地堆着几袋谷子和玉米粒，孩子期末考的奖状被平整地贴在对门的墙上，显得异常醒目。看向厨房，去年那口黑乎乎的铁锅洗好了安放在新建的灶台上。我们坐的板凳也是新置的，去年那三五个烂凳子已不见踪影。

两个多小时过去后，新房子的门窗安装好了。崭新的房子，明亮的窗户，朱红色的大门在阳光里熠熠生辉地映着他古铜色的笑脸。我们相信，他的妻子终将会回来的。

伍绍龙有一座 60 多平方米的砖混结构房子，他一个人在外打工，一人吃饱全家不饿，本不该属于贫困户。但是他找了一个手有残疾且带着 4 个孩子的女人，大儿子和二儿子还有不同程度的残疾，再加上两人又共同生了一个孩子，生活水平一下子跌到了贫困线以下，成了贫困户中的贫困户。因为没有结婚证，4 个继子女和妻子均没有办法上户口，也办不了农村低保，只能靠他微薄的打工收入养七口人，日子过得清汤寡水。

去他家走访时是个阴雨绵绵的日子。因为下雨，除了两个在外打工的孩子，其他人都在家。趁他的妻子避开到房间给小儿子喂奶的时候，我问他为什么要娶这样一个女人。他嘿嘿一笑："有个女人跟着总比没有强。"想了想，他又说："有个女人的家才是家。"我很惊讶，这个只有小学文化的中年男人让我刮目相看。

我问他："需要我们帮解决什么吗？"他又是嘿嘿一笑，才不好意思地说："如果能帮我老婆和所有孩子上个户口就好了。"

我再问他："其他呢？"他想了想，还是嘿嘿一笑："没有了。"

这是一个爱笑的男人。我相信，爱笑的人，心里总是阳光的，所以他不怕苦，愿意娶一个拖儿带女的寡妇，为她和她的孩子们撑起一片晴空，许他们一个充满希望的未来。我想，这个女人、这群孩子是幸福的，这个男人也是幸福的，这个家庭也必将是幸福的。

2018 年 7 月，自治县党委、政府专门划拨资金，开辟绿色通道为贫困户家庭成员上户口，伍绍龙正好赶上这个趟。他匆匆从广东赶回来，在帮扶人的帮助下备齐了各种所需材料，一家人的名字终于在规定期限的最后一天落在了同一本户口簿上。拿着崭新的户口簿，他如获至宝，翻看了一遍又一遍，然后一页页地指着上面的名字告诉他的妻子：这是她的名字，这是大儿子的名字，这是二儿子的名字……"这个是小儿子的名字。"他的妻子不识字，但她知道这最后一页，一定写的是她和他的爱情结晶——他们俩共同生的儿子，所以她不等他说，抢先说了。她要把她的感激告诉他。最后，他们小心地把户口簿放在摩托车尾箱锁好，骑着车笑呵呵地往家驶去。

2020 年 4 月，我带着隆林各族自治县人民政府副县长杨瑛第四次到他们这个七口之家了解情况：他家享受了 A 类农村低保，每月可领到 2840 元补助资金；3 个人办理了残疾证，每月可享受到 240 元补助资金；1 人办理了慢病卡，拿药可获 80% 的报销；伍绍龙被村里聘为保洁员，每月有 800 元的收入。翻着存折，细数这些明细账，伍绍龙笑着补充："我刚种了 10 亩桑，政府还给了我 15 000 元的产业奖补。"

"还有什么需要解决的？"我们问。

"还可以申请易地搬迁吗？"伍绍龙不好意思地说。伍绍龙这么问的时候感到不好意思，是因为 2017 年以来，我们十几次劝他易地搬迁，他都拒绝，不愿搬迁。

“为什么想通了？”我问。

“这个房子想拿来养蚕。”伍绍龙说。

“正好有一户已抽房的贫困户退房，面积是119.97平方米。确定后，退回原已享受的危改资金，缴纳自筹资金1万元就可以签协议，实现拎包入住。”同行分管扶贫的毛副乡长说。

伍绍龙听了，先是惊喜，渐渐地面露难色。杨副县长见状，问他还有什么顾虑。他犹豫了一下，说：“两样要两万六千元，我们家拿不出。”

“你家确实有点特殊，又是今年预脱户，如果确定愿意易地搬迁，我们可以通过政府财政解决一点、联系爱心企业资助一点、自己自筹解决一点的方式帮你。”杨副县长说。

“谢谢政府，我今年一定努力脱贫。”伍绍龙又露出了笑容。

4月中，伍绍龙领到了易地搬迁安置点房子的钥匙。他打电话给我们表示感谢。

通完电话，我想，这个爱笑的男人一定会心怀感恩，力争脱贫。

我先后与12户贫困户结对帮扶，其实也没能帮上什么大忙，只是做了一些力所能及的事。在这里，我想写写陶胜成。这是一个典型的上有老下有小的家庭——全家七口人，父母70多岁，3个孩子分别上大学、高中和初中。当初之所以被评定为贫困户，也是因为孩子上学的问题。

陶胜成家住在么窝屯最高处，俯看可以将么窝屯尽收眼底——山清水秀，幢幢白色的屋舍星星点点地散落在山褶子里，像盛开在田野里的棉花。陶胜成夫妇长我几岁，属于特别能吃苦耐劳的人，家中养有牛3头、猪5头、蜂4箱，种有茶园30亩、桑园9亩、玉米5亩、杉木50亩。每次去走访，都必须得早早地赶过去，因为他们出工早、收工晚。“为了孩子们都能上大学，再苦再累也值得。”这是陶胜成妻子李金莲常说的一句话。李金莲是德峨镇人，小时因家里孩子多，作为女孩她没有机会上学，所以现在她要把自己的仨孩子全部培养成大学生。陶志美是家里的长女，人长得清秀，

2017 年考上了大学，成了家里弟妹的榜样。

“他们家的孩子回家都在干活，我家的都在耍手机。”这是我从邻居那里听到的话，我转问李金莲，为什么她的孩子那么懂事。李金莲没有露出欣喜的表情，反而有些神伤，她把脸转到一边，一会儿后才转过来，她的眼圈有些红：“孩子吃得苦，多半是心疼我们。”在李金莲眼里，孩子们积极主动地分担农活让她觉得亏欠了他们。

2018 年 8 月底，在孩子们上学之前，我特地赶早去陶胜成家。他家门口的百日菊已然盛开，真正给干干净净的院坝锦上添花。夫妻俩及两个女儿已去采茶叶，陶胜成的老父亲去放牛，老母亲去割红薯藤了，小儿子陶玉忠刚去地里割桑枝回来，正在给蚕喂食。“你懂得喂？”我问他。“懂，今年的蚕都是我一个人养的。”陶玉忠平时是个腼腆的男孩，我几次来，他都躲到一边，但说到养蚕他很自信：“你看，白胖胖的，再过两天就上蔟了。”

确实，这批蚕长得很好，很健康，个头均匀。此时，蚕宝们正在欢快地咬食桑叶，沙沙沙的声音曼妙而动听。我赞许地看着他，这个 15 岁的大男孩，经过两个月的劳作，原本白净的脸被太阳晒成了淡酱色。我问：“你是么窝第一个养蚕的中学生，感觉如何？”“有点累。”他展颜一笑，又补充一句，“不过，还好吧。”我告诉他，我读书时的所有假期也都是交给农活的，放牛、打猪菜、薅玉米、收玉米、插秧、收稻谷，这些我都轻车熟路。我们聊了很久，发现我们相差 26 年的少年时光竟然还有许多相似之处。

走出陶胜成家的蚕房，看着远处摇曳生姿的桑园，我的心情就像扑面而来的山风，是舒爽的。2018 年年底，自治县党委、政府和东西部协作办投入 100 多万元在么窝村龙洞平坝子建立了 240 亩的桑园示范基地，经过无数次的动员，有 28 户贫困户在其他群众的带动下开始种桑养蚕。陶胜成家种了 9 亩，2019 年已有了 3000 多元收益。

除了桑园，陶胜成还管理着30亩茶园，其中20亩是自家的，10亩是帮外出务工的兄弟打理的，每年销售新鲜茶叶的收入有5万多元。平日里，他还兼做村里的护林员，年收入也有1万元。2019年，陶胜成家以人均1万余元的收入实现脱贫。

2020年6月，已光荣脱贫的陶胜成上了中央电视台《新闻联播》，大女儿也成功应聘到了移动公司，一家人成了自力更生脱贫攻坚的典型，他们的事迹影响和带动了全乡1542户建档立卡贫困户，实现了从“要我脱贫”到“我要脱贫”的转变。

站在陶胜成家遥望，远处么窝村两千余亩茶园把连绵起伏的山峦犁出了道道绿波，而其间陶胜成家那30亩刚刚护理过的茶园正在阳光里养精蓄锐，再展新颜。

二、“1吨水泥”的约定

申卫华是自治区政协办公厅派驻者浪乡么窝村的第一书记，是一位军龄21年的转业军人。他的头发永远梳得一丝不乱，大方得体的衣服穿在硬朗的身板上，步步生威，骨子里散发着军人气质。

在包村工作组同志、村“两委”成员的带领下，申卫华和驻村工作队队员一起走访了全村9个自然屯的176户贫困户。他首先想到的不是如何让群众达到“八有一超”标准，而是如何在群众特别是贫困户心中培植一种自我改变的内生自觉。他说，如果群众没有内生自觉，一切努力都是拉牛上树。如果群众没有内生自觉，内心没有脱贫，即使他们的外在物质条件达到脱贫标准了，那也算不上真正意义上的脱贫。

内生自觉，内心脱贫。我喜欢他的这个观点，也认同他的这个观点。

现在我们的扶贫工作，就是缺少群众的内生自觉。

上午 10 点，天气晴好，是个出门干活的好日子。申书记走进王小凉家里闻到的却是满屋子的酒味。他叫了好几声，王小凉才一身酒气地从里屋探出个头来。这是申书记第三次看到他大早上宿醉了。申书记很想狠狠地批他一通，但最终还是忍住了，问他："你这个门前的土坎都快塌到房檐了，现在还想砌个挡墙扩宽院坝吗？"

"想，但没有钱买水泥。"王小凉耷拉着眼皮说。还是这句回答，他连说辞都不换。

"如果你改掉天天晚上喝酒白天醉睡这个坏习惯，我出钱帮你买 1 吨水泥。考验期 15 天，我会天天来监督。"申书记想，要培养内生自觉，就要从改掉一些习以为常的小陋习开始。

王小凉还在犹豫，他的妻子生气地骂了他一通。

"王小凉，你还在犹豫什么？给你的孩子做个榜样吧，她快上小学了。"申书记又说。

王小凉内心挣扎了一会儿，才说："那我试试。"

从第二天起，申书记天天到他家点卯，看他有没有醉酒，了解他一天的劳作情况。很快 15 天过去了，其间王小凉喝过几次酒，但没喝醉，还能正常干活。于是，申书记遵守约定，给了他 1 吨水泥。10 月底，我和申书记去看王小凉，他家院坝的挡土墙已砌好，正在平整院坝，准备铺水泥地。他高兴地向申书记汇报，他已经 3 个月没有醉酒了。申书记见他有所改变，又和他约定：如果能坚持到年底不醉酒，再帮他租 5 亩地种黄金百香果，并帮他销售。王小凉这次答应得很爽快："好，保证做到。"

从群众的口中，我知道了申书记不仅跟王小凉有约定，跟其他群众也有很多类似的约定。2018 年 11 月初，申书记约我到么苗屯开会，与群众商议通户水泥路的修建方案。这是他与么苗屯群众的一个约定。几个月前，他到么苗屯走访，群众反映希望能修建通户水泥路。他说："如果整个寨子十几户人家，能天天像社长陶永华家这样整洁，保证今年家家户户有水泥路进家过春节。”现在4个月过去了，群众做到了门前屋后干净整洁，而申书记争取的15万元资金也到位了，他们通路的愿望指日可待。

一个个小小的约定，一个个心愿的实现，就像一颗颗投入湖面的小石子，在群众心中激起的不仅是水花，还有一圈圈扩散的涟漪，影响着更多的群众，带动着整个寨子，让他们从心里愿意参与脱贫攻坚和乡村振兴。

“我要今年（2018年）脱贫。”这是熊衷与申书记的约定。村里原选举出来的团支部书记因为常年外出务工辞职了，村“两委”盘点村里的年轻人后，来到弄保屯的熊衷家动员他出任村里的团支书。中专文化的熊衷与家人商量后于2017年11月走马上任。当上团支书，全面参与村里的脱贫工作半年后，他对申书记说：“我已是一名村干部，如果还戴着贫困户的‘帽子’，无法做好工作，强烈要求今年脱贫。”申书记被他这种主动脱贫的决心感动，当即借给他6000元，并筹措其他资金帮助他建了90平方米的蚕房，租赁6亩地种桑，后来又协调别家用不完的桑叶给他用于养蚕。2018年年底，熊衷养蚕收入2万余元，给家里添置了电视机、冰箱、洗衣机等电器。在脱贫“双认定”时，申书记为了对他的主动脱贫给予嘉许，还赞助他2200元买了一台净水器。这是这个苗村山寨里的第一台净水器，饱含着申书记的愿望——不仅要让山里人喝上安全水，还要引导他们喝上健康水。

和熊衷聊天，他信心满满。他说，2019年的愿望是养鸡和种植黄金百香果，希望用实际行动带领更多的群众通过发展产业实现脱贫。这是他的愿望，也是我们的心愿。

2020年4月，申卫华在第一书记两年任期结束后离开了么窝村，继任的黄远声书记接过约定的接力棒，与村民们续约，并实现了户户有产业、村集体经济有突破的目标——全村新增桑园141亩，利用财政资金70万元完成了400亩茶园的改造，预计从2021年开始，村集体经济可实现年收入 20 万元以上。么窝村正在因第一书记和驻村工作队而悄悄改变，么窝人也正在跟着他们以铺天盖地之势战天斗地，以翻天覆地的变化实现欢天喜地的期许。

所以申书记说，不要小看么窝村，这是一个充满希望的地方。

黄书记也说，不要小看么窝村，这是一个大有作为的地方。

我想说，不要小看么窝村，这是一个浓缩了的扶贫战场，是一个基层干部播洒青春和热血的地方。

三、那场不散的夜话

当刘晓宇走进者徕村，打量着这个被山褶子挤出来的村寨时，这个 90 后的小伙子心里是有点胆怯的，他听不懂群众的桂柳话，群众也听不太懂他的东北普通话。村民们打量着这个年轻的第一书记，他们是不太相信他的，因为前一任第一书记比他年纪大，看起来也更成熟，但却没有在两年的驻村工作中给村民留下太多的印象。

改变从走访和开会开始。首先是走访：一本笔记本，一个旅行包，一双运动鞋，一辆二手摩托车，这是驻村队员的“标配”。

“大嫂，你家的帮扶人经常来看看、坐坐吗？”

“来，来，每个月都来。八月十五给我送月饼、面条，有时还帮我拉粽粑叶去卖。那小伙好得很。”

“今年送给你家的 30 只小鸡养得怎么样了？”

“死了一只，剩下的 29 只都长得有两斤多了。”

在贫困户家中，刘晓宇和其他驻村队员坐下来，花上半个小时，与家庭成员拉拉子女教育的家常，问问“两不愁三保障”情况，聊聊心中的小心愿，交流外出务工和产业发展碰到的困难和问题。有时，还和贫困户一起栽种牧草、采摘辣椒、砍伐桑枝、打扫卫生……他们用话语和行动缩短彼此间的距离。这样面对面的走访和坦诚交流，不仅拉近了与贫困户之间的感情距离，更让当初的打量和对视有了改变。

这种改变最先体现在对话上——你讲你的普通话，我讲我的桂柳话，却是你听得懂我的，我听得懂你的，一点也不影响意思表达和情感交流。

开会是一门学问。开始，申卫华、刘晓宇他们大都把开会时间放在白天，可是群众总是羊拉屎一样，不准时，到不齐。9 点的会议，10 点还没能开始，理由很多，也很充分。后来，他们改到晚上开，开会不叫开会，叫“夜话”。“夜话”也要开得有技巧。既有乡村干部、驻村队员进行乡风文明教化、脱贫攻坚宣传和产业发展动员的宣讲，也有群众疑惑的表达和意见的发表，更有村民之间的讨论甚至争论，还要有问题的收集和解决。人人参与，个个畅所欲言，碰撞出思想火花，统一出一致步调，这才是群众喜欢的“夜话”。后来，大家把这种“夜话”约定为“乡村夜话”，在者浪乡各村屯热热闹闹地开了起来。

“乡村夜话”最早是申书记发起的。他发现召开屯长（社长）和村民代表会议后，有些工作总是得不到执行和落实。于是他把“夜话”当作工作巡视的平台，利用晚上的时间组织屯里群众在不特定人家里，就前一段时间安排的工作进行沟通交流，检查落实情况：对完成得好的屯长（社长）和村民代表给予表扬，甚至物质鼓励；对完成不好或是拖拉的，就要给村民一个解释。如果是村民不配合的，申书记就给他们做思想工作，一次不通，就两次、三次……直到村民理解或是提得出充分理由才罢休。这样一来，许多问题得到了很好解决。

“‘乡村夜话’参加人数可多可少，时间可长可短，可随喊随到、随到随讲，既为悟透新思想、引领新风尚‘加油充电’，又不耽误农活，也不影响休息，深得群众认可。”这是申卫华对“乡村夜话”的感悟。

伟朝屯屯级路开工了，施工计划中未包含公路挡土墙的费用，但根据地理环境，挡土墙不建设，水泥路根本无法继续施工，项目可能因此搁置。经过与有关部门对接，确定修路预算中的确不包含挡土墙的费用后，刘晓宇他们在伟朝屯召开“乡村夜话”时向群众说明了这个情况。有的群众对须自筹费用修挡土墙这事很不理解，气愤地撂下几句不中听的话后提前离开。刘晓宇他们不急，他们让群众充分自由发言，并不停地在笔记本上记录。等群众的意见得到充分表达后，他们才耐心地一一做解释，晓之以理动之以情。渐渐地，几个喊得大声的村民，说话降低了分贝，其他村民怨言也少了。看准时机，他们又再次提出由村民筹钱建设挡土墙的话题，希望大家不要为了一根牛绳而丢了一头牛。这次，贺昌龙等几个见过世面的村里年轻人马上应和起来，表示愿意带头交钱修挡土墙。而那个提前离开会场的村民不知什么时候又悄悄回到了“夜话”现场，这次他没有吱声，却在第二天第一个把自筹资金交到社长手中。半个月后，村民投工投劳，花了两万多块钱把挡土墙建好，比预计的时间快了很多天。这就是我们的群众，永远那么值得尊敬。所以我们要相信人民群众，依靠人民群众的力量。

“‘乡村夜话’效果蛮好的，大家坐下来讨论，只要有一个人思想觉悟、意识提高了，愿意脱贫了，其他人也就不好再说什么了，比单独做一户的工作效果要好。”驻村队员吴朝江深有体会地说道。在烘那屯，他们在评定、统计完爱心公益超市积分后，就针对贫困户陈朝利已达到脱贫条件却不愿脱贫摘帽的问题，当着众乡亲的面，与他进行了近半个小时的“夜话”沟通。在其他村民的补充中，他终于理解了脱贫的意义，愉快地表示愿意脱贫。

2018 年 11 月 14 日晚上 7 点半，者徕村拾刚屯的夜空漆黑如墨，这是者徕村第一轮“乡村夜话”活动的最后一场。我和包村工作组同志打开手机里的电筒模式来到屯长家，已有一部分村民早早到这里等我们。虽然早就从第一书记和驻村队员的口中知道了群众参与“乡村夜话”的积极性，但当天的场面还是让我很意外。8 点，这个居住得非常分散的寨子的群众准时到齐。当晚除了学习习近平总书记关于扶贫工作的经典语录、解读各种扶贫政策、动员群众积极缴纳2019年合作医疗参保费，我们还与自治县水利局林局长电话沟通了共同帮助群众解决更换饮水管的问题。从扶贫满意度到乡风文明，从致富门道到村屯卫生，从外出打工到赊养生猪，村民敞开心扉说，我们也用心记录下每件事。我原以为“夜话”会上群众一定会提很多“个人问题”，所以做了充分准备，以“防”群众意见过于“苛刻”。但是事实却让我特别惊讶，两个多小时里，群众没有一个人提“个人问题”，都是为集体和大伙儿考虑，都是一些村屯硬化、亮化和政策咨询的“集体问题”。群众心里还是公心为上的。

“夜话”结束，看着一束束手电光照亮漆黑的村屯路，然后又渐渐消失在夜里，我突然热泪盈眶，觉得那些消失的手电光又从路口处亮了起来，越来越近，越来越近，我心中渐渐亮堂，步履也轻松了许多。

11月16日是者徕村“爱心公益超市”首次积分兑换的日子。15日晚上9点多，刘晓宇打电话给我：“300多户9000多分兑换1万元的爱心物资，群众会不会嫌少不来，或者是拒领？”

“应该不会，‘夜话’评分的时候大家都很期待，而且也说清楚了是1分抵兑1元。要相信群众。”我虽然嘴上是这样宽慰刘晓宇，但心里也不免打鼓，群众会不会真的嫌少？

第二天，天公不作美，下起了毛毛细雨。但是群众却非常给力，他们在规定的时间拿着积分表准时来兑换积分，场面热闹而有序。现场，我拦住一位中年男子看他的积分表。第一栏的基础分是5分，我知道这是一位非贫困户，因为定基础分时，我和刘晓宇他们共同商议，贫困户的基础分是10分，非贫困户的基础分是5分。他的积分是37分，可以兑换37元的物品。我问他：“你打算兑换什么？”

“刚才看了，可以换红桶[1]、菜篮和酱油。我家正需要这些。”

1 红桶：塑料桶的一种。

“对这个分数和领到的东西还满意吗？”

他高兴地说：“这个分数是‘夜话’时我和寨子里的人自己评出来的，哪有不满意的！”

“你喜欢那个‘夜话’？”见他懂得“夜话”活动，我心情莫名激动，赶着问。

“喜欢。大家在晚上挨在一起不喝酒只摆白[1]的事情很久没有（组织）了。”他还邀请我，“下回晚上开会来我家。书记你一定要来噢。”

这就是“夜话”的魅力，也是“夜话”的成效。这一场场“夜话”活动，让驻村队员打量和对视出了村民的感恩，也让村民打量和对视出了帮扶干部的真情。

申卫华说：“随着科技的发展，电视、网络早已深入千家万户。闲暇时，看电视、上电脑、玩手机已成为人们的主要消遣方式，就连村干部有事通知村民，许多时候也是通过电话或微信。而由乡村干部、驻村队员发起组织的‘乡村夜话’活动，就像一股暖流，连通了帮扶干部与群众之间的情感，也化解了许多矛盾。”

刘晓宇也说：“通过‘夜话’活动，我们讨论了大大小小 20 多个问题，让原本老大难的问题一个个得到了解决。说明即便是在通信网络如此发达的当下，干部与群众面对面的交流沟通，依然是增进了解、推动工作的重要法宝。”

从信任到质疑，从质疑又到信任，基层工作最难做的是打动老百姓的心，赢得他们的信任。用脚丈量家门，用耳倾听心愿，用心体验生活，尽力帮助老百姓办些实事，是走访和“乡村夜话”的主旨，也是赢得彼此信任的关键。

这是一场不散的“夜话”，这是一个美好的约定。

1　摆白：当地方言，指“闲聊”。

四、那道消失的电波又飞起来了

“听广播啰，听广播啰。”那利屯 74 岁的韦阿婆激动地叫她正在树上摘果子的孙女。

“阿婆，我在树上比你听得清楚。”孙女没打算下树。

阿婆端来凳子，坐在小门边，侧身靠着门框，右手轻轻地将右耳郭往前压，以便能更清楚地听到广播里的声音。

“是我们的话。”阿婆又对着树上的孙女说。

“是表嫂在讲。我昨天见她在录音。”孙女说。

阿婆又细细地听了一会儿：“是她的声音，蛮好听的。”

2018 年 7 月 6 日，这一幕真实地发生在者徕村那利屯，对话的是婆孙俩，用的是壮话。我有幸听到，更庆幸我听得懂壮话。时隔 30 多年，又听到村里的大喇叭声，一种怀旧、新奇的情绪在那利屯及周边的寨子交织——对于屋里的韦阿婆是怀旧，对于树上的孙女是新奇。

阿婆说：“前两天，屯里来了一帮讲普通话的人，刘书记说是来安装广播的，以后用广播给大家讲话。没想到这事当真办成了。”

于是，从这天开始，每天傍晚 6 点半听广播就成了韦阿婆的一个新习惯。

这是者浪乡乃至整个广西创立的第一个“新时代空中讲习所”。“新时代空中讲习所”，这是一个既时尚又传统的新名词。说它传统，是因为它有历史渊源。历史上就有讲习所，源于大革命时期的农民运动讲习所。1924 年 7 月至 1926 年 9 月，韦拔群、韦义光等人在当时的东兰、恩隆县创办农民运动讲习所，为推动右江地区革命斗争的发展发挥了重要作用。说它时尚，是在时隔 90 多年，在党的十八大后，百色市委宣传部在深入调研的基础上，借鉴大革命时期农民运动讲习所的做法和经验，注入新时代内容和形式，在乡村创立“新时代讲习所”，全面学习贯彻习近平总书记系列重要讲话精神。者浪乡在创建“新时代讲习所”时，将乡党校、村级组织活动场所和“农家课堂”“乡村舞台”作为固定讲习阵地，并依托村落院坝、田间地头等利于群众参与讲习的生产生活场景进行流动讲习，采取“集中讲习”和“流动讲习”等方式，通过“群众会”“院坝会”“田间会”“榕树会”，让宣传学习的“讲”与现实实践的“习”相结合，形成具有时代特色的新时代讲习所。

这些“新时代讲习所”，以面对面的肢体语言交流、问答互动的鲜活场面向村民深入浅出地宣讲党的十九大精神。这虽然充分发挥了深入学习宣传党的创新理论、培育践行社会主义核心价值观、加强形势政策教育、开展各种实用知识技能培训“四大任务”作用，但还是离不开集中开会这个老办法，在一定程度上耽搁了群众的农活，也不利于老人、孩子集中。如何让“新时代讲习所”的讲习活动更方便群众？怎样使精神学习、政策解读、科技传播、信息传送更方便快捷，更易于群众接受和记住？刘晓宇在思考，乡党委也在思考。于是，“新时代空中讲习所”便在这个时候应运而生。

“我们弄个大喇叭广播吧。”刘晓宇说，“让村民在家就可以听到我们的宣讲。”

“行啊。这样就解决了‘集中开会难’问题。”我当然非常赞同。记得小时候，村子里家家户户都有一个小收音机收听广播，村里也有大喇叭，大小事情都可以用大喇叭喊话。后来，时代变迁，随着电视和手机的普及，大喇叭广播就渐渐从村里消失了。

重新恢复村里的大喇叭——以前这个想法很难实现，但现在我们有这个便利条件。说干就干，来自广西广播电视台的刘晓宇，从台里申请来一套广播录播设备，然后依托者徕村那利屯文化活动中心的场地、桌椅、LED、投影等硬件设施，以广西广播电视台综合广播和新媒体技术为支撑，对村里的应急广播平台进行数字化改造，建成了全区第一个“新时代空中讲习所”。

“新时代空中讲习所”通过高音喇叭与调频发射，将党的十九大精神、惠民政策、科学技术、文明乡风等向村民进行空中宣讲，周边5公里范围内的群众不用放下农活，不用集中到点就可以在家里、地头听到讲习内容，充分体现了空中讲习的时效性和便捷性。

大喇叭架起来，空中电波又飞起来了。“拿起话筒播音是以前想都没有想过的，现在竟然成真了，像做梦一样。”班翠玲做梦都没有想到有一天，她能和广西广播电视台的名主播坐在一起播音。从第一期的生疏，到现在能一遍完成录播，刘晓宇也感慨班翠玲上手快。

为了让空中讲习所更接地气，更容易让群众接受和认可，刘晓宇聘请村里2名高中学历的贫困户用本地话播音。每天傍晚6点半开播，播出时间最少30分钟，锁定时间、锁定内容重复播放7天。刘晓宇干得风生水起，群众也受惠得利——从1次学习变成7次学习，信息的传播效果增强，群众听得懂、记得住。

“广播讲了易地搬迁政策，对自愿拆房有奖励，又不用收回土地和迁户口，我才下定决心报名。”那利屯村民韦德干在听了5天的广播后，终于吃了定心丸，到乡里办理了易地搬迁到隆林城西安置点的申请手续，分到了一套99.4平方米的电梯房。

“党的十八大以来，习近平总书记在不同场合多次强调扶贫工作的重要性。为了访真贫、看真贫，从河北阜平到甘肃定西，从陕西梁家河到吉林延边……他的足迹一直深入到集中连片特困地区和贫困家庭中。虽然习总书记没有来到我们隆林，也没有来到我们者徕村，但他一直心系我们，从来没有忘记我们的贫困群众。他常说‘在扶贫的路上，不能落下一个贫困家庭，丢下一个贫困群众’……”10月17日是国家扶贫日，在这一期的节目单里，刘晓宇特地精选了习近平总书记关于扶贫工作的精彩论述，通过空中电波再次与群众重温那些鼓舞人心的话语。“小康不小康，关键看老乡。”“不要让孩子输在起跑线上，尽力阻断贫困代际传递。”“这在中华民族几千年历史发展上将是首次整体消除绝对贫困现象。”习总书记一句句情真意切的话语，像一股股暖流通过屯里架起的电波精准地传递进村民的耳里、心里，就像习总书记亲临看望一样，鼓励着村民自力更生，奋力脱贫。

后来，“新时代空中讲习所”更名为“新时代空中广播站”。虽然更改了名称，但其宣传的平台性质没有改变。现在的广播站，不仅是方针政策的讲习平台，更是群众的致富平台、展示平台，让更多的群众从中找到自身的“影子”，找到学习的榜样。自己人办广播，播自己村屯的新闻，说自己的脱贫故事——这是刘晓宇的初衷，也是村“两委”的想法。

“我的名字也上广播啦。”可赖屯的韦玲由没有想过自己的事会上广播。韦玲由家里有五口人，是全村 140 户贫困户之一。村里为了帮助他早日实现脱贫，针对他的家庭实际，2017 年给了他 10 万株桑苗让他种了 20 亩桑园，又补助 1.4 万元让他修建了 200 平方米的蚕房。韦玲由 2019 年养蚕收入 2 万余元，加上卖杉木的 1 万多元收入，已达到脱贫标准。

“娶女婿”[1]“嫁儿子”，这是刘晓宇到者徕村后才知道的一个壮族婚俗“欧贵”。“欧贵”婚事由女方操办，彩礼简单，婚宴简朴，男从女居，没有婆媳、姑嫂矛盾。这不仅能有效遏制礼金攀比、婚宴大操大办的陋习，还有利于“女婿也能养老”“女人也能当家”“生男生女一个样”婚育观念的形成，从而使家庭幸福、邻里和谐。深深被吸引的刘晓宇更是把这一婚俗往空中广播站上“嫁接”——把广西广播电视台精心挑选的《说事论理》《讲政策》《八桂新风行》《脱贫故事》《听见非遗》等一批理论、政策、文化节目，以及特别录制的一批符合当地生产实际的农业科技讲座通过广播站“娶”进来给村民；把广播站播出的《“爱心公益超市”扶贫且扶志》

---

1 娶女婿，即夫妻中的男方来女方家居住。

《用工资担保回的小黑猪》《者徕村："乡村夜话"架起干群"连心桥"》《乌鸡变凤凰》等村屯里的帮扶故事、脱贫先进和逸闻趣事"嫁"出去给广西广播电视台，让更多人了解者徕村的大事小情，吸引更多人关注脱贫攻坚工作，关注者徕村。一"娶"一"嫁"，刘晓宇尽量将"新时代空中广播站"办得丰富多彩接地气，让村民和听众想听、爱听。

讲理论、讲政策、讲故事、讲新闻、讲技术、讲感恩……广播站只是基层扶贫工作的一个缩影。让扶过贫的人像战争年代打过仗的人那样自豪，这已经成为广泛的共识。在这条脱贫路上，者浪乡565位帮扶人和其他无数干过扶贫工作的干部一样，用实际行动乃至付出生命的代价践行着初心和使命，涌现了很多感人的人和事，黄文秀、罗仁财……他们像一股暖流，如一道亮光，温暖过你我，指引过你我。也许他们并不会流传千古，但他们都曾经那样努力过、付出过、担当过……

2020年很快就要过去了，愿我们所有奋斗在基层一线的帮扶干部留住更多的泥土味，愿我们所有的贫困户都能在精准帮扶的政策下自力更生，把日子过得越来越好。

第二辑

小说

扶贫故事

黄克新

一、“救火”之旅

“酒鬼！浑蛋！流氓！这种人活该受穷！竟然觍着那张醉醺醺的酒脸说什么要么给他扶贫个老婆，要么让我给他做老婆才肯搬迁。校长，我受不了这种人了，我要求换别的贫困户。”年轻的李玫老师下队去动员帮扶联系的贫困户移民搬迁，回来就在办公室里愤愤不平地嚷着。

“这种人不穷，天下就没有穷人了！左讲右讲他都不愿意移民搬迁，我动员他申领扶贫款入股扶贫产业园区，既能分红又可以在园区做工领工钱。他竟然说什么‘不想勤劳致富，就爱吃低保当贫困户，打打麻将、喝喝小酒的日子赛神仙’，我也实在受不了这种懒鬼了！”换下李玫的张昌宏老师，也在办公室里无可奈何地嚷着。

办公室的王主任下去了也是叹气而归，韦校长下去了还是无功而返。就因为这一户的扶贫工作拖后腿，学校被乡脱贫攻坚战指挥部点名批评了。

“我试试看吧。”还有两年就要退休的黄大雷老师，原本学校照顾老教工不安排他下队扶贫的，他却自告奋勇接下这份苦差事。

“你一个就要退休了的穷教师，一没钱，二没技术，三没精力，你拿什么去帮扶人家？这不是自讨苦吃吗？”

“这有什么苦呢？一两瓶酒就搞定的事。”

“就你能！一两瓶酒就想让一个酒鬼改变人生？做你的春秋大梦去吧！”星期天一大早，老伴知道黄大雷要下队去帮扶那个连校长都拿他没辙的贫困户，少不了数落一番。

“老婆子，你就等着瞧吧！”在老伴喋喋不休的数落中，黄大雷悄悄揣上两瓶珍藏的好酒奔赴大竹林村金竹寨，拜访人人摇头的扶贫“钉子户”黄绍方。

大竹林村是百楼乡最偏僻的贫困村，山高坡陡，沟深谷长。一条二十世纪六七十年代开挖的机耕路只通到村部，一路上到处是塌方，有的路段要推着摩托车才能通过，从村部还要步行半个钟头才到黄绍方的家。

这是一间破败不堪的干栏式泥瓦房，房屋周围杂草丛生，屋里家徒四壁；几张黑不溜秋的小板凳，还有鸡屎沾在上面。只有那张泛着幽幽青光的竹椅，还有竹椅边那条乖巧而瘦弱的小黄狗，还有点生活气息。破烂不堪的泥瓦房屋，在周围崭新整洁的楼房映衬下，怎么看都显得格外寒酸刺眼。怪不得乡脱贫攻坚指挥部的要求是最好能够动员黄绍方移民搬迁到鹤城新区或深圳小镇，在“扶贫车间”里给他安排一个岗位，那就一步到位脱贫，不用再考虑什么“八有一超”是否达标的问题了。

二、推心置腹

一大早，黄绍方就独自一人就着一碗辣椒喝酒。黄大雷近距离地观察了一下这个让帮扶联系人头疼的村民：乱蓬蓬的头发下露出的那一张脸长得还算端正，但是因为长年酗酒，脸孔发青，眼皮肿胀，红得像熟苹果的酒糟鼻醒目地挺立着。身上是一套很久没洗过的油腻西服，脚上那双棉拖鞋也看不出是什么颜色，整个就是一个肮脏不堪的流浪汉，没有一点三十多岁人该有的样子。

这样的一副德行还口无遮拦地说让大美女李玫老师做他老婆，想到李玫被他气歪了鼻子的样子，黄大雷不禁哑然失笑。黄绍方见黄大雷莫名其妙地发笑，没好气地给黄大雷一个下马威："扶什么贫？老子一不缺吃，二不少穿，就是缺个女人。你们三天两头换人来扶贫，不见哪个给我扶个老婆来！"

黄大雷摇摇头，止住笑，说："兄弟，我也姓黄，是沙中的老师，五百年前我们是一家人啊！"黄大雷边说边自己找了碗筷坐下，又从包里拿出了当地人最爱的老常酱牛杂和吴记香辣猪蹄，还有一壶苞谷烧酒。

"今天我不是来跟你谈扶贫的，是来听你讲故事的。"

"老师，我一个穷酒鬼有个鸡毛故事啊。"

"你不要在我面前装傻了，酒和故事是天生的情人！有故事的人喝有故事的酒，那才韵味无穷，没故事的人你天天喝什么酒？"

"老师真会说话，您也爱喝有故事的酒？大文豪莫泊桑讲过，'情人和酒鬼没什么两样，喝了还会再喝，爱了还会再爱'。"黄绍方对黄大雷没有那么反感了，说话也没有刚才那么冲了。

"这家伙还懂得引用莫泊桑的名言来回话，看来这酒鬼也不像前面的老师讲的那么可恶至极嘛。"黄大雷心里这么想着。这也难怪，前面的帮扶人一见黄绍方是个游手好闲、邋邋遢遢，整天醉醺醺的酒鬼，厌恶之情自然溢于言表，话不投机半句多，三言两语就谈崩了，更不要说同桌喝酒听故事了。

"对！有故事的酒喝起来才过瘾。"

"好，来，干了！"

黄大雷和黄绍方碰杯，喝酒。

"'喝酒怕委乐，考试怕隆或'，这句在我们县流行的顺口溜你懂吧？我原来就在委乐工作，这几年才调来我们乡中学的。在酒乡工作了几十年，我也成酒鬼了，你到委乐去听到人家讲‘三三得九’（餐餐得酒）就是我的外号。”

“老师您也是酒鬼？那今天我们是酒鬼碰酒鬼，一醉方休！”黄绍方好像遇到了知音，两眼放光，手舞足蹈地拍着大腿叫好。

“前几年我血压高了就滴酒不沾了。”

“啊？那老师您今天不是也喝酒了？”

“今天我为了听你的故事，豁出去了！你看我连降压药也随身带着呢。”黄大雷从衣袋里拿出了一盒正在服用的珍菊降压片。

“来，老师，干了这一杯！为了我这个酒鬼，您辛苦啦。”不管黄大雷说自己也是酒鬼的话是真是假，但黄绍方见黄大雷带着降压药来跟他喝酒，他是真的感动了，话也多了起来。

在农村工作了一辈子，黄大雷知道要想让黄绍方这样自暴自弃的酒鬼振作起来，唯有和他交心，解开他的心结。而和酒鬼交心的最好途径是让自己也变成“酒鬼”，这样才能让他对你敞开心扉。黄大雷变戏法似的从包里拿出了一瓶酒。

“我这里还有一瓶好酒呢，是在西安工作的学生春节时特地带回来孝敬我的，我自己都舍不得喝呢！”

“西凤酒！中国四大名酒之一，素有‘开坛香十里，隔壁醉三家’的美誉。”黄绍方接过酒瓶，面露惊喜之色，熟练地启开瓶盖，一股浓郁的酒香扑鼻而来。

“来，干杯！难得老师不嫌弃我这个人见人厌、狗见狗烦的酒鬼，还带来了这么好的酒。”酒鬼碰上好酒喝起来毫不客气，黄大雷却是惊讶于这个山旮旯里的酒鬼懒汉对西凤这样的名酒竟然比自己还要了解。

“想当年我也算是村里的能人啊，中学毕业后外出打工，跟着老板走南闯北。那些年在中越边境修边防公路，因为我为人办事实诚又灵活，深得老板的喜欢，经常跟老板进出中越边境，几年后跟勤劳善良的越南女孩结了婚。我的老板爱喝酒，我也沾了光，喝名酒也就成家常便饭了。娶了外国女人，又经常得喝名酒，不要说是我们村，就是全乡恐怕到现在也还没有第二个人吧？”黄绍方脸上洋溢着满满的幸福和自我陶醉。

“兄弟，你比我强多了。我差不多六十岁了也只在电视上见过外国女人，喝了几十年的酒了，但正宗的中国几大名酒也没喝过几回啊。”黄大雷说的是心里话。

“可是这幸福的生活让我自个儿毁掉了。那年春节我被人算计，酒后参赌，身上的钱输光了就回家翻出准备买材料起楼房的钱。老婆抱着刚满月的女儿给我下跪，我甩了老婆一巴掌，夺门而去……”黄绍方的脸上满是深深的愧疚和自责。

“第二天我酒醒了就去找那些设赌局的人算账，结果把人家给打成了重伤，不但赔了一大笔钱，还被劳教了几年。爷爷气死，奶奶气瘫，父亲在村里抬不起头，离家出走，母亲跑去跟出嫁在邻村的妹妹生活，老婆带着女儿外出打工也一去不返，一个幸福美满的家就这样没了。”黄绍方眼里泛起了悔恨的泪花，“劳教出来之后，我的心死了，就借酒消愁，依赖抽烟酗酒来解闷。没有钱买好烟好酒，我就抽旱烟，喝高度酒精勾兑的劣质酒，在烟酒的麻痹下，才能暂时忘掉烦恼。日子就这样浑浑噩噩地过着，久而久之我就变成了现在这副鬼样子。好在如今建档立卡成了贫困户，还享受了低保，不愁吃不愁穿了……”黄绍方脸上露出了羞愧和自嘲的笑容。

“老师！你们喝的什么酒啊？整个村子都飘着酒香呢！”村里的学生要去学校了，知道黄大雷老师在“酒鬼”家扶贫，几个女孩子闻着酒香，叽叽喳喳地涌了进来。

“我的女儿也和她们一样的年纪，应该是差不多读中学了。”黄绍方看着这些青春活泼的学生，对女儿的思念之情油然而生。“其实，我不想移民搬迁是因为我想在这里等着她们母女和我的父亲，我怕他们有朝一日回来了找不到家……”黄绍方酒后吐真言。

“现在信息这么发达，要让他们了解你的情况也是有可能的。问题是假如他们真的见到了你现在这个光景，你说他们还愿不愿意留下来呢？家有梧桐树，才能引得凤凰来……”黄大雷不失时机地进入了扶贫的主题，黄绍方沉默了。

“这里还有一瓶茅台酒，是我到贵州茅台酒厂旅游参观时买的。我先存放在你这里，你什么时候脱贫了我们就什么时候喝！”黄大雷又从包里拿出了一瓶酒。

“我是酒鬼，老师，您就不怕我偷偷喝了？”

“你是个男人，我相信你！”黄大雷拍了拍黄绍方的肩膀，和学生们一起回学校了。

三、浪子回头

“黄绍方在家吗？”周末，黄大雷一早就来找黄绍方，“走，带我去看看你家的田地和果林。”

黄绍方家有 3 亩水田、4 亩旱地，还有 10 亩板栗、8 亩油茶、20 多亩的宜林荒山。前些年这些田地和果林还有人租种管护，黄绍方还能得到千把块的租金。这几年由于出去打工的人多了，没有人租种管护了，田地里杂草丛生，板栗和油茶林地也是灌木与果树共生，几近荒废。

“只要耕种和护理好这些田地和林果，你家的收入就可以达到脱贫标准了。”

“我一个人哪里做得了这么多的活？”黄绍方看着满地的灌木杂草，又想打退堂鼓。

“‘人勤地生宝，人懒地生草’，只要你勤快，这么点田地都不够你耕种——我有空了也会过来和你一起干活的。”黄大雷赶忙为黄绍方打气。

第二天是星期天，黄绍方正在地里没精打采地铲草，黄大雷带着一群人来了。他们是沙中的李玫、张昌宏、王主任和韦校长，还有村主任、驻村第一书记和脱贫攻坚（乡村振兴）工作队的队员。他们带来了铲草机、旋耕机和修剪果树的电锯、手锯。黄绍方家寂静了几年的田地、果林里响起了一阵阵机器轰鸣声和大伙儿的欢声笑语…… 黄绍方含着热泪对大家说，家里还有一只正在下蛋的老母鸡，他要把老母鸡杀了招待大家今晚吃一顿热乎乎的家常饭。

"今晚的饭就免了吧，只希望你今后把这些田地和果林耕种管护好，不要辜负了大家的一片心意……"天黑了，大家谢绝了黄绍方的一再挽留，各自回家。黄绍方抹掉了不听话的眼泪，连夜跑到邻村的妹妹黄绍华家去，跪在了母亲面前："妈，请您回家吧，我要重新做人！"

浪子回头金不换。黄绍方就像换了个人似的让人刮目相看，他把母亲请回家打理家务、养猪喂鸡，他自己一心一意扑在耕种田地和管护果林上，把田地和果林打理得有模有样，年底获得了好收成，还新种了 20 多亩的油茶。黄大雷又及时帮他申请了 1 万多元的产业奖补，黄绍方的干劲更足了。

这天是周末，黄大雷又上黄绍方家来动员他申请危房改造补助，推倒破烂的泥瓦房建新房。可是黄绍方却死活不愿意，说钱少起不得房子。黄大雷对黄绍方家庭的收入知道得一清二楚，一笔一笔登记在帮扶手册上呢。这两年来，黄绍方手头上已经积攒下 5 万多块钱了，加上危房改造补助 4 万多块，10 万块钱可以起得了符合脱贫标准的稳固住房了。

"有了稳固住房你就可以脱贫啦，早日脱贫是光荣的嘛。"黄大雷继续做黄绍方的思想工作。

"不，现在钱太少，等钱多了才起得了好一点的房子。"

"你不会是把钱都败光了吧？"

"哪能啊！我现在都戒酒了，只有客人来我才陪客人喝一点。"黄绍方赶紧为自己辩白。黄大雷相信他说的话是真的，因为现在他精神多了，那酒鬼的标志性酒糟鼻也好了。但他坚持不起新房，又不能强迫他，黄大雷感到有些失望。

“羊的尾巴永远长不过脚后跟，草丛里的小麻雀永远变不成雄鹰，你还想让懒汉酒鬼变成凤凰男？”看着黄大雷皱着眉头的样子，老伴又忍不住数落起来。

“人是会变的，你不要老是用老眼光瞧人。”黄大雷回了老伴一句，又上黄绍方家去做思想工作。

四、玩转科技

这人啊，有了希望，也就有了精神，有了精神就有了胆识。原来黄绍方已不满足于小打小闹了，他现在还不想起新房子，是想扩大经营规模，种养并举。

“黄老师，我想申请小额扶贫贷款养殖黑山羊，他们说要给帮扶联系人签字确认。”黄绍方拿出贷款申请资料给黄大雷看。黄大雷弄清楚了黄绍方还不忙起房子的原因后，暗自高兴。但他还有点不放心，因为一个人人摇头的“酒鬼”的变化有可能会出现反复，他要贷的5万块钱也不是一笔小数目。

“你考虑好了吗？扶贫小额贷款虽然头3年政府补贴利息，但3年后你终归要还5万块钱的本金。再说养殖黑山羊可不像种植粮食和果树，不管刮风下雨，羊都要吃草吃料的，容不得你半点偷懒。还有疾病防治，搞得不好就有可能全军覆没……”黄大雷希望黄绍方对贷款养殖黑山羊的风险和困难尽可能地了解清楚，好有个思想准备。

“黄老师，您尽管放心，您讲的这些我都考虑过了。至于养殖技术，我外婆家是德峨那边的，我的大舅早就靠养殖黑山羊发财了。我妈说了，只要我养殖黑山羊，我大舅可以当我的技术指导。”黄绍方踌躇满志地说，“黄老师，您连自己珍藏多年的好酒都舍得拿出来给我这个酒鬼喝，说明您是真心扶贫的啊！还有那些跟我无亲无故的老师、干部免费帮我耕种田地、修剪果林，却连一口凉开水都不肯喝……我再堕落下去，那还是人吗？”黄绍方把胸膛拍得咚咚响。黄大雷也被黄绍方的决心感动了，他立马带着黄绍方到各部门办理了贷款的相关手续。

在乡扶贫工作站的指导下，黄绍方建羊圈、选种羊、参加养殖技术培训，忙得不亦乐乎。黄绍方毕竟是跟老板走南闯北、见过世面的人，就连养羊也与众不同，用上了新科技。羊群的活动都听头羊的，头羊往东，羊群就往东；头羊往西，羊群就往西。黄绍方就在头羊的脖子上挂了一个定位器，然后在手机上下载一个App，通过App就可以随时随地进行“直播放羊”，羊走到哪里都清清楚楚，不用整天跟着羊屁股走，一个人饲养几十只黑山羊也毫不费力，还可以腾出充足的时间来耕耘田地和护理果林。

第二年，黄绍方的黑山羊发展到了50只基础母羊和40只肉羊。由于护理到位，施用了优质的羊粪作为肥料，田地里的庄稼和山上的果林长势良好，喜获丰收，加上出售了部分黑山羊，当年黄绍方家的收入达到了7万元。在脱贫攻坚（乡村振兴）工作队的指导下，黄绍方牵头成立了金竹寨种养合作社，合作社后来发展到年出栏几百只商品黑山羊，出产几万斤优质粮油和水果的规模，带动了全村十多户贫困户一起脱贫致富。黄绍方家原来怎么看都显得寒酸刺眼的泥瓦房也拆除了，盖起了三层半的楼房，电视、冰箱、衣柜等家电家具一应俱全，不但脱了贫、致了富，还大步奔小康呢，日子过得有滋有味。每次黄大雷和学校的老师们下队到大竹林村，黄绍方少不了要拉他到家里去喝酒，但原先黄大雷放在他家的那一瓶茅台酒，黄绍方说是要留作纪念，一直舍不得喝。

中秋节到了，山里的板栗也开始成熟了。黄绍方扛着一袋油光饱满的板栗来到沙中办公室，请老师们尝鲜。

“李玫老师……我……”虽然黄绍方已经为自己当初对李玫老师讲的那些混账话道过歉，李玫老师也早已原谅了他，但他面对李玫老师时总感到不好意思。更何况他今天要代表合作社来请大美女李玫老师去当主播，帮合作社开通网络直播带货，线上销售合作社的土特产品。

黄绍方吞吞吐吐的一番话，老师们听明白了。李玫老师笑着说："直播带货？我就说嘛，天下没有免费的午餐，这一袋板栗不是白吃的！"老师们也一边笑，一边你一言我一语，为李玫老师的直播带货出谋划策。敲定了直播的最后细节，黄绍方就连蹦带跳地赶回去让群众做准备了。

看着黄绍方那匆忙而自信的背影，黄大雷和老师们一样倍感欣慰，不由感叹：昔日懒酒鬼，今朝致富忙！同时，他们也由衷地希望黄绍方那外出打工的妻女和离家的父亲能早日归家团圆！

改变

韦珺儒

“哐啷……”屋内一阵摔碗的声音打断了屋外陈宇推门的动作。

“你一个女孩子，读这么多书有什么用？反正迟早也是要嫁人的。”

“爸，老师说，我的成绩不错，很有希望考上大学的。”

“考上有什么用，不要再讲了，快去找点猪菜回来喂猪。”

农历的正月初八，新年节后上班第一天，新明乡党委书记陈宇首先牵挂的是他的结对帮扶贫困户陶文化一家子。这不，安排好乡里的工作，他就马不停蹄地赶来了，结果还没进门，就听到了陶文化责骂女儿的声音。

“老陶，还没到中午你就开始喝酒了，这个习惯得改一改呀。”陈宇推开虚掩的大门，对陶文化关切地说道。

“唉，书记你不懂，我也是心烦呀。”陶文化抬头看到是自己的帮扶联系人陈书记来了，连忙迎过来解释道。

“你家的困难我都清楚，所以一上班我就马上来找你了嘛。来来来，坐下来，我好好跟你讲讲政策，帮你想点办法。嫂子、小岚，你们也一起坐过来，让我听听你们的想法。”

如何说服陶文化继续心甘情愿地供大女儿陶岚念完高中，直至大学，这是陈宇心头反复纠结了整整一个假期的难题。

陶文化家在新明乡茶山村老寨屯，家里有妻子、大女儿陶岚和她的两个弟弟。茶山村因气候地理条件优越，常年云雾缭绕，适合种植茶叶。外地一家茶叶公司早几年在村里开发种植了近2000亩的茶树，分给当地懂技术的群众管理，并负责回收鲜茶。陶文化夫妇都是勤快人，他本人帮着公司管护30多亩茶树，每年采茶季节，夫妇俩就上山采摘鲜茶卖给公司。妻子平时还在家养几头猪、几十只鸡鸭，全家一年收入也有四五万元，日子过得稳稳当当。可前年，他妻子一场大病，花光了家里的积蓄不说，还借了亲戚朋友好几万块钱，让家里的“半边天”塌了。

“陈书记，我们家人是很感激你的，经常来到家里面，帮这帮那。可是都怪我，得这个结石病，什么都做不得，还拖累大家。老头子要在家照顾我，小孩也没有钱读书了。”陶文化的妻子杨珍自责地说。

意识到自己给家里提出了个“上学难题”，陶文化的女儿陶岚低下了头：“家里这么困难，我还是不读书了吧，过完年就跟村里的人一起去广东找工作看看。”

陈宇看了眼在酒桌旁抽着旱烟一言不发的陶文化，微笑着说：“小岚，你看，你得了这么多奖状，家里的墙上都贴满了，成绩这么优秀，不读书很可惜呀。”

“但是我没有钱给她读书。”陶文化立即开口说道。

“陶老哥，你不要急。没有钱是一阵子的事，但是读书是一辈子的事。不让小孩读书，以后她只能又走你的老路了。我帮你想了一些办法，说给你听，你看可不可行。”

家里又是一阵沉默。

陈宇继续说：“嫂子这个病，光是平时输液、吃药缓解一下，既花了钱，又起不到多大作用。现在贫困户参加新农合，住院报销率可以在90%以上，自己花的钱不多。我建议还是住院把结石打掉，然后再慢慢休养一段时间，这样嫂子的身体应该会比现在好些。另外，小岚和她两个弟弟上学，都能享受到教育扶贫的补助，我再尽力帮他们争取一些助学金，在学费和生活费方面也能减轻你的负担。”

“听起来是好，唉，可是……她一个女孩子，以后始终都是嫁人的，我还是给两个儿子读就得了。”

看出了陶文化的态度，陈宇拍拍他的肩膀说道：“老哥，这个年代，你就不要再有这种想法了。你想想看，你们辛苦几年送陶岚读完大学，以后她能有一份好的工作，不但可以照顾家里，两个小弟的学费也能帮助点，而且还给他们做了榜样，这是多好的事呀。陶老哥，以前你在村里面算是个能人，大家也是很佩服你的。只是这两年嫂子病了以后，家里有困难。这次来我还有个事想跟你交个底，征求你的意见。种桑养蚕在我们县部分乡镇推广得不错，是一项短平快的项目，适合像你们这样不能外出务工的家庭发展。你现在四十出头，正是年富力强的时候，你考虑看是不是在村里挑个头，试种几亩桑叶养蚕，一年少说也能有几千块的收入。另外，我们还想把村集体经济抓上去，村里面那 2000 亩茶园就是很好的资源。乡里已经跟茶叶公司谈好了，采取‘集体 + 公司 + 贫困户’的模式发展。你们仍然可以像以前一样帮公司管理茶叶，收成时公司回购，还可以流转土地，给公司扩大种植面积，这样又能得到一定的分红。你看，这样找到发展的路子，增加收入，嫂子看病、几个小孩上学也不愁了。”

陶岚想继续上学的事确实让他们一家人很纠结。年后是外出打工的好时机，如果陶岚找份工作，家里就可以集中精力供两个儿子上学，再留点余钱把家里外墙装修一下。但如果陶岚继续读书，家里经济肯定还要紧张几年。陈宇担心陶文化不同意他的想法。

“书记，感谢你的信任。我还是先把原来的 30 多亩茶管好，其他以后再说吧。”

“行，那我再到别家走走，你好好考虑一下我的建议。嫂子、小岚，你们也不要有思想负担。我虽然是乡里的书记，但也是你们家的帮扶联系人，你们的事就是我的事，以后碰到困难只管告诉我。”说完，陈宇便往另一户贫困群众家走去。虽然这次的入户走访没有达到预想的效果，但是能让陶文化重拾发展的信心，陈宇还是感到高兴的。

又过了一个星期。因为要抓紧落实村里发展种桑养蚕的事，陈宇要到茶山村召集村“两委”干部、贫困群众代表开个会，争取在春耕春种前敲定种植面积。汽车沿着新修的通村水泥路前行，早晨的山间还弥漫着淡淡的清香，每一次深呼吸，都让他感觉到自己元气满满、信心十足。

“停车，停车。”快到村口时，陈宇看到了背着一背篓猪菜的陶岚，连忙叫司机停下车来，想问问她新学期入学的情况。

“小岚，今天学校不上课吗？”

“不是的，陈书记，我没有去上学，家里困难，我跟几个姐妹约好，过两天就去广东了。”

“什么？小岚，你老实告诉我，是你爸爸不让你读书，还是你自己不想读了？”

陶岚顿时紧紧咬住嘴唇，眼里噙着泪，轻轻地摇着头。

“哦，我明白了。来，上车，我先去你家。”

陶文化家几年前就建起了三层砖瓦结构的楼房，因缺资金，至今也没有装修外墙。

“陶老哥，你在不在家？”刚进院子，陈宇就扯开嗓子叫道。

陶文化听到喊声，便猜到陈书记此次到访的目的，过了一会儿，才提着个旱烟袋从屋里走出来。

“陶老哥，我不是跟你说过多次，读书才是一辈子的事。娃娃喜欢读书是好事，不上学，以后只能像你们一样种田种地，靠卖体力养家糊口。小岚眼看还有一个学期就高中毕业了，咬咬牙也要坚持把她送到大学。你家是贫困户，到时她可以申请‘雨露计划’，一年有 3000 元的补助，另外还可以办理助学贷款，优秀的学生还有一定的奖学金，这基本就解决了学费和生活费的问题。”陈宇着急地解释道，“这样吧，今早我在村部组织大家商量种桑养蚕的事，陶老哥你也过来听听。小岚，你马上收拾好行李，一散会我就送你去学校报到。”

“这……”陶文化父女俩你看我，我看你。

“不要犹豫了，这个事听我的。陶老哥，走，去村部开会。”陈宇当机立断地推着陶文化上了车。

几个月过去了。6 月下旬的一天，陈宇正伏案赶写着乡里脱贫攻坚的总结汇报材料。“丁零零，丁零零……”一阵悦耳的电话铃声打断了他的思路。

“喂，你好，我是……”

“陈书记，您好，我是小岚呀，高考成绩刚刚出来了，我考了 635 分，上了一本线。我真是太感谢太感谢您对我的照顾了。”不等陈宇说完，电话那头便传来了陶岚兴奋的声音。

“是吗？真是太好了！小岚，你是我们乡的骄傲，也是你两个弟弟的榜样，接下来要认真填好志愿。”

“陈书记，我想好了，就报省外的一个师范大学。我们家乡太穷，好的老师都不愿意来，以后我一定要像您一样，为家乡发展尽自己的一份力。”

“来来，到我说了。陈书记，我是老陶呀，今年多亏听你的话，申请产业扶持资金 5000 元，投入产业发展。我管理的 30 亩茶卖了 3 万多块钱，试种的 6 亩桑叶，养的 2 张小蚕，那天农业局技术员来看，说养得不错，估计能卖 4000 块钱左右。”电话那头的陶文化也抢着向陈宇报喜。

“明年除了管茶树，我还打算申请 3 万块小额贴息贷款，在门口这块空地建一间蚕房，租地种桑叶，扩大养殖规模。你嫂子身体也好点了，给她在家养几头隆林黑猪和几十只本地土鸡，不出两年，我家的收入肯定提高。”说起未来，陶文化满心期待。

“只要你有干劲，我肯定全力支持。”陈宇为陶文化家半年来的改变而感到高兴。

放下电话，陈宇的思绪又飞到了青葱翠绿的茶山村。他想，扶贫工作就得像帮扶陶文化一样，号准脉下对药，“志智双扶”，把贫困对象的志气树起来，致富的办法和干劲自然就有了，而读书才是斩断贫困代际传递的根本出路。贫困群众只有用自己勤劳的双手摘掉穷帽子、创造新生活，才能长长久久地幸福下去！

陆大炮

黄炳康

陆山 36 岁还是光棍汉。在南江村这样的壮族山村里，这么大的年龄很难找对象了，况且他爱吹牛，人称“陆大炮”，十句话有九句假，谁愿嫁给他?

清晨，一辆白色轿车穿过一片松树林，缓缓停在南江村村部门口的草坪上。车里出来两男一女，各自扛着行李走进大门。

村部对面有一家代销店，店主便是陆山。店内宽敞明亮，每天常有两三桌人打扑克或麻将，看到这情景就议论纷纷：“他们从县里来，那位姑娘是驻村第一书记，两个男的是扶贫工作队的。”“听说他们要住两年呢。目前先落实这条水泥路。”“不管来多少人，住多久，那龙田解决不了，就是空话！”

“放心吧，不就那龙田吗？包在我身上！”陆山又吹牛了。

说起那龙田，那是多年前的事了。当年砂石路修到那龙沟时，因为地形问题必须经过那龙田。但田主李正江为人死板、固执，不愿意出让。村干调整别的田给他，他说那是自家的祖宗田，说啥也不同意。为避开那块田，一条笔直的路拐了十四道弯，上坡又下坡，多修了两公里。如今要铺水泥路，上级强调必须经过那龙田，否则取消该项目。

中午，李正江家来了客人，包括县扶贫工作队、杨副乡长和村干部等十几人。他们起初信心满满——杨副乡长是乡政府调处工作的行家，许多比那龙田繁琐复杂的事都被他处理得顺顺利利。然而，他们得到的答案就是一句话："要换给我的那块田离寨子太远，我这把年纪吃不消。"

望着杨副乡长愁眉苦脸的样子，代销店里的几个青年又抢话头了："一个个垂头丧气的样子，十有八九谈不成的。""李大叔也真是，让大家失望了。"

"大叔是听我的，我不在场，他会答应吗？"陆山的话声不大，却被旁边的人听见了。刘刚急忙打断他的话："别的话可以说，这种'大炮'就不要乱放了，一下他们来找你，看你怎么收场。"

刘刚这么一说，陆山真的后悔了。吹牛也该有个限度，不是什么话都可以乱说的。尤其是李大叔的那龙田，涉及南江村十几个寨子六百多农户的脱贫啊。要致富，先修路。如今道路修通了却不能硬化，路面坑坑洼洼，拉货的车进不来，小轿车过不去，骑摩托车颠颠簸簸，不时人仰车翻。这事解决不了，村民就永远穷到底。这是南江村目前工作的大头，也是每个村民的烦心事。作为本村村民，怎能把利益攸关的事儿当玩笑？陆山感到十分内疚。他和李正江同寨子，又是隔壁邻居，觉得自己该想办法去说服他。

夏天的早晨，天气十分闷热，鸡头山上冒出一片片乌黑的云朵。又要下雨啦，陆山边走边想，不知不觉走进村部，看到那位任第一书记的姑娘坐在办公桌前操作电脑。他踏进门槛，突然停顿了一下，双脚软了。他胆子小，平时见女人就像老鼠见猫一样避开远远的，所以才一把年纪了也找不到对象。他本想找两个男工作队员，却不知他们都到哪里去了，便壮着胆子问："你好，有点事儿，能否占用几分钟时间？""没关系，有什么事就说吧。"两人聊开后，陆山知道了，第一书记叫李姗，今年 26 岁，大学本科毕业考上公务员，在县林业局工作。他长话短说，把要说的内容简单地告诉她，然后悄悄离开了村部。

这几天南江村连续下大雨，通往村部的公路出现多起交通事故，其中有一辆面包车翻下30多米深沟，死了3个人。一大早，20多辆车堵在那龙沟边的公路上。一阵电话铃响，陆山看是李姗，便道："你好，有什么指示？""我现在从乡里出发，带一部挖掘机去修理南江公路，你帮我去问李正江，要是他同意，顺便去南江屯挖那块新田……"

这些日子，陆山都快把自己当作村干部了。那龙田应该由村干部处理，但3个村干部都不是南江屯的，很少来村部上班，李姗有什么事就找他帮忙。他既热心又勤快，只要李姗吩咐，就立即帮她解决。当天下午，他去找李正江，在他家没找到人，转了寨子一圈，好不容易在村边的板栗林里找到了他。遗憾的是，他不同意，他说："新开的田土质不好，没有肥力，产量低。"

用旧田换，他嫌路远；新开的田又嫌土质不好，没有肥力。他想要什么，是不是要钱？俗话说，有钱能使鬼推磨。那块田最多价值一万多元，就算他要两三万……自己手头还有八万，要是村里没钱，自己可以先垫支。陆山拨打李姗的电话，把这些想法告诉她。李姗很高兴，非常感谢他对村里的支持。

一个阳光明媚的早晨，李姗带着两个扶贫工作队员和几个村干部又一次去了李正江家。她提着板凳高兴地坐在他面前，心平气和地和他交谈。

"大叔，考虑到您老人家年纪大，不方便做工，我们打算以村里的名义征用那龙田，按上级规定的征地补偿标准折算……"李正江拿起烟筒边点火边低头吸烟，没抬头望她，但仔细听着她说的每一句话，没等她说完，他就打断了："钱这东西，会用的人留得久一点，不会用的两下子就花光了，给一百万我都不要，我只要寨子附近一块保水田！""你那块是旱田吧！""是旱田，但它在那龙沟边，只要下一场雨，水从沟两侧流下来，就像水田一样……"

是日，村里召开紧急会议，参加会议的人员除村干部、县扶贫工作队和驻村的乡干部外，还有陆山。李姗指着陆山向大家介绍："这位是对面商店的老板陆山。之所以让他参加会议，是因为今天的议题那龙田和他有关。前几天他来村部找我，为解决那龙田问题，愿意用他家那块田与李正江的换，同时在资金、人力、物力等方面鼎力相助。上级给我们的期限是本月 20 日，现在只有 5 天时间了……”你一言我一语，大家讨论得十分热烈。

4 天匆匆过去了，那龙田还没解决，只剩下 24 小时了！寨子下面有一块水田可以换给李正江，田主是李中，所有希望就寄托在他身上了。可他去广东打工，打了多次电话都关机，要是联系不上，这事真的完蛋了。陆山感到自己正一步步走向绝望的深渊……晚上，他失眠了，翻来覆去睡不着，干脆打电话找李姗聊天。李姗比他更着急，两人同病相怜，聊来聊去，回顾这几天劳碌奔波的感受。

这些日子，两个人一起走村串户，考察村边寨旁每一块田。很多田适合与李正江的交换，但户主愿意，李正江不要，李正江想要的户主又不给……他俩跑上跑下，十分辛苦，还招来不少闲话：“牛郎织女，成双成对。”“如鱼得水，形影不离。”“36 岁，该成家了……”

不管别人说什么，他们装聋作哑，默不作声。陆山想：她是国家干部，如同天空飞翔的燕子，可望不可即，高攀不起……李姗觉得：陆山为人正直、心地善良，责任心强。一个普通农民，为了建成村里的致富路，愿意奉献自己的责任田和资金，太让人感动了！这样的好人，打着灯笼也难找！虽然他比自己大十岁，但如今社会上夫妻年龄差距大的屡见不鲜。据说男方越比女方大，越会疼爱妻子呢。他爱“吹牛”，讲话幽默，很有艺术，讨人喜欢，一路听他滔滔不绝的话儿，路长变路短，一点不觉累，所有烦恼顿抛九霄云外。嫁给他，这种开心快乐将永远伴随着自己……她从心底里深深地爱上了陆山。

3 个月后，一条宽敞的银色水泥路展现在南江村村民面前。举行庆典那天早上，村部前面的草坪上人山人海，欢声笑语，锣鼓喧天。

“这条路最大的功臣是陆山和李书记。那天晚上，他们通过别人的电话找到李中，用他的田跟李正江的换，后来又在寨子下面帮他造了一块新田……”

“陆山和李书记失踪了。”有人大叫。

“不会吧，昨晚还在村部商量庆典的事呢。”

真奇怪，在这大喜的日子里，他们怎么会失踪呢？村民互相转告，一个个东奔西跑到处去找。不一会儿，村主任黄小明告诉大家：“陆山和李书记去乡民政所登记了。”

“哇！双喜临门啊！”

谁都想不到，一向口无遮拦、吹牛不上税的陆山，竟然为村里办了一件大实事。他这种大公无私、毫不利己、专门利人的精神让人们赞不绝口，在南江村被传为佳话。

暗　恋

农日吉

王成今年36岁，这个年龄对于苗寨人来说，已是爷字辈了。面对乡邻的指指点点，王成却无动于衷，靠那点低保，每天无所事事地在寨子里逛荡。

说实在的，王成应当划入过来人了。那一年他即将初中毕业，和同班一位女同学，在一个杜鹃花盛开的季节，干柴遇到烈火般地好上了。可是，那段铭心刻骨的爱情，却随着那女同学到广东打工日渐消散，最后消失殆尽。

他说，因为这段爱情，除了自己的母亲，他恨透了所有的女人。在他的眼里，女人说的话，就像苗山上的阵雨——风一刮，没了。尽管他的亲人劝他安分守己地娶个女人，哪怕娶个拖儿带女的，总强过独身，但他却如寨子边上的那口深潭，沉默不语。如此这般，时光就像一把无情的刀，割断了他的情和爱。

王成不愿娶妻，他的父母也无能为力。他父亲因此大病一场，弥留之际，还向守在床边的他说："孩儿啊，要好好娶个媳妇。"他却眉头一皱没好气地说："老爸，你以为娶个女人，像咱们在树林里找个马蜂窝那么简单吗？"他老爸一听，气得头一歪，走了。

日月如梭，王成小时候种下的小杉树，转眼可以做横梁了。寨子里的同龄人，甚至初中刚毕业的姑娘小伙都到广东务工挣钱去了，他却和母亲两人，守着那每月几百元的低保金过日子。他高兴起来就到寨子旁边的树林里掏鸟抓蜂，到了街日，就和寨子里几个老光棍去买几斤土茅台，一起推杯换盏直到日落西山。

有一天，他正躺在床铺上，突听几声狗吠。母亲在门外喊："儿子啊，有一名帮扶干部要找你。"他懒洋洋地伸了伸腰，说："有什么救济金要送吗？交给我妈，不送。"说着，又眯上眼睛，拉过被子盖在身上。

"王成啊，一个大男人整天无所事事，亏你家两口人，两个劳动力，还被列入建档立卡贫困户，不觉得害臊吗？"门口闪过一美人，发出银铃般的笑声。

他揉揉眼睛，心想："咦，怎么像我的初恋——两个小酒窝，丰满的身材，一双会说话的眼睛，我没看错吧？"虽然很长时间里，他对女人本能产生抗拒排斥心理，但对眼前闪入他房间的姑娘，他还是眼前一亮，急忙拉过衣服穿上。

"从今天开始，我是你家的帮扶干部了，请记住我的名字和我的单位。"姑娘大方地向他伸出手。他小心地握了握她的手，感觉像握一团蚕丝，又滑又软。

"我说你一个大男人，整天守着老妈，为什么没有外出务工？"扶贫姑娘一脸不解。其实他的外貌不逊于当红的男模，在城里说不定是姑娘的白马王子，但在苗寨，这不顶用。

"我喜欢家乡，再说了，外出务工，我没文化。"他接触到姑娘澄净的眼神，不由得红了脸——就是对初恋，他也没有这样害羞过。

"不外出务工，你喝西北风啊？不过，你热爱家乡，又要脱贫，那就要做产业，听我的话。"姑娘直接道。这毫不回避的眼神，对于王成来说是那么熟悉。

"好的，只要能赚钱，你叫我干吗就干吗！"王成顺手拿过一只破碗，在水缸里舀水喝。

“我来之前，和村里的第一书记了解过，你们这地方搞产业有希望，为了脱贫，你必须听我的。”王成向来我行我素，就是他亲妈说的话，对他来说也是耳边风。但对扶贫干部，尤其是这个城里来的扶贫姑娘，他却是唯唯诺诺。说得难听点，他就像一个吃软饭的男人，做事都是别人推着做，没有一件能够自己做成功的。这姑娘做事有主见，这一点他很清楚。

扶贫姑娘经过入户调研，为他量身定做的第一件事，就是帮助他向信用社贷了 5 万元小额扶贫资金。因为他家一贫如洗，姑娘成了他贷款的担保人。到信用社申请贷款的那天，签名画押时，他手都在发抖，生怕搞砸了，还不起这笔款项，连累扶贫干部。但见一旁扶贫姑娘镇定自若的样子，他猛吸一口气，将狂乱的心压住。

按照乡里的政策，这笔贷款三年内不要利息，只要交由县城某公司使用，年底时，王成就可以按入股资金的 8% 领到分红。这也意味着，王成一年什么也不做，就是躺着也可以得到 4000 元红利。但这并不是长久之计，扶贫姑娘打算盘活这笔资金，让王成拿这笔钱发展清水鸭养殖，迈出脱贫的第一步。

苗寨这地方，养殖清水鸭已有多年历史。这里小河清澈，鸭子吃谷子长大，味道鲜美。但长期以来，一家养几只、十几只，形不成产业。外地先进经验告诉本地群众，养殖数量达到规模，老板就会自动找上门。用这笔扶贫贷款来发展清水鸭养殖产业——扶贫姑娘和王成的想法不谋而合。贷款手续完成，农村商业银行柜台边，两双眼睛温柔对视，王成心头热乎乎的。

钱到账后，王成从西林那边买了 3000 只鸭苗，扶贫姑娘又从其他渠道弄来了几百斤鸭饲料，还雇人在小河边上盖了间鸭棚。这段时间，扶贫姑娘白天帮王成照管鸭子，晚上和扶贫工作队队员住在村小学宿舍。两人倒像小两口，日出而作，日落而归。鸭子一天天长大，转眼长到了四五斤重，眼见脱贫有望，王成激动地想要亲一口扶贫姑娘的脸。“别动歪心思啊，我的初吻要留给我男友。”扶贫姑娘拉下脸说。

话是这么说，但两人长期在一起，难免牵挂。有一天，扶贫姑娘回城汇报工作，王成一人守着鸭棚，心里不免有些失落。其实有时候晚上他也想去小学宿舍找她聊天，但他知道村里的第一书记也是光棍，到学校找她，哪有他说话的地方？他压根有贼心没贼胆。他也就只敢喊喊她的小名“小芹”——这让他觉得亲切。

扶贫姑娘回城一个星期了也没有回来。他有些急，三天两头打电话，向她汇报鸭子的事。有一天，他喊了寨子里几个光棍，从鸭群中挑了两只，就着河里的水煮了，觉得味道不错，心里美滋滋的。他喝了一口酒，暗想等鸭子全卖了，他就有钱了，说不定扶贫姑娘也能对他另眼相看呢。

然而，天有不测风云。当晚，一场突如其来的山洪，把他辛勤养殖的鸭子一只不剩地冲走了。看到这情景，他快疯了。他急忙打电话，将这里的一切一五一十地告诉了扶贫姑娘。

第二天，扶贫姑娘来了，看到这一切，不免眼圈发红。他们所有的努力，居然在一个晚上全都毁了，她心情十分沮丧。

不过，她很快冷静下来。在养殖鸭子过程中，她早就准备了后手，这个后手现在应当拿出来了——农业保险啊！当初她动员王成交这笔钱时，王成还嘲笑她，说：“长这么大，见过国家救济的，没见过交了保险会得钱的。”他死活都不肯拿出这些钱，为此，两人还闹了别扭。后来，这几百元的保费，还是扶贫姑娘悄悄向保险公司交的。没想到，居然在这个关键时刻派上了用场。她打电话报了险，半个月后，王成拿到保险金，还以为是救济款到账呢。理赔人员对王成说：“如果你不参加保险，这些投资就全都赔光了。”直到此时，王成才恍然大悟，他好想抱一下扶贫姑娘，心里想，今生如果有这样的媳妇，下辈子当牛做马也值了。

几天后，扶贫姑娘动员王成在上次养殖数量的基础上，再翻两至三倍。“我的娘啊，你这是赌啊！”王成吓得张大了嘴。

“对啊，爱拼才会赢，没有一定的规模，老板怎么会上门求购？”对于产业规模发展，她心中如鸭子进田——有数。

当晚，扶贫姑娘自己掏钱在寨子里买了一只羊，把村、社两级干部请来，在王成家里一起吃了饭后，就商量成立鸭子养殖专业合作社的事情。经过大家商议，村主任为理事长，王成为第一副理事长。

成立专业合作社后，全村养殖鸭子的规模达万只以上，预计年产值80万元，创利50万元。

鸭子养殖专业合作社在一阵爆竹声中诞生，这是王成人生中做成的第一件大事。有了扶贫姑娘的扶助，他也想做出一番成就来。他从此仿佛变了个人，在鸭苗、饲料统一采购以及后来所有的养殖过程中，他都表现得异常积极，得到理事会成员的一致好评。

但是，在经营方式上，扶贫姑娘的做法，却得不到专业合作社理事成员的赞同。在他们看来，用饲料喂养鸭子不出三个月就可以出栏，可以降低成本，达到快速致富的目的。可扶贫姑娘却不这么想，她认为，苗寨的鸭子之所以不同于别的地方，是因为苗寨这个特定的地理环境。要把这个品牌打出去，这个地方的鸭子就必须不同于别的地方的鸭子，必须用绿色、环保的方式喂养，才能赢得消费者的青睐。双方争执不下，最后达成折中协议，专业合作社一半的鸭子喂饲料，另一半鸭子喂谷子、玉米。

三个月后，喂饲料的鸭子出栏了，但扶贫姑娘不同意把这批鸭子叫作苗寨鸭子，养鸭专业户才不管这些，只要卖得出，叫什么都无所谓。王成的鸭子有一半是饲料养殖的，专业合作社全部收购，并以比市价低的价格，一次性包给县城里做烤鸭的老板。王成赚了一笔钱，这笔钱足够偿还贷款了。他回过头来看用谷子喂养的鸭子——虽然毛色不错，但长得太慢，按当下市价算，要吃亏。王成几次欲言又止，扶贫姑娘却不露声色。

又过了两个月，谷子、玉米喂养的鸭子可以上市了。可是，扶贫姑娘却按兵不动。几天后，县里搞“两会一赛”，她提出要用其中的888只苗寨鸭子为活动提供赞助。“什么？这个姑娘脑子进水了。”专业合作社理事们一头雾水，提出异议，“这样免费送，到时连本都玩完。”扶贫姑娘却不认同，对大伙儿说：“我的亲哥啊，这叫广告效应，知道吗？”扶贫姑娘一再坚持，大家半信半疑。王成也摇头，这样的姑娘，可以是好媳妇，但出手太大方，会把家拖垮。

“两会一赛”结束后一个星期，扶贫姑娘动员大家在一个月内，将这批鸭子以苗寨鸭子养殖专业合作社扶贫产品的名义，全部卖给城里的超市，每只鸭子售价为 90 元，比市场价高 40 元左右。

许多消费者通过试吃，找到了小时候吃菜的感觉，于是第一批苗寨鸭子很快售罄。万只鸭子走进寻常百姓家，获得大量好评，电台、电视台等相关媒体也对此做了宣传报道，订单雪片般飞来……

王成当年收获了人生的第一桶金，仅卖一批鸭子，他净赚了 5 万余元。他数了数手中的钞票：一批 5 万元，那一年两批不就是 10 万元吗？他家还有父辈留下来的几十亩杉树，也值不少钱啊！想到这，他心花怒放。报上不是说有一个扶贫姑娘爱上了贫困户小伙子吗？他想到了扶贫姑娘，甚至几次鼓起勇气想向她表白。但冷静下来，他又狠狠扇了自己一个耳光——马路上的消息你也信？不过，从扶贫姑娘看他的眼神里，他又觉得她好像深藏着一种说不出来的爱意。他心猿意马，欲罢不能，但对扶贫姑娘也只停留在“暗恋”阶段。

有一天，王成和扶贫姑娘正看着清水河上成群的鸭子在水面上觅食，忽然一只母鸭拼命地跑，一只公鸭在后面拼命地追，转眼离开了鸭群。王成指着远处的两只鸭子，问扶贫姑娘：“它们在做什么？”扶贫姑娘顺着他手指的方向一看，脸红到耳根：“那是鸭……”她是聪明人，何尝不知道王成心中的小九九，但她也是未婚青年，有些事也不好明说。

最后她还是说话了：“王成啊，隔壁村的养鸭专业户里有个寡妇，名叫李艳桃。这个寡妇刚 20 多岁，老公在广东务工时遇到车祸去世了。这寡妇长得比我好看，前些天，我还跟她谈过话，你看是否要我牵线？”王成说：“我又没有钱，怎么办？”扶贫姑娘说：“王成你是隐形富翁，你那些山上的杉树，不是钱吗？”

“你觉得我怎样？”王成不死心地问扶贫姑娘。

“很好啊，如果我家在这里，我还想……哦，对了，前次的鸭饲料是我男友为你买的……”扶贫姑娘说。

听到这里，王成觉得梦想破灭了，但同时他又燃起了新的希望。

“你说的那漂亮寡妇，什么时候安排和我见面？”王成毕竟年纪不小了，他急于成家。

“你动心了？等着吧，我会帮你安排。”扶贫姑娘笑了。

在扶贫姑娘的撮合下，王成很快和漂亮寡妇见了面。经过几次交流，两人都觉相见恨晚，认为双方的人生、事业都有共同之处，于是很快确定了恋爱关系。

奇怪的是，打那以后，王成再也没见过扶贫姑娘。后来村主任告诉他，扶贫姑娘已被调配到邻村扶贫。王成感到很失落，便打通了扶贫姑娘的电话。

“小芹，你是不是有意避开我呀，怪想你的。”

扶贫姑娘没有正面回答王成的提问：“你别傻想啊，你今年就要脱贫了，身边又有了心仪的女人。我是到邻村帮扶贫困户了，那里更需要我。”显然，这不是王成想要的回答。

“艳桃怎样？你们还好吧？”扶贫姑娘又问。

“还好，她常来帮我打理养鸭的事。今年是脱贫攻坚收官之年，我们决定国庆节结婚，到时你一定过来啊！”

“一定过来，祝贺你们完婚和脱贫。”那头的扶贫姑娘发出了银铃般的笑声。

是啊，一起在扶贫路上相识相知，这份感情怎能说忘就忘？唯愿扶贫路上的这段经历，能成为他们一生中最美好、最难忘的回忆。

回　报

农海琪

我刚从部队转业就碰上了全国开展轰轰烈烈的精准扶贫工作，我被安排到钟山乡的扶贫站，除了站里的工作，我还是两户贫困户的帮扶联系人。为了尽快熟悉工作，上班的第二天我就下队到岩平村去拜访我帮扶的贫困户罗卜远一家。

岩平是钟山乡最偏僻的贫困村，一条新铺设的通村水泥路只通到村部，从村部还要步行半个钟头才到罗卜远家。

这是一栋破败的还没有装修的两层半砖混楼房，二楼和顶楼上的窗户连玻璃都没有安装，只用几块塑料布来遮挡，在周围大部分都装修好的楼房中显得十分寒碜。

“罗卜远在家吗？”

“谁呀？”

“我是乡里下来了解贫困户情况的。”

“是你？！”

“是你们？！”

真是冤家路窄！这屋里的主人竟然是我的初恋刘晓梅和情敌罗明海！

十多年前，我和罗明海中学毕业后一起到广东闯荡，我俩同时喜欢上了公司里的文员刘晓梅。我为人热情大方，心直口快，爱得张扬；罗明海为人成熟稳重，细致体贴，爱得含蓄。刘晓梅在我们两个之间一时很难做出决定。

有一天下班后，刘晓梅突然接到通知要临时加班，加完班比较晚了，在回宿舍区的路上碰上了几个小流氓，恰巧罗明海路过，赶跑了小流氓。刘晓梅很感激，就请罗明海宵夜。后来罗明海“酒后吐真言”，说他和刘晓梅在宵夜那晚发生了关系。我找茬揍了罗明海一顿后向公司辞了职，悄无声息跑回老家应征入伍，在第二十一集团军某部当了十多年兵。真是造化弄人啊！我刻意回避的人，就这么猝不及防地重逢了。

我细看刘晓梅，昔日文静漂亮的姑娘变成了一个地道的村妇——常年累积的风霜在她的脸上留下了深刻的痕迹，眼角有浅浅的鱼尾纹，一双眼睛满是经历风霜后的沧桑；原来乌黑油亮的一头秀发，竟然有了几根白发；那高高的鼻梁下有力地紧抿着的嘴唇，显示着坚韧的活力；褪色的衣服显得干净整洁……

“他？”我努力平复堵得难受的心情，望着轮椅上的罗明海问一旁手足无措的刘晓梅。

“一言难尽！几年前他带着打工积攒下来的十多万元钱回家起楼房，说起好了楼房就娶我，可是在拆除楼板顶木时被砸中后腰，就这么瘫痪了……”

我不知道我是怎么回到乡政府大院的，晚上躺在床上辗转反侧：给初恋和情敌扶贫，这心里总不是滋味，也很尴尬；跟领导讲明情况，和别人调换帮扶户倒是能眼不见心不烦，可是自己是一名转业军人，就不能冰释前嫌？……

第二天我又抽空下到岩平村去取罗明海的病历，用电子邮箱发给了自己原先服役时认识的部队医院的老军医。老军医根据罗明海的病情寄来了治疗用的药物，并一再强调“除了药物治疗外，亲人的悉心护理和精神鼓励也很重要”。老军医的话让我看到了希望。

又是一个星期天，罗明海打电话让我一定去他家一趟。刚好我也要下去，便带上了一瓶自己转业时带回来的五粮液赶往罗明海家。刘晓梅早就准备好了酒菜。两杯酒下肚，罗明海的话匣子就打开了。

“其实，当年晓梅临时加班后碰上的那几个小流氓是我事先用几条好烟串通好的，就是为了创造英雄救美的机会。”

“卑鄙！”我在心里骂了一句。

“你家在县城，条件比我好得多，为了断绝晓梅和你交往的后路，我又装着酒后吐真言骗你，说我和晓梅发生了关系。其实我们当晚除了宵夜，什么也没有发生。你却上了当，不辞而别。你的不辞而别让晓梅猜测我们之间可能有什么问题，她并不马上答应做我的正式女友，我们就若即若离地走过了差不多十年时间。前几年我受伤瘫痪后，晓梅不顾亲友的反对，毫不犹豫带着我四处求医问药，花光了她自己的全部积蓄。”

“你和晓梅在户口簿上的名字叫‘罗卜远’和‘刘乜远’，你们不是有小孩了吗？”我说出了心中的疑惑。

“晓梅为了让我安心养伤，要和我去领结婚证，但我是个废人啊！我坚决不同意，晓梅就抱养了我老弟的小女儿，取名叫‘媛远’。我们就按家乡的风俗随小孩的名叫‘罗卜远’和‘刘乜远’，和父母分家时户口簿上就用这名字了。”说到这里，罗明海已是泪流满面，他哽咽着说，“报应啊……我现在这个样子是老天对我的惩罚啊！可是现在晓梅却为了我而吃苦……”

听完罗明海的诉说，我无话了，我怎么也没想到，事情背后竟然会有如此让人意想不到的真相。可此时此刻，看着眼前这个坐在轮椅上泣不成声的情敌，我心里如打翻了五味瓶。一个男人，为了自己深爱的人，竟不惜说出一段如此不堪的往事。除了恨，我心里更多的是感慨。而晓梅对罗明海执着而真诚的爱更是令我敬佩。

坐在一边为我们斟酒的刘晓梅，在听完了罗明海的话后，并没有显得多惊讶，只是缓缓地说：“其实当年我就觉得你们两个好朋友之间肯定有问题，而且是和我有关……没想到，事情会是这样的，这是命啊！”

我拿出了老军医寄来的药品，交代了用药的注意事项，又打开带来的酒，给每人都斟满了。

“这是我最爱喝的酒，我转业时战友们送的，我先干为敬！

“第一杯，为我们的往事干杯！

“第二杯，为你们的爱情，为明海的早日康复，干杯！

“第三杯，根据你们家的实际情况，我想为你们量身定制用产业扶持资金发展家庭种草养兔的产业项目，希望我们共同努力，争取早日让你们脱贫致富！干杯！”

罗明海和刘晓梅也端起酒杯一饮而尽，满屋子散发着沁人心脾的酒香。

第二天，刘晓梅就到县里举办的“公司＋基地＋农户”肉兔养殖培训班学习。我原来负责的另一户贫困户是委布村的，但委布村和岩平村刚好在钟山乡的东西两头，并不方便联系。经过领导同意，把我另外一户帮扶对象调整为和罗明海同一寨子的韦永山，这样也能让残疾的罗明海在一些体力活上得到帮忙。

四十岁的韦永山和他的妻子黄七兰，在农村里是属于“憨仔与憨妹”结成家。除了有一身蛮力在田地里下死力劳作，你就是让他们从县城坐车回家他们都找不到路，更不要说外出务工了。一家五口人住在只建了一层就停工的半拉楼房里。家里还有刚上小学的一双儿女和一个八十多岁的老母亲需要照顾。即使是这样的人家，只要有人带动，脱贫也是有希望的。因申请的产业扶持资金不会马上到账，在刘晓梅外出学习养殖技术期间，我把自己的转业安置费借给他们，建起了兔房，又帮他们交了购买兔苗的押金。刘晓梅学习一结束，我就让他们把两家的兔苗领回来进行养殖。田里种草、割草的体力活有刘晓梅带着韦永山夫妇去做，罗明海就负责兔房里的喂养管护。

世上没有不透风的墙，我和罗明海一家的关系还是被人传开了：有人说我是傻瓜才去帮扶情敌；也有人说我是见罗明海落难了，想与刘晓梅“旧情复燃”才那么卖力地帮扶他们；又有人说我调整帮扶韦永山一家是有目的的；还有人说我的帮扶户一户是瘫子，一户是憨仔，再怎么帮扶也是白费力……我顶着这些闲言碎语，隔三差五地去帮忙，再加上有公司做后盾，他们的肉兔养殖很顺利。半年后公司按合同收购了第一批饲养的肉兔，除去成本，每户净收入 8000 多元。这是韦永山有生以来赚的第一笔大钱，而对于罗明海来说，这 8000 多元也是他受伤后的第一笔收入。

“永山哥，下半年我们争取再多赚一些！”告别了轮椅，已经能单拐走路的罗明海信心满满地对韦永山大声说。

“对！对！”含着热泪一遍又一遍地数着手里百元大钞的韦永山头也不抬地应答。

看着他们的样子，我的眼里竟然也莫名地有些湿润了……

阿瓦的故事（外一篇）

苏彩云

阿瓦是下寨的一个小伙子，不满周岁时因高烧不退，整天哭闹无法入睡。他妈妈抱着他守在火堆边三天三夜，靠焐热发汗的土方法逼退了高烧。但阿瓦病好之后，却落下了长短腿和驼背的后遗症，为肢体三级残疾。阿瓦的父亲早早便过世了，他只能与长年以药罐为伴的老母亲相依为命。母子俩的日子过得很拮据，是当地远近闻名的贫困户。

名字来历

阿瓦本名不叫“瓦”，“瓦”在当地壮语方言里是“憨包”的意思。村里人见他老实憨厚，无论大人小孩，不论辈分，见面都拿他来取乐，有事无事就喊他“阿瓦阿瓦”。阿瓦也不生气，即使自己吃了亏也从不与人争个高低，仍然乐呵呵地过着日出而作日落而息的生活。老母亲常常无奈地说：“唉，连三岁孩子喊你阿瓦你都答应，这么笨的人，真是瓦到底了。”每每这个时候，阿瓦总是说：“阿妈，大家喜欢我才叫我，你看寨上那些打咕嘎[1]的人，哪个喜欢他们，哪个时时喊他们嘛。阿瓦只要保证每个传统节日，别家的阿妈能吃上糍粑的时候，我家的阿妈您也能吃上糯米粑粑，我就高兴了！”每每这个时候，母亲总是眯着眼睛无奈地摇头笑：“懂得想阿妈，说你瓦，你也不瓦。”

穷则思变

由于读书少，没技术，家里山多地少，阿瓦曾跟随老表辗转了田林、贵州望谟等地做建筑工维持家里的生计。但是由于身体原因，挣钱也不多，又担心家中的老母亲，阿瓦只好回家继续扛锄头。

为全面攻克贫困堡垒，确保小康路上“一个都不掉队”，县里制定出台脱贫攻坚挂图作战方案，把坚持产业发展作为精准扶贫路径之一。2016年，村里的第一书记召集上寨、下寨的村民开会，宣传扶贫政策，介绍“多元化共存”产业模式，告诉村民将重点扶持桑蚕、杉木、鸡、猪、油茶、板栗、西贡蕉等特色产业。扶贫第一书记介绍新品种桑葚时，说它适应性强，病虫害少，对气候、土壤要求也不高，随种随活，生长快，一年可结春、秋两季果，经济效益好。了解到它有这么多优点后，上寨好几家村民开始尝试种植，而下寨还处于空缺状态。想种桑葚的想法在阿瓦的大脑中慢慢生根发芽，他思虑再三，决定申请种植。

村里的人听说阿瓦家要种桑，都议论纷纷，有说好的也有说不好的。这天，村里几个小青年又在榕树下打牌，见阿瓦扛锄头准备往地里走去，都笑呵呵努起嘴取笑他：“太阳那么大，阿瓦你这么勤快是不是想靠种桑发财了娶老婆咧！”阿瓦羞得脸红到脖子，傻呵呵地跑开，留下身后小青

1　打咕嘎：壮语方言，“打麻将”的意思。

年们爽朗的笑声和继续打牌的嬉闹声。

勤能发家

在扶贫第一书记和驻村工作队队员的帮助指导下，阿瓦开始种植桑葚。种植桑葚并不简单，光育苗就花了他大半年的时间。经过长期摸索，阿瓦已经摸透了桑葚的“脾气”：耐寒、耐干旱、耐水湿，使用农家肥，不打农药，可以大大节约种植成本……每天，桑葚地里除了扶贫工作队队员和阿瓦，还经常能看见和阿瓦一起长大的寨上姑娘阿花来帮忙的身影。

日子一天天过去，阿瓦的桑葚终于开始挂果了。阳光下的桑葚，紫红紫红的表面蒙着一层细细的绒毛，散发着光泽，看着让人垂涎欲滴。阿瓦很大方，邀请全寨子的人进园免费品尝。有的村民说：“吃阿瓦家的果不开钱，不吃白不吃。”没想到桑葚的味道如此好，人人都竖起大拇指啧啧称赞，夸阿瓦家桑葚个大味甜，阿瓦也很享受这种真诚表扬带来的满足。后来，阿瓦又扩大了种植规模。每天天蒙蒙亮，果园里就传来山歌声，那是阿瓦又在劳动了。

这一年，桑园大批量挂果，迎来了大量入园采摘的游客。上寨的桑葚卖到每斤 16 元。阿瓦很老实憨厚，他只卖 10 元一斤，少不卖多不收。这样一传十十传百，五一期间，每天来他果园采摘的有近 200 人，日收入近 3000 元。阿瓦不会看秤，一算数就头痛，他只好叫阿花来帮他收钱，他负责劳动。阿瓦引种的桑葚一年可成熟两季，年亩产达 3000 公斤，除去成本，每亩年利润近 3 万元。年底，阿瓦终于摘帽脱贫了。

喜添“桑葚子”

又一个春天来了，串串桑葚又挂满了枝头。阿瓦家传出了婴儿的哭闹声。原来，阿花看阿瓦憨厚老实、勤劳孝顺，便在扶贫工作队队员的撮合下，和阿瓦在去年领了结婚证，今年就迎来了爱情结晶——一对可爱的双胞胎儿子。这可乐坏了阿瓦妈，也乐急了阿瓦。阿瓦不知道怎么给孩子取名字，他憨憨地对阿花说：“人人叫我阿瓦，孩子就叫瓦大、瓦二吧。”阿花拎着阿瓦的耳朵说：“就你瓦，我们的孩子不瓦。不懂给娃取名，让扶贫书记帮忙取名字呀。”扶贫书记给俩娃取了两个靓丽的名字——“桑桑”“葚葚”。

现在，老榕树下打牌的那些小伙子早就不见踪影了，青石板上，许多老人饭后摇着葵扇，都在讲述着“阿瓦不瓦”的故事……

苞谷粑粑香又甜

天亮堂堂的，挂着“老表苞谷粑”招牌的小店门口早已人头攒动。阿福的摩托车一停，大伙儿都不约而同地往前挤：“终于等到粑粑了！”满满几筐的苞谷粑粑十多分钟就卖了个精光。晚来一步的群众不甘心地翻着箩筐，却只看见筐底铺着的芭蕉叶，都遗憾地说：“哎呀，可惜了咧，明早再早一点到才行了……”

这是阿福和阿朵原来想都不敢想的事。

原来，阿福家是寨子上的贫困户，去年阿福外出务工，本来想大干一番事业，没想到遇到疫情，工厂全都放假了。阿福想：“拿斧的得柴火，张网的得鱼虾，我扛锄头的——得粮食。”于是他和妻子阿朵整天在苞谷地里忙碌。转眼间，几个月过去了，地里的嫩苞谷成熟了。

天刚蒙蒙亮，茂盛的苞谷秆叶还挂着露珠的时候，阿福和妻子阿朵正借助头戴式手电筒，穿梭在苞谷地里。

随着“咔嚓咔嚓”的声音，一个个穿着嫩绿色袍子的苞谷棒子经大手一掰，再划过一道美丽的弧线，便不偏不倚地落在背上的背篼里。待苞谷棒子满满地冒出背篼，阿福和阿朵就关掉头上的电筒，连同刚刚升起的朝阳一起背回家。

来不及换下被晨露打湿的鞋子，阿福和阿朵便手脚麻利地将摘来的苞谷壳叶剥下，再将剥下的玉米粒放进大石磨里。一勺又一勺，一转又一转，他们把玉米粒推成了细面糊糊备用，又将用火微烤过的芭蕉叶撕成条，并用一块烤出油的肥猪肉涂抹芭蕉叶，接着就用芭蕉叶把细面糊糊包成三角形放到大蒸笼里蒸熟。这是阿朵从做了一辈子壮家粑粑的婆婆那里学来的制作苞谷粑粑的手艺。

每到圩日，阿福夫妇就把苞谷粑粑挑到街上卖。但忙碌一天，销量却不尽如人意。因为现在镇里大部分人为了方便送小孩上学读书，都到县城租房子，所以买粑粑的人就少了。有时苞谷粑粑上午卖不完，留到下午就馊了，只能扔掉。为此，阿福夫妇感到很苦恼。

镇党委、村支部了解到阿福的情况后，为他家出谋划策。驻村干部说：“你家的苞谷粑粑是纯天然的，一定会受县城百姓的欢迎，县城往来人口多，不愁销路。”扶贫第一书记协调定下了在县城的门面，又帮他们申请创业贷款。就这样，靠着申请下来的农民工返乡创业扶持贷款，阿福在新州央索街租了个门面，挂牌“老表苞谷粑”。现在正是嫩苞谷成熟的季节，阿朵做的苞谷粑粑个大味正宗，每天都供不应求，于是就出现了开头的一幕。

这天是阿福妈妈八十大寿，阿福的粑粑生意停一天。他请扶贫书记一起到家里为老妈祝寿，扶贫书记便提着几斤猪肉来到了阿福家。“制作苞谷粑粑投入少、见效快，只要不懒，比在外打工强多啦。”阿福跟扶贫书记汇报，“每天销售粑粑500个，毛收入1000元，纯收入400多元，照这样计算，仅仅是嫩苞谷成熟的这个月就有万把块钱的收入。等嫩苞谷季节过去，我拿老苞谷烤酒卖。书记，你是我们家的致富引领人，平时喊你吃个粑粑你都不吃，今天家里的粑粑不卖，一定让你尝个够……” 阿福从妻子手中接过粑粑，硬是塞到书记的手里。

扶贫书记捂着阿福的大手说：“老表，今年脱贫榜上就有你家的名字啦。我要教你学习电脑技术，将来在全国发展经销商和代理商，扩大苞谷粑粑制作规模，成立绿色食品专业合作社，这样不仅可以增加效益，还可以带动周围千余名群众共同发展！今后，大伙儿的口袋银子响丁当咯。”

阿福说：“好！银子在百岩，不苦不得来。”扶贫书记咬了一口粑粑道：“村里植被茂盛，生态环境优越，你们家的粑粑又香又甜。你要带动村民一起，把你们的土特产苞谷粑粑卖到南宁去，卖到武汉去，卖到全国各地去。”阿福望着远山——那是一片郁郁葱葱泛着绿色的苞谷林，心里一片亮堂堂。

给我准备两匹马

曹良飙

今年因为闰月的缘故，过年时间比往年有所推迟。已近立春，阿强的年货也准备得差不多了。

他跟兄弟们商量，今年带所有家人一起，回老家凤坪村过年。一家人平时天各一方，上班的上班，经商的经商，读书的读书，很难聚在一起，趁着过年，正好全家团圆。当他把这个想法通过电话跟小弟阿龙说时，阿龙很高兴，说一定把在广东的家人全都带回来过年。

说起阿龙，全村无人不晓：他很早就下广东打工，后来开办了自己的工厂，还娶了个当地的妻子。他是村里年轻人的偶像，村里老人教育孩子时总会说：你要是也能像阿龙一样就好了！

这天，阿强接到阿龙的电话：“哥，你帮我准备两匹马，三天后我有用。”阿强对这个要求迷惑不解：“你要马干吗？”阿龙却不明说：“你帮我准备好就行了，到时你自然会知道用途。对了，还要配好马鞍！”

阿强百思不得其解，回家跟家人商量也不得结果，打电话问阿龙，阿龙总是很神秘，就是不说缘由，叫大家帮准备好就行。一家人猜来猜去，得到的结论是：阿龙想让自己的媳妇和孩子骑马进村，因为他妻子以前只回来过一次，这次阿龙一定是想按古老的习俗重新给妻子搞一次迎亲仪式。

大家决定帮阿龙完成这个心愿。

阿龙驾驶着自己的越野车，后面跟着一辆皮卡车，满载货物，长途跋涉回家过年。通过电话对接，他知道大家到了镇上路口来接他，他很是感动。从村里到镇上，山路崎岖，非常难行，他内心暖烘烘的——回家的感觉真好！

离路口近了，阿龙看到一大群人站在路口，有人敲锣打鼓，还有人吹着唢呐。路旁站着的两匹马披红挂彩，连马鞍上都绑着红布。他很是不解，迎接自己不用那么大排场吧？

车辆停下，大家围了过来，他下车跟大家寒暄。阿龙指着后面的皮卡车对阿强说："哥，我让你帮准备两匹马，是用来驮这车东西的。我几年才回来一趟，给大家都买了礼物，一点小意思！"阿强一愣，随即跟大家都哈哈大笑起来。阿龙被笑得丈二和尚摸不着头脑。阿强笑了一会儿说："我们还以为你要马是为了迎接弟媳进村，搞复古式迎亲呢！原来是为了驮货物，那就不必了，你看！"说完指着旁边停的几辆车，"这些都是我们的，现在啊，可以直接把车开到家门口了！"

阿龙不敢相信自己的耳朵："这是真的？凤坪村通公路了？这不可能吧？"阿强说："这是真的，因为国家开展脱贫攻坚，不但让我们通了公路，还是标准的水泥路呢！你也不能再拿旧眼光看待村里的发展啊！"

阿龙眼里不觉闪现出泪光："真是没想到啊，连凤坪村这样的大石山区也能通水泥路！走，我们开车回家！"

第三辑

散文

苗冲，流浪的终点站

梁万德

有一个远古的传说：夸父为了族人的幸福，去追赶太阳，追寻光明。他一路艰辛，饿了，吃路边食，渴了，喝黄河水，最后却累倒在黄河边。因此，河南灵宝县境内才有个“夸父山”。

苗族也有个传说，他们的祖先蚩尤战败于炎（帝）黄（帝）联盟后，被迫从中原向中国的东、南、西南地区以及东南亚甚至北美迁徙，去追赶太阳，追寻光明。相传数百年前苗族中一位名叫岗济的首领带着族人向西南迁徙，其中有五千余户苗民流浪至云贵高原南端的崇山峻岭——隆林苗冲[1]。

1　根据雷雨20世纪30年代出版的《广西西隆县苗冲纪闻》：“苗人之栖息于广西省境内者，西隆最多，约五千余户。”苗冲，广义苗冲泛指今隆林全部及西林、田林部分地域，狭义苗冲指以德峨镇为腹地的周围乡镇，本文宜作兼容理解。本文关于苗冲的部分资料引用自《广西西隆县苗冲纪闻》，下文不再赘述。

一、苦难苗冲

苗冲，这里数百平方公里满眼都是石旮旯，这里常年大雾茫茫，这里疲惫不堪的苗族人没有追赶上太阳，也没有追寻到光明，他们在迷茫中自问：世上还有光明吗？天上还有太阳吗？在这片被苗民称为“老虎地”“野狼窝”的不毛之地、人类生存的荒原，五千余户苗民散居于数百平方公里的石漠化山头，在九分石头一分土的“土地”上艰难地刨土觅食，过着刀耕火种的原始部落生活。

昔日走遍百里苗冲，你会看到这里苗民的生活环境十分恶劣：“有瓦顶木墙，散见于山巅石壁之间者，则为苗族之富裕者所居，其数约为二十分之一，其余尽以玉蜀黍之杆为墙，茅草作瓦，支离破碎，欲侧倾斜，三三五五，点缀于长林丰草、峻岭危崖之间。”苗民难避风雨，过着“夏燃艾草，以烟作帐，冬焚枯枝，藉火为棉”的原始部落生活。房舍稀缺，“上上之家，或将屋内间隔为小室，以居家主及为妇人分娩之所，中上以下，大抵一家仅有一室，日作夜息，均于兹矣”。房内“桌椅板凳之类，百家不一见有之，则虽粗劣不堪，属奢侈品矣，若有竹篾所制，或粗木而略加刨漆者，则须在县公署内，亦以珍宝视之矣”。“灶边夜睡之草荐，昼间集而堆之室隅，地下铺满鸡屎鸭粪，亦为彼辈之食桌也。灶边木截短板凡三五枚，菜渣刀痕，碎发垢腻，新旧斑斓者，彼辈制餐膳时之砧板，日间之坐具，亦午夜之枕头也。”

由于生产和生活环境恶劣，苗民只能散居于苗冲数千个山头，生活贫困艰辛。“赤贫者亦极众，穿褴褛之麻衣，一年劳作，不及半年所需，吃南瓜终生者实大有人在。”因此，每年五黄六月，常见三五户、十余户苗民拖儿带女，背着背篼，迈着疲惫的步子，在百里苗冲坎坷的小路上行走，作小范围的迁徙，另找能让他们生存的地方。

苗族人生活极度艰辛，加上在古代“天下乌鸦一般黑”的政治环境中，他们受尽了凌辱，被称为“犬裔”“苗子”。清朝至民国年间，统治阶级对苗族的歧视压迫更甚，“夺其民妻”“生杀任性”，使苗族“活动之面日益狭窄、生计更属不堪问闻”，导致苗族“三十年一小反，六十年一大反”。

二、举义追述

有压迫，就有反抗。千百年来，苗族之所以被称为最富斗争性的民族，是因为它受压迫最深。自清嘉庆年间至民国末年，苗冲苗族的举义从未间断。

嘉庆年间，受贵州白莲教大起义的影响，苗冲彝族、苗族派人到贵州南笼（今安龙）“习邪术”（实为取经）。嘉庆二年（1797 年），震撼清朝廷的起义在苗冲燃起。彝族义士龙登连父子联合苗冲苗族、壮族、汉族及仡佬族在阿稿、那地村寨揭竿而起，反抗官府。开始先为数千人，继后发展到数万人。义军所到之处，所向披靡，势如破竹。他们捣毁保甲、县衙政权，杀死流官汉目和土司头人，“不数旬而占领全县并其附近乃至广西西北部之全部”，与贵州南笼布依族、苗族义军遥相呼应，“俨然成为黔中苗国之一郡也”。苗冲少数民族的义举，震撼了清朝廷，地方政权无力应对，清朝廷乃命两广总督觉罗吉庆及广西提督彭承尧率兵两万进剿。农历四月，义军与官兵在今田林旧州、八渡激战，官兵损失惨重。义军苦苦坚持了四个多月，因消耗过大，寡不敌众，终被镇压。

苗冲的这次起义虽被镇压，但人们心中的怒火并没有被扑灭。在以后的一百多年里，直至民国中期，又先后爆发了由李阿重、李唆、丁三有、陶保、古光臣领导的苗族及其他少数民族起义，起义队伍人数多时达数千人。

1929 年，邓小平领导的百色起义震撼了苗冲，苗冲少数民族知道了他们之所以被压迫，之所以贫困，是由于旧社会造成的。他们在当地共产党员和地下工作者的宣传和影响下，似乎看到了东方的曙光。

苗冲苗族女杰杨岗奶受百色起义影响，于 1932 年农历三月初四聚集了 300 余名义士举行起义。他们绣了三面有镰刀的旗帜，以旗带队，兵分三路向县城进发。其规模之大，来势之凶猛，后被县城居民誉为“杨岗奶撒豆成兵”。

义军攻占了县城，杀死了 6 名官兵，打开牢房放走了 40 余名被押群众，使国民党政府受到了狠狠打击，让反动政府看到了苗民不可侮的反抗精神。但是，由于义军缺乏坚强的领导核心和正确的革命理念，组织成分又复杂，起义最终失败，杨岗奶惨遭杀害，但她的义举仍然鼓舞着后人为争取自由解放而斗争。

三、口口相传的苗冲文化

苗族历史上曾有文字，却因统治者的歧视和禁用而失传。因此，苗族产生了一种独特的文化现象：他们把自己民族的祖居地和艰苦的迁徙历程、迁徙路线、文化崇尚等绣在裙子上。这成了后来人们研究苗族历史文化的珍贵资料。

苗族文化在历朝历代统治阶级眼中不被重视，被看成是下里巴人的文化而受歧视和排斥，因此大多只能以口头文学形式在族群中世代相传。如苗族的苦难歌，它独特的半音和上下滑音以及如泣如诉的悲怆情调，让人似乎看到了苗族在漫长的迁徙途中经历的艰苦历程和苦难生活，从而产生强烈的共鸣。

四、曙光

苗族数百年来起义不断，但都以失败告终。苗冲的天还是那么黑，苗冲依旧大雾茫茫。

20 世纪初，山外炮声隆隆，唤醒了这个沉睡了多年的民族。1951 年，一面面红旗在百里苗冲飘扬。苗族的优秀儿子杨宗德[1]看到了前途，看到了光明。他选择相信中国共产党，带领苗冲各族儿女配合解放军消灭了盘踞在这里的国民党残余势力。苗冲人民从此见到了太阳，看到了光明，获得了新生。

从此，苗冲人不再流浪，苗冲成了他们流浪的终点站，他们在这里开始了新生活。

五、精准扶贫结硕果

云消了，雾散了，苗冲人看到了太阳，迎来了光明。从此，对于苗冲人来说，中国共产党在他们心中便意味着民族团结，意味着安居乐业，意味着幸福生活。

苗冲解放之初，一个个少数民族工作队进驻了苗寨，在简陋的茅草房里，在苗家的火塘边，他们与苗胞促膝谈心。他们称苗族为“苗族同胞”。苗族人从没有听过这么美的称呼，没有听过这么甜的话语，连寨中最犟的

1　杨宗德，隆林苗冲人，解放战争期间带领苗冲群众配合解放军收降国民党团长一人、营长四人、连长二人；解放后历任区长，副县长，县人大常委会主任、党组书记，隆林第一届政协副主席，广西第四届政协副主席，广西第五届政协常委，广西第一、二、三、四届人大代表，受到毛主席等党和国家领导人接见，1985 年病故。

汉子也在火塘边流下了激动的泪水。他们说这是党的主义。他们向苗族同胞揭露了历代反动统治者“以夷治夷”、挑拨民族矛盾的罪恶，号召各民族团结互助，建设新苗冲。从此，苗族人如长梦初醒，紧紧团结在中国共产党的周围，与苗冲各少数民族建立了新型的民族关系，共同建设苗冲新家园，并多次获得市、区、国家“民族团结进步奖”。

党的民族工作队队员还说：解放了，你们不必再奔波，不会再流浪，你们已从奴隶转变为国家的主人，你们要学会当家，学会自己管理自己。百年前，苗族还被称为头脑简单、不习算学、不事商贾、礼仪罔闻的民族；解放后，党把他们从贫穷落后愚昧的枷锁中解救出来，还把他们的儿女送到各级院校学习深造，学成归来就让他们参与乡、县、市、区各级领导机构的管理工作。从此，他们有了自己的书记、县长、乡长、主任，有了诗人、作家、医生、企业家……

党的十一届三中全会后，苗冲的经济终于走上了发展的快车道。原来苗族人“不事商贾”，“生活之依据，唯耕作与樵猎，工商之业，非彼等之所能”。今天他们终于跟上了时代的步伐，融入改革开放的大潮。他们或走出家门打工，或经商办企业，或从事建筑、运输行业，涌现了杨成义、唐天华、陶德强、陶德武、陶思艺（女）、罗海团（女）等一批苗族企业家。特别是国家实施西部大开发和精准扶贫后，苗冲更是起了翻天覆地的变化。如果说国家实施西部大开发使苗冲实现了“茅（房）改瓦（房）”，那么实施精准扶贫后苗冲又实现了“瓦改楼”。如今你徜徉在百里苗冲，茅草房不见了踪影，雪白的小洋楼点缀在青山绿树间。汽车、电冰箱、洗衣机、彩电走进了千家万户，村村寨寨通了公路，自来水直通苗家。苗族不再奔波，不再流浪，实现了住有所居。实现了“安居”，便可以“乐业”。在党和各级政府、扶贫工作队的帮扶下，苗冲正摆脱贫困，过上富足、殷实的生活，这在百年前是“可想而不可即”的。

六、璀璨的民族文化

曾经，苗冲如明珠蒙尘，被误认为是一片文化荒原；而今，苗冲如璀璨明珠重放光华，被联合国教科文组织官员誉为“活的少数民族博物馆”，文化部认定其为“少数民族歌舞之乡”。一位英国游客畅游了广西，深有体会地感叹：“山水游在桂林，风情游在隆林。”作家贺小松曾两次造访隆林，他的艺术纪录片《诗怪·贺小松》在中国、美国、加拿大等多个国家的数十家电视台播出并获好评。他不无感慨地说：“如果没有隆林这神奇大地上的奇葩，纪录片也许缺少吸引人的浓郁的民族艺术芬芳。”他称苗冲是“现代化社会民风民俗流动的展览会，是民族服饰千百年不闭门的展览馆，是人类心灵深处原始美的根源，是艺术永不干涸的源泉，是文学艺术创作灵感突然迸闪的雷电”。

现如今，苗冲文化终于还原了她璀璨的面容。1958 年，苗冲仡佬族的“八音坐唱”在全国第一届少数民族文艺汇演中亮相，获得了人们的赞誉；苗族舞蹈《迁徙记忆·蜡染》代表广西参加第八届全国舞蹈大赛获编导一等奖、节目二等奖、服装设计奖等多个奖项。广西著名音乐家古笛、黄有异到苗冲体验生活，被彝族火一样的热情、水一样的柔情和他们美好的生活感动，创作了歌曲《赶圩归来啊哩哩》。这首歌响彻大江南北，被作为文化部举办声乐比赛指定必唱曲目之一，还被联合国教科文组织指定为亚太地区音乐教材，成为世界各民族的共同财富。苗冲“素苗三姐妹”何贝、何石、何水被誉为“苗山百灵”，她们唱遍了北京、香港等地，原生态的歌声彰显了“少数民族歌舞之乡”的魅力。苗冲每年有五大节：苗族跳坡节、彝族火把节、仡佬族尝新节、汉族袍汤节、壮族三月三歌节。节日期间，苗山百灵“达啰佑，达啰哎”[1]的歌声响彻了百里苗冲上空，招来数万甚至十多万县内外、区内外、国内外的游客，共享苗冲的文化盛

1 达啰佑，达啰哎：苗语译音，意为“来吧，朋友”。

宴。如今，“穿褴褛之麻衣”不再，苗冲少数民族姑娘大多穿着艳丽的衣裙。每当苗冲盛大节日，成百上千的姑娘从苗冲腹地——德峨小镇的山头山腰涌向文化广场时，广场顿时就成了一片花的海洋。人们这才终于明了中外游客为什么称苗冲少数民族为“花一样的民族”，也理解了苗冲为什么能成为隆林的文化名片。

七、新故事刚开始

苗冲彝族诗人、作家韦革新曾说：一个民族如果没有经济上的平等，政治上的平等是谈不上的。如今，一个漂泊多年的民族终于能安居乐业，一个昔日衣不遮体、食不果腹的民族衣食无忧、生活殷实——他们有了自己的企业家，融入了中华民族伟大复兴的大潮；他们知道，因为中国共产党的领导，这些才能成为现实，只有各民族团结奋斗，这一切才能实现。

在庆祝中华人民共和国成立七十周年的快闪活动中，隆林县文化体育广电和旅游局局长、苗族舞蹈编导杨朝林激动地拿起芦笙，带领广场上的数千各族人民奏唱起了《我和我的祖国》。现场万名群众的爱国热情高涨，自动融入了舞蹈人潮。人们似乎看到，他们正走向更美好、更幸福的明天！

五阿哥

龙洌

五阿哥姓伍，名阿格，四十几岁还光棍一个，所以人称“五阿哥”。他是一个爱和我聊 QQ、聊微信，还时不时和我拍照合影的“亲戚”——写在资料档案里，他是我的结对帮扶贫困户，我则是他的帮扶联系人。我和五阿哥结对子已经两年有余，如今 900 多个日子过去，我还是我，还是那个普通的帮扶干部，而五阿哥却不再是当初的那个五阿哥。他成功晋级，成为 5 个孩子的爸爸，人称“五阿爸”。

初识五阿哥，我们未能谋面。那是 2016 年 3 月一个乍暖还寒的周日，约上几个同事，我们一同前往委隆乡者轰村岩裹屯首次“走亲戚”。一辆四驱皮卡车载着我们一行五人翻山越岭，经一个半小时的颠簸，我们来到了岩裹屯大山脚下。进村的盘山公路是一条坑坑洼洼的砂石路，又陡又弯又窄，我们望路兴叹，决定步行进村。又经一个多小时的爬坡上坎，终于来到了海拔 1500 多米的岩裹屯。在山风呼啸的村口，村支书指着远处一户人家告诉我，那就是五阿哥的家。穿过几百米羊肠小道，我们总算来到了五阿哥家。眼前这间小平房隐没在一片绿油油的苞谷地里，院坝里潮湿的地方还长着青苔，房前屋后没有一只鸡、一只鸭，显得异常冷清。我正纳闷，一只小黑狗从屋后跑出来，冲着我不紧不慢地“汪汪”吠了两声。

黑狗身后，一个身穿绿色上衣，头包红色围巾，满脸皱纹的老婆婆一边嘴里叽里呱啦，一边手不停比画着朝我走来，并热情地把我引进了家。老人比画什么，我不得而知，但从她一系列的表情动作里，感觉她像是在诉说自己的遭遇。

说着说着，阿婆突然抬起手做喝酒、倒地的动作，然后表情显得十分沮丧。我看跟这个阿婆沟通不了，便起身走出家门。刚好一个阿姨从苞谷地钻出来，手里攥着一把菜秧，我叫住她并说明来意。阿姨很热心，进屋从阿婆的卧室里找出了一袋本子递给我，说五阿哥是她的堂弟，可能出去赶圩喝酒了，又说他经常喝醉酒，然后露宿街头，这个袋子里有五阿哥的户口簿，让我自己看。一打开这个破旧的土布口袋，一阵霉臭味就飘了出来。我翻了翻，里面有一本户口簿、两张身份证、三本证书。这些证件帮助我在脑海里勾勒出了我对五阿哥这个贫困户的最初印象：五阿哥，男，1976年10月出生，小学文化，单身，左手三级肢体残疾，有一个聋哑的老母亲，家里田地很少，家境十分困难。这就是我与五阿哥的初见——一次不曾谋面的相见。

合上这些证件，我的心情很沉重。这该怎么扶，扶什么呢？这个叫作岩裹的寨子，距离乡政府所在地10公里，距离县城70公里，放眼望去四周都是高山旮旯，九分石头一分地，石漠化非常严重，要想发展农业产业，看来比较难。

2016年6月28日，带着动员五阿哥外出务工的想法，我再次踏上了我的扶贫路。今天运气不错，五阿哥刚好在家。房门边，身穿一件黑色土布上衣、一条深蓝色裤子，脚踏一双灰色土布鞋的五阿哥看起来挺精神的，很难把他跟残障人士联系在一起。经询问得知，他的左手因一次翻车导致残疾，做不了重活，外出务工也不懂去做什么好。我一时语塞，酝酿在舌尖上的那些动员台词全部冻结，堵住了嗓子眼儿。

扶贫先扶志，面对这样一个没有造血功能，自身发展动力不足的帮扶对象，我陷入了迷茫：难道我的扶贫路真的希望渺茫了吗？留下五阿哥的联系方式，我无功而返。后经多方打听获知一个鞋厂的招工信息，我及时与五阿哥取得联系，并耐心劝导他，让他争取做一些力所能及的事。最终他答应不再借酒消愁，并南下打工。

在往后长达一年多的时间里，我的扶贫工作大多都是在网络上完成的。每次看到五阿哥拍照发过来的工资单，我的心里甭提有多踏实了。

2017 年 11 月上旬，我信心满满地前往岩裹，准备开展“双认定”[1]前期的“八有一超”核验工作。这一次，岩裹有了通屯水泥路，五阿哥家有生活用电，有安全饮用水，有房子住，有电视看，有低保金，有新农合……一路清点盘算着，很快就到了五阿哥家。可是，他家房屋周围的篱笆上怎么晒着那么多衣服，还花花绿绿的？走近细看，居然还有几张小孩的尿布。正当我丈二和尚摸不着头脑时，一个中年妇女从他家门里走出来，手里端着一盆衣服。我快步走进院坝，那妇女见到有客人来，朝家里喊了两声，并招呼我进去。五阿哥应声走出来，手里兜着一个胖娃。我惊讶：“那么快就脱单升级啦？”五阿哥主动跟我道来：“是了，这是我儿子，刚刚满月，我们也才回到家两三天。”“你这速度也太快了吧，平时聊天不见你透露一点呢！”“我们在工厂认识，生完小孩就回来了。”“有家啦，很好呀！”

可是，有一点很糟糕——原来五阿哥和妻子阿兰还没领结婚证，阿兰还带来了与前夫生养的 4 个娃。还填什么表，今年脱贫没希望了！我收起笔，拨通电话跟乡政府脱贫攻坚指挥部汇报情况。乡里的回复是：如实填写吧，他们家今年脱不了贫。

我的五阿哥呀，我在为你祝福的同时也为你犯难，替你担忧——你这一大家子，就连一日三餐都成问题，哪年才能脱贫摘帽？

2017 年 12 月我再次入户，听说五阿哥只身一人去浙江务工了。阿兰

1　双认定：帮扶责任人认定、贫困户自身认定。

接待了我，从聊天中我得知，她的前夫车祸离世，她自己带着孩子们生活。4 个孩子都没有上户口：一个 19 岁，一个 18 岁，一个 11 岁，一个 3 岁。五阿哥给他们起名为：阿和、阿平、阿香、阿楚。“和平相处”！五阿哥可真是有心，但对这个家庭的现状想必他也非常无奈吧。但又能怎样？一个穷山沟里的老光棍，有人愿意嫁，又中年得子，还有什么比这更完美的呢？他只是希望家人能和平相处，他只管竭力当好他的“五阿爸”罢了。

在理解五阿哥的同时，我也近乎绝望。与阿兰合影后，带着几个大问号，我再一次从岩裹尴尬地返程。回来后我跑派出所，跑办证大厅，“百度”搜索，多方打听解决 4 个孩子上户口问题的方法。

亲子鉴定简单易操作，但是，五六万元的费用对五阿哥来说无异于天文数字。另一个办法就是找到孩子们的出生证明或者出生地，并找到村委、村民、接生婆等相关证明人，且能为孩子签字作证。如果我是一个有钱人，也许会选择第一条路，出几万块钱给 4 个孩子抽血，做个鉴定了事，可怎奈我也是“月光一族”。我果断地决定走第二条路。在得到五阿哥的同意后，2018 年 3 月，我带着阿兰奔赴 1000 公里以外，找到了她前夫老家所在地的政府部门，将情况说明后得到了当地政府的支持与配合。

事情办得相当顺利，4 个孩子的身份信息以及相关证明材料全部拿到手了。看到那一个个红色的印章，我心中的一块石头终于落了地。

经过两天的水陆空辗转，我和阿兰顺利凯旋。为 4 个孩子写好申请书，按了手印后，我第一时间把材料交到了地方派出所。15 个工作日后，我的手机“滴滴”响了几声，原来是五阿哥发微信给我，打开来看是几张图片，还有一段语音。图片是 4 张身份证，看着“和平相处”清纯可爱的脸，我乐得忘乎所以，手舞足蹈起来。至于那段语音嘛，是五阿哥发自肺腑的感谢。

2018 年 11 月中旬，单位扶贫小分队的同事陆续接到脱贫攻坚指挥部的通知，让他们去岩裹预脱贫对象家开展“双认定”工作。而五阿哥家今年条件不达标，不能入围“双认定”。但我相信 2019 年 11 月的“双认定”，五阿哥一家一定能顺利出列。这不，在办了身份证的当月，阿和、阿平已经南下广东进了厂，阿香、阿楚也已经进入学校，正接受义务教育。2019 年，相信他们的“五阿爸”一定能带着他们，带着这个家走出困境，出列奔小康。

老家的桥

罗显春

在《故乡情》这首歌曲里，有这么几句歌词："故乡的山，故乡的水，故乡有我幼年的足印，几度山花开，几度潮水平，以往的幻境依然在梦中……"是啊，老家给我们每个人留下的深刻而难忘的东西，不是一两句话就能说得清的。在漫长的人生中，老家许多美好的、让人印象深刻的东西会时常浮现在我们的脑海里，如影随形，挥之不去。对我来说，最让我牵肠挂肚的东西，便是老家的桥了。

我老家在隆林平班镇的一个小村庄，村庄距离平班水电站仅 1.2 公里，与 322 省道隔着新州河相望。这一独特的地理位置（有路而无跨河大桥连接 322 省道，实际上等于没有真正意义上的通路），让村民们经历了从满心希望到逐渐失望的心路历程：20 世纪 90 年代初，在全县大多数村庄还没有通路的情况下，322 省道已经建成通车，并从我们村庄前横穿而过，这让一心脱贫致富奔小康的村民们看到了前所未有的希望。然而，随着乡村公路建设步伐的加快，隆林之前没有通车的村庄，如今已经基本村村通了水泥路，而我的老家仍然没有跨河大桥连接 322 省道，村容村貌基本上没有太大的改变，这或多或少让村民们感到了失望。

光阴易逝，岁月易老。“有路无桥”的现实一直压在村民们的心头，让他们看在眼里、急在心上。平时，村民们只能蹚过河水外出乘车办事或接送孩子上下学。这给村民们的出行带来许多的不便，更糟糕的是，湍急的河水无时无刻不在威胁着村民们的财产和生命安全。在春冬时节，河水流量小，村民们可以自己搭建简陋的木桥以供出行。然而到了夏秋之时，暴涨的河水就会把村民们辛辛苦苦搭建的木桥冲走，年年如是。因此，建造一座牢固的跨河大桥成了村民们最大的心愿。然而要建造这样的大桥，仅靠村民们的人力财力，是不可能完成的事。

都说“有志者事竟成，苦心人天不负”，20 世纪 90 年代末，县领导听取了村民们的建议，及时派有关部门调查研究，确定建桥方案后，提供帮扶资金和技术人员，让村民们投工投劳开始建桥。经过半年的艰辛建造，一座跨河铁索桥终于建成了。从此，这座铁索桥承载着村民们的梦想与希望，默默地履行着它光荣的职责。无数个日夜，多少个来去匆匆的人从它身上走过，偶尔有人在它身上驻足痴望，也有人在它身上摄影留念。

这座桥也承载着我的梦想。记得考上大学那一年，我怀着对大学的憧憬、对父老乡亲的感激，轻抚着桥栏，步履轻盈地走过桥面。桥身那轻微的摆动，就像是对一个即将远去求学的学子的美好祝愿。

之后我学成归来，在县里几个乡镇转换工作，2014 年才调回让我魂牵梦绕的平班镇。然而，原本精气神十足的铁索桥，早已失去了昔日的风采。它仍然日复一日地服务于村民，但经过风雨的侵蚀和日光的暴晒，桥面上的木板已经破败不堪，桥头的功德碑文也已经模糊不清。看到这一切，我一次次遥想着当年铁索桥的模样，一次次历数着在它身上走过的脚印，一次次幻想着有一天能驾着小车通过牢固的跨河大桥……想着想着，不禁泪湿满襟……

从习近平总书记首次提出“精准扶贫”至今，隆林各族自治县党委、政府带着党中央和习总书记的关怀，勠力同心，通过派驻村第一书记和驻村工作队的方式进行精准筛查，动员全县各系统各部门的干部职工参与到这场关系到中华民族全面建成小康社会的脱贫攻坚战役中去。2016 年，在驻村第一书记和村委会的共同努力下，老家的钢筋混凝土跨河大桥项目得以立项，各方面的准备工作也在紧锣密鼓地开展着。实地勘探，确定选址，经费预算……这座总投资 220 万元，承载着几代村民梦想与希望的大桥，于 2017 年年初正式动工。开工以来，自治县领导多次亲临现场调查研究，并要求工程技术人员在保证建设速度的同时，一定要把好质量关和安全关。当那些外出务工的村民得知老家跨河大桥终于正式开工建设时，他们无不欢欣鼓舞。有部分外出务工的村民甚至主动辞掉了工作，迫不及待地往家里赶，就是为了能够参与这一功在当代、利在千秋的工程项目建设。在建设过程中，常常能看到驻村第一书记和村民们无偿参加劳动的身影。这一幕幕生动的劳动场面，正是干部群众紧密联系的生动写照。

2018 年 6 月，老家那座 6 米宽的钢筋混凝土跨河大桥终于建成。“开桥”的那一天，晴空万里，给这个特殊的日子增添了不少喜庆气氛。上午 9 时，村民们身着盛装，三五成群喜笑颜开地来到桥面上。大家载歌载舞，就像过年过节一样热闹，共同欢庆新生活的到来。年轻的妈妈领着小孩子来学步，青年们拿着手机移步换景拍照不停……大家脸上都洋溢着喜悦与幸福。老大妈老大爷们的目光顺着河水远眺，感叹着旧貌换新颜。几个老态龙钟的爷爷奶奶扶着桥的栏杆，抬眼眺望东升的太阳。那一缕缕阳光暖暖地照在桥上，也照在他们心上。

岁月悠悠，沧桑巨变。在今后的日子里，村民们将乘着新时代的东风，在党和政府的引导下，通过勤劳的双手不断地劳作，与全国人民一道，共同过上小康生活。到那时，各色车辆将会满载着村民们的希望与梦想繁忙地穿梭于大桥之上，许许多多动人的故事也将会在这里发生……

老家的桥不仅承载了一份厚重的历史，也是县里精准扶贫攻坚战取得辉煌战果的有力之证。老家的桥，承载着父老乡亲的理想与追求，让他们迈过贫困的坎，一路奔向小康，通往幸福的明天！

荒坡上的银行

苏明周

提起银行，人们潜意识里就觉得那是城里人的玩意儿——高大、华丽、坚固。说荒坡上有银行，恐怕是痴人说梦，打死也没人相信。但在桂西隆林，就有这么一家公司被人们称为“荒坡上的农家银行”。深秋十月的一天，隆林各族自治县脱贫攻坚指挥部与文艺界联合会共同组织“聚力扶贫攻坚·共筑幸福隆林”采风活动。第一站，我们就去了这家公司。

这家公司就是2013年获得百色市扶贫龙头企业称号的隆林三冲茶叶有限公司，位于隆林南部德峨镇三冲村，距离县城30多公里。这天，秋雨连绵，浓雾迷蒙。我们一行30多人，分乘两辆中巴车，经过一个半小时的颠簸才到达公司总部。进门后，左边靠山这一面是一条板报长廊。天下着雨，文艺家们直奔各个建筑物，先后参观了建在半山腰上的办公楼、生产车间和职工住宅楼。公司总经理陶德武先生向我们介绍了公司的运营情况和对贫困户的扶持情况。摄影师们从不同的角度咔嚓咔嚓拍个不停，书画家们则寻找独特细节，凝神构思。我没有艺术细胞，只好尾随陶总经理问这问那。我自个儿都觉得自己有些烦人，可摄影师们呢，也许觉得我还有那么一点点采访者的风度吧，镜头老是对着我和陶总经理咔嚓咔嚓地拍。有的甚至当起了“导演”，要我们这对“临时搭档”摆姿势配合着拍。

嘿嘿，想不到我还有那么多的“粉丝”！

当然，通过尾随追问，我也有所收获，起码大致了解了陶总的创业历程。

陶总生于20世纪50年代，中等身材，身板硬朗，于1976年应征入伍，参加过对越自卫反击战，在部队加入了中国共产党，1981年退伍。陶总是三冲村晓云屯人，对三冲村的一草一木非常熟悉。退伍后，他看到家乡一边是生活贫困、没有经济来源的村民，一边是大量闲置浪费的荒坡。于是头脑活泛的他打起了荒坡的主意，想在荒坡上搞些种植。他在种树、种果、种茶中反复进行比较：种树周期长，见效慢；种果难料理，保鲜难度更大，风险也较大；种茶叶比较合适，周期短，见效快。于是他先后到华南农业大学、杭州茶叶机械厂、广西职业技术学院等地学习有关茶叶的种植和加工技术，还参加了农业部在厦门举办的茶叶栽培技术培训。1993年，他在三冲村筹建三冲茶叶有限公司，租地种植茶叶。经过20多年的打拼，公司如今拥有5000多亩的高山生态茶园，形成了红茶、绿茶、白茶等一系列生产线，集种植、科研、生产、加工、销售于一体，产品也荣获多个奖项，成为农业产业化的扶贫龙头企业。

上苍也解人意吧，参观完公司，雨也刚好停下来了，文艺家们这才有机会返回公司入口处观看那些与公司相关的板报。来到一块“三冲缘·茶叶”的防雨板报前，我停住了脚步，觉得这儿有我们此行所需要的一些素材。板报有四个与精准扶贫相关的板块：“精准扶贫领导小组成员名单”“精准扶贫领导小组责任”“精准扶贫人员分工示意图”和“隆林三冲茶叶有限公司精准扶贫对接户明细表”。从这板报我们得知，三冲村居住着苗族、仡佬族和壮族的700多户人家，其中贫困户240户，三冲茶叶有限公司对接的贫困户有96户。“精准扶贫领导小组成员名单”上的组长是陶德武。

参观生态茶叶园时，艺术家们各取所需，都在忙着收集自己的创作素材。我仍然发挥我的采访“专长”，专门找那些摘茶叶的人聊天。在一群中年妇女中，我先采访了一位50多岁的苗族妇女。她用手指着对面山的高坡说她家就住在那里。从她口中我了解到，20世纪80年代初，因人多地少，苗家人把长得好好的大片树林砍了种旱谷。头年收成好，大家心里都乐开了花，都争着砍林种谷。可好景不长，两三年后地就瘦了，只长烂草不长谷，就丢荒了。陶家办茶厂后要租地，苗族人家觉得荒坡闲在那儿也没有用，于是都把荒坡租给陶家种茶叶，租金为每年每亩100块钱。这位苗族妇女说："国家搞扶贫，要我搬家到县城去住，我哪里舍得这儿的山呀？这里有山有水有茶，就是雾多了点。听说雾多的地方茶叶好，恐怕这是真的，听人家说陶家出的茶好，得了好多的奖呢！我们用国家给的钱起了两层楼房，还没有装修。儿子媳妇觉得住在山上很闷，耐不住寂寞，去广东打工了，找钱来装修房子，两人一年有五六万块的收入。孙子在镇上读书，我自个儿在家闷得慌，就来这儿摘茶叶。我手脚不太灵便，每天挣七八十块钱，麻利点的一天能得百多块。茶叶厂也很灵活，按斤付钱，急着用钱就当天结算，不急就过秤后记账，放在厂里，哪时想用哪时取。这茶叶厂好比银行，专为我们这些老农民理家，方便呢！自己在家有荒坡租金，政府每月给几百块的低保金，吃穿不愁。反正是来解闷，不在意每天得多少，还能和这些摘茶叶的各民族姐妹们拉家常，开心又得点钱，日子好过呢……"

我紧接着采访旁边的另一位壮族中年妇女。她接过话茬说："那些年半山腰上的高山人家开荒种旱谷，害苦了我们这些住在山脚下小沟边的壮族人家了。砍了山林后，他们一把火烧了种谷子，下大雨时山洪暴发，泥巴石头棍棒一齐往下冲，我们壮族人家的好田坝全部被淹埋了，好心酸。陶家办了茶厂后，找我们租地，我们壮家人怕被骗，不敢出租。后来看到高山苗族人家出租荒坡都得钱，于是我们就壮着胆子把好平地租出去种茶叶，每年每亩300块，稳当当的租金存在陶家茶厂，每年按时提取。前年国家给了些钱，房子已建好了。儿子、媳妇说现在有水泥路了，要外出打工挣点钱买车过过瘾。我让老头子去县城带孙子上学，自己在家闷，就和姐妹们来这儿摘茶叶，每天嘻嘻哈哈的很快活。摘的茶叶按斤付钱，每天八九十块钱。可以当天提钱，也可以存在厂里，就跟银行那样方便呢……”

半山腰上有一男一女在一处摘茶叶，我估摸着那是一对夫妻，于是不顾小道路滑，赶紧前去采访。那是一对仡佬族夫妇，我说明来意，男人打开了话匣子：“当年随大流开荒种旱谷，林毁了，两三年后地也瘦了，改种薏米，薏米也长不好。我们赶紧种上杉树，可这儿的土质不知咋的，杉树老是长不大，十多年了才拳头那么粗，真气人。后来陶家办茶厂，找我们租地。我们仡佬族人家就把杉树砍了卖给人家做顶木，但又怕失去土地，不出租，而是与茶厂签合同，自家种茶叶，自家管理，然后将采摘的鲜叶卖给茶厂，由茶厂自己加工销售。茶厂灵活，培育茶叶所需要的肥料等，可先预支，等卖了茶叶再偿还，不计利息。我们一般都是头一年卖茶叶时不全部提款，而是将部分资金存在茶厂，以备来年作为护理茶园的开支。茶厂就像一家银行，不死板，方便我们这些农村人。我们的做法虽然苦了点，但自家种植茶叶，管理搞得好一点，往往茶叶的质量会更好一些，当然收入也就高一些，每年有好几万元的收入。这些年政府真好，给钱给政策，我们把房子也修好了，现在女儿上大学，儿子读高三，再苦几年，等孩子们都毕业了，就轻松了……”

常言道：耳听为虚，眼见为实。通过实地的人物采访，我理解了三冲茶叶有限公司采取的“公司 + 农户 + 基地 + 合作社”的经营模式：公司与茶农签订茶叶种植加工合同，通过建立基地、培养订单农户和技术帮扶等措施，将企业的发展壮大与增加当地农户的经济收入结合起来，带动农户积极参与茶叶的种植、加工、开发，促进农业产业结构的调整，从而带动农民脱贫致富。这确实是一个带动农民脱贫致富的好方法，非常值得广泛推广。

三冲村还有很多贫困户，我问陶总还有哪些打算。陶总说：“三冲茶叶有限公司目前拥有 5000 多亩高山生态茶园，公司帮扶的 96 户贫困户已稳定脱贫，但这还不够，公司还需要发展壮大，贫困户更需要进一步致富。国家正在全面建设小康社会，作为家乡人，我不能袖手旁观啊！下一步，公司将扩大覆盖面，将三冲村及其周边人家全部纳入其中，让更多的农户与公司一起发展。”

听他一席话，我感慨良多。这就是一个苗家汉子的担当，这就是一个退伍军人的坚韧，这就是一个共产党员的初心。真诚祝福这家企业如日之升，造福更多的农民！祝福这荒坡上的“农家银行”越开越兴旺，为更多的农民带来实惠！更祝福三冲村的贫困村民早日摘除穷帽，与全国人民一道共享全面小康社会！

追梦路上

李笔

“知识改变命运，奋斗成就未来！孩子读书是穷苦家庭最好的出路……”这是我身为一个驻村队员、一个帮扶干部无数次讲给贫困户家长和孩子听的故事，却也是我的故事。

即使翅膀折了，心也要飞翔。

那年，怀着忐忑的心情，我挂断了高考成绩查询的电话，内心掠过一丝细微的喜悦，继而陷入漫无边际的悲伤与绝望。那时我的母亲刚被送到县人民医院抢救，呼吸渐微，医生告知我们，母亲仅剩几个小时的时间了！而前一天晚上，母亲就已突发重病，在岩茶乡卫生院几度陷入昏迷。当时父亲对我说：“如果送你妈到大一点的医院，你可能就不能读大学了，你说要不要送？”我无力回答，只能悲伤而绝望地哭泣。

是的，我是一个来自偏远山村的穷苦孩子，我们一家五口居住在一间随时可能倒塌的泥瓦危房里。我的父亲本分老实，尽管每日帮人搬着最重的木头换取工钱，却依然不能保证一家人的温饱。我的母亲是个柔弱的聋哑人，她已竭尽全力，想要把最好的爱给我们，却无力改变贫困的现实。自我上学的第一天起，父亲就不止一次说过，以他们的能力只怕连小学都供不了。母亲更是在每个学期结束时，亲自到学校把我的行李箱背回家，表示我的求学之路只能到此为止。

尽管生活的困苦常常压得我喘不过气来，但我依然执着于远方的精彩。我常常对自己说：“即使翅膀折了，心也要飞翔！求知的梦想，是我不变的追求。”

追梦的热情不止，奋斗的脚步不歇。

我从来都不是一个足够聪明的人，但我喜爱着书中描绘的美好。在阅读中我可以自由地呼吸，可以欢快地畅游，可以想象着一切世界的美好。尽管我也常常遇到挫折和难题，但我始终相信勤能补拙。许多年后，我才明白有一句话叫作“你越努力，你的运气越好”。

你是否有一段时光，拼尽了全力，感动了自己，每次想起都会泪流满面？依稀记得小学毕业时，我虽以优异的成绩考上了隆林中学（初中部），但父亲却一次次告知我即将辍学的命运。我不甘心，据理力争，但都无可奈何。是我的小学老师亲自领着我走进岩茶初中的校门，为我争取到了一次继续学习的机会。那是多么珍贵，多么来之不易！此后三年，我拼尽全力，挑灯夜读，夜以继日，每学期都以第一名的成绩获取奖学金来延续我的求学路，更是以优异的成绩考取了百色高中。三年里很苦很累，除了老师们一如既往的鼓励，我似乎只剩下坚强的意志和不懈的努力。而我的同学们，大部分人早已放弃，只等着拿到一张初中毕业证方便外出务工。他们中不乏成绩优异且有求学梦想的人，我觉得可惜且遗憾。

随着母亲奇迹般地转危为安，我简单收拾行装，带着父亲东借西凑的 4000 块钱，幸运地开启了我的大学之旅。长长的林荫小道，气势磅礴的图书馆，天南地北的同学们，青春的璀璨，梦想的舞台……所有关于大学最美好的想象还未得以体验，我就已被第一学年的费用压得透不过气来——学费 6000 元、书本费 1000 元、住宿费 900 元……而且第一学年不能办理助学贷款！虽然学校开放了绿色通道让贫困学子得以先入学后交学费，但于我而言还是有不小的压力。大学四年里，我认真学习、努力工作，在同学们异样的目光中清扫校园校道，担任学工助理，只为赚到每个月 180 元的生活费，但我没有再问家里要过一分钱。我还努力参加社团活动、各类征文比赛、青年志愿活动，做假期工等，为自己增加社会实践经历。其间，我的母亲因病永远离开了，家里的房子也倒塌了，妹妹们年纪尚小，辍学后只能外出务工。我告诉自己，必须化悲痛为动力，于是在学习上更加刻苦努力，获得过国家励志奖学金、助学金、特等奖学金，最终以优异的成绩毕业。

毕业后，我回到隆林，回到这片养育我的土地，作为一名平凡而普通的基层干部，踏实工作，努力求知，不断增加生命的厚度。我的父亲和妹妹们也凭借着自己的勤劳在努力奋斗着，一家人的生活逐渐好了起来。我们栖身于县城一隅，努力找寻着自己的位置和归属。

助学政策，托起了我作为贫困学子自立自强的希望。这一路行来，如同一条蜿蜒流淌的小溪，虽然一路跌宕起伏，却也让我收获了许多的感动。这些感动伴着我一路前行，鼓励我一路成长。

感谢我的家人，在最难最苦的时候仍然支持我的梦想。

感谢老师们的谆谆教导，让我努力做一名志在远方的学子。

感谢一路上给予我支持和帮助的人们，让我的内心总是充满阳光和温暖。

不曾忘记百色市工商联给予我的 5000 元资助，让我得以顺利迈进大学的校门。

不曾忘记国家给予的助学贷款、助学金、励志奖学金等利好政策，让我的大学不再是梦。

不曾忘记那个一直努力拼搏、不言放弃的自己。

2015 年，国家郑重吹响了脱贫攻坚的冲锋号角，做出庄严的承诺：坚决打赢脱贫攻坚战，确保到 2020 年所有贫困地区和贫困人口一道迈入全面小康社会。2020 年，国家再次向全国人民做出郑重承诺，必须坚决夺取脱贫攻坚的全面胜利，坚决完成这项对中华民族、对人类都具有重大意义的伟业。五年来，国家通过精准识别、精准帮扶、精准管理，把脱贫攻坚作为全国工作的重中之重，统筹社会各界人力、财力、物力，举全国之力攻坚克难，取得了举世瞩目的成绩。当前国家在学前教育、义务教育、普通高中、职业教育、短期技能培训等教育阶段和领域的政策都着重向建档立卡贫困学子倾斜，力度之大、范围之广、触及之深前所未有，可以说每一个贫困学子都不再有后顾之忧，真正做到了“一个都不能少”！

每次踏上扶贫之路，我总会把我的故事再讲一遍，以自身经历告诉那些贫困户家长和学子：我们生活在一个多么幸福的国度和时代呀，要珍惜国家给予的好政策，心无旁骛地追逐梦想，奋力汲取知识的营养，在自强自立中书写不一样的精彩人生！

“为什么我的眼里常含泪水？因为我对这土地爱得深沉……”愿你们求知若渴，愿你们步履轻松，愿你们“历尽千帆，归来时仍是少年”，更愿你们和我一样，不曾忘记脚下的路和身上的责任！

别了，坝平的红泥巴路

黄克新

一山有四季，十里不同天。在沙梨乡，坝平村不算偏僻，却好像是另外一个天地似的。坝平村山高林密，常年云雾缭绕，空气湿润，水源充沛，山里的红泥巴小路常年湿漉漉、滑溜溜的。特别是冬春季节，即便是出太阳，那路也还是泥泞的。在沙梨街上熙熙攘攘的人群里，你只要看到鞋子和裤脚沾着红泥巴的人，不用问都知道百分百是坝平人。

在沙梨乡一带，以前大家还住瓦房的时候，每家每户的火灶上方都吊挂着一个烟熏火燎的大竹筐。这个当地壮话称为“架”的大竹筐，平时可放一些食物和剩饭菜，既可防潮也可防猫狗偷吃。冬春季节的坝平，一出门就是泥泞，脚上穿的鞋子都难得有干爽的时候。如果这个时候你到坝平村里的人家做客，你会发现在主人家的“架”里不是什么食物，而是一双双湿的、干的鞋子。讲究的人家在有客人来时会把鞋子收走，但平时都是下面煮饭菜，上面烘烤沾满了红泥巴的鞋子。

我的外婆家就在坝平村的布桑屯。过年去外婆家拜年收红包是小孩子最高兴的事情，但小时候老爸老妈都说路难走不让我去外婆家拜年，我对此耿耿于怀。9 岁那年的春节，老妈有事，老爸要在家等候来拜年的亲戚，妹妹又还小，只有我闲着，于是我终于可以去外婆家拜年了。我至今记得非常清楚，那时去外婆家拜年我带的礼品是一挂五六斤重的腊肉、五个粽粑、一壶酒，也就十一二斤重的样子。老妈交代了去外婆家要经过哪几个村庄和路口，特别交代了路滑要小心，不要摔坏了。至于什么小心恶狗呀坏人呀的，老妈一句都没有提到。那时走山路对我来说是小菜一碟，只是那七拐八弯的山路不好记。老爸就丢下一句："路在嘴巴上，记不得就问别人。"

我就用一根小扁担挑着东西，高高兴兴地上路了。从家里出发到与坝平村交界的开冲村路口，沿途都是公路，每当有车辆驶过就扬起满天的灰尘，可是一进入坝平村的地界就好像走进了另外一个天地：路两旁茂密的树林被牛乳般的浓雾笼罩着，那如烟似乳般的浓雾，沾在树叶上久了就渐渐地凝结成了水珠，滴答滴答地落下来，不下雨却又满耳都是下雨的声音。在村屯边上，那些比较陡的路原先为了防滑都挖成了一坎一坎的，久了就被牛马踩踏成一个一个小坑，坑里是满满的混合着牛屎马粪的烂泥与污水。大人都是找准那坑沿的硬土踩着下脚。我步子迈不大，够不着，就只能跳跃过去。但那坑沿也是湿滑的，我直接趴在了泥水里，肩上挑的东西也散落了一地，去外婆家特意穿的新衣裳也脏了。这时，我才理解老爸老妈以前为什么不让我去外婆家拜年。我想跑回家，但又怕挨骂。最后我捡起东西，索性不管三七二十一，扑叭扑叭地踩在泥坑里。那污泥一下子没到了我的小腿肚，冰凉冰凉的。那污水就四处飞溅，路过的人纷纷躲闪着，不时还有"这小孩是'普瓦'[1]吧"的话飘进我的耳朵里。就这样，当我一路打听问路，一路跌跌撞撞地到了外婆家的时候，已经变成了"小泥猴"，新衣裳也像刚从泥浆里捞出来一样，没有一根线是干净的。后来一直到参加工作，不管老爸老妈说什么，我都没有再去过外婆家。

1982年我中学毕业了，因为家里太穷没办法上大学，我就回家务农了。两年后坝平村岩佑屯教学点没有老师任教，我就到那里任代课教师。

1　普瓦：本地壮话，"傻子"的意思。

岩佑屯是坝平村最偏远的村屯，20 世纪 70 年代修建龙丹水库时开挖的机耕路通到了坝平，但是年久失修，同样是“晴天一身灰，雨天一身泥”。从坝平到岩佑屯还要走过九道山沟九道山梁的羊肠小道。我去学校报到那天是艳阳高照的十月天，经过几十年的砍伐，坝平的森林已不再像我小时候见到的那么茂密了，但树木繁荫下的小路却依旧烂泥如潭。路坎上杂草荆棘丛生，无从攀爬；路坎下是陡坡，看着都头晕。我只能在红泥巴路上一步三滑地重复小时候去外婆家拜年的惨剧。爬完红泥坡，只能用“狼狈不堪”来形容我当时的形象——新买的人生第一双皮凉鞋断裂报废，衣服、裤子、行李全沾满了红泥巴。在学校等候的卢校长是当地人，也是我的远房表哥。他一边笑一边满寨子去找合我脚的鞋子借给我穿，要不我第一次上讲台就要打赤脚讲课了……

一年后，我考上了公办教师，随即调到了靠近公路的开冲村的村小学任校长，逃离了坝平的红泥巴路。

1991 年我参加成人高考，脱产到百色学院的前身右江民族师范专科学校中文系进修两年，毕业后调到外乡中学任教，坝平的红泥巴路离我越来越远了。

然而，我这辈子注定与坝平的红泥巴路有着不解之缘。1997 年因工作需要，我又调回到沙梨乡中学任教。因为我领教够了坝平的红泥巴路，在工作中只要是到坝平村下队的事，我都能推则推，不能推就找借口和别人调换，实在推不了也换不了的就在圩日等人来赶街了才办事，尽可能不踏上坝平的红泥巴路。

只是不可能事事都如意。2000 年，我班上的一名家住岩佑屯的女生辍学了，当时手机还没有像今天这么普及，没办法电话联系。要等圩日又还有几天，再说等到圩日如果她的家人不来赶街也了解不到情况。当时那东水电站还在建设中，学生说有路通到岩佑屯了，我骑上摩托车就去家访了。

这叫什么路啊——向阳的山梁上是一路的碎石和尘土飞扬，背阴的沟边林下是一路的湿滑和泥泞。我只能推着摩托车小心翼翼地通过，走不久就连人带车摔一跤。等我家访完回到学校，大家都笑着说："黄老师去耙田回来啦！"

我也笑着说出了自己的心声："以后打死我也不去走坝平的红泥巴路了！"此后的十多年间，我再也没踏上过坝平的红泥巴路。

2020 年的国庆节，有几个岩佑的学生说精准扶贫工作开展以后，岩佑不但通了水泥路，还四通八达，连接了同村的布桑、石头寨、那弄和隆或镇的龙场、龙爽、坝红等村屯，大家能随便开车来回逛寨子串门儿了。学生怕我不相信，还发来了路已修好的照片，一再邀请我到岩佑去看看。我有点心动，也想趁着假期出去走走，于是就将信将疑地开着小车从县城出发了。在岩偿村村部下了 324 国道后，我的脑海里总是闪过坝平那泥泞不堪的红泥巴路，好在不时有小车、农用车、摩托车驶过，打消了我心里的不安。就这样花了一个多钟头，不知不觉就到了岩佑屯——没想到真的一路都是宽敞、平整的水泥路！

站在岩佑村头，昔日的校舍因撤并已了无踪迹，村里原来的泥瓦房也变成了一栋栋乡村别墅一样的楼房。极目远眺，那些新铺设的四通八达的"屯屯通"水泥路犹如一条条彩练在山间舞动；又如一条条游龙，带着山里人的希望游向远方。我不禁感慨万千：别了，坝平的红泥巴路！

图画纸

覃国华

你走了，
笑容融化在夕阳里，
双眼动荡在露珠里，
影子摇晃在河水里。
……
你走了，留下了整个的你！
——题记

你是我的同事，县人大农业农村工委一名普通干部，喜欢用图画纸抄抄写写，记下东西。

你酷爱图画纸，说它们雪白无瑕，落笔有痕。你说，每个人的一辈子，就像是在雪白的图画纸上勾勒出的一道道笔迹，每一次落笔必须认真构思、细描、上色，不要胡乱涂抹，只有这样，人生才能绘出一幅精彩的图画。

你绘就的“图画”是五彩斑斓的：在乡下多年，从一个代课教师干起，考干被录取后，留在乡政府从事扶贫等工作；由于与老百姓打交道时间长，做群众工作对路，成绩突出，受到上级和群众的肯定和赞许，当上了乡党委副书记、乡长；到了四十多岁的不惑之年，调入县城，又先后在几个局级单位当党组书记，可谓顺风顺水。

四年前你调到人大机关，所负责的工作很繁杂，人大工委领导是你，办公室打杂的也是你，经常需要独自一个人搞文字材料，而且必须用电脑做电子版。你刚调来时不会摆弄这些，只能让其他同事代劳，所以常常被机关里的年轻同事开玩笑：你是一个处级领导哩，连电脑打字都不会？只能用图画纸抄抄写写？呵呵。

“不会电脑，就努力学咧！当年在乡下干活累多了，不也挺过来了吗？”你经历过多种岗位，都是靠不断学习新知识，获得新的理念和新的工作方法才能进步的。你虚心向年轻人求教，一一记下了电脑开机、关机、打字、表格制作及画图的方法，记录了摄影技巧以及调研报告、审议意见书的写作方法……你在图画纸上抄抄写写，涂涂改改，积累了好几本资料。尽管方法“笨”，把一张张图画纸涂抹得像天书，但功夫不负有心人，用了两个月，你终于能够戴着老花镜端坐在电脑前，一个字一个字地敲键盘，写下一篇篇调研文章、审议意见书、新闻报道、学习心得体会。

2016 年，年过五旬，当过多年乡科级领导、拿副处级薪酬的你，受单位委派，作为社会主义新农村建设指导员，再一次 “下乡锻炼”。老骥伏枥，志在千里。回到基层一线，你重新拿起图画纸，逐日逐月记录下一点一滴的工作轨迹，把扶贫村的基本资料、精准扶贫的相关政策、对口帮扶的贫困户情况，以及在校学生的入学、辍学、动员返校情况和留守儿童信息等全都记录了下来。你说，记录这些资料，是为了以后驻村结束后，好好总结扶贫的成果及经验，让接任的年轻同事少走弯路，“接力棒”握得更稳，在扶贫征程上跑得更快。

当上新农村建设指导员后，你如鱼得水，豪情满怀。到少数民族聚居的村屯驻扎，你是做群众工作的一把好手：着民族服、说民族话、唱民族歌、喝交心酒，努力配合乡镇党委、政府办好基层事，尊重当地民族传统习俗，用朴实的语言与群众打交道，动员群众发展农业产业项目，争取项目资金，和大家一起改变乡村基础设施的落后面貌。

你焕发出了昔日在基层工作时的青春风采，每次下村屯办实事，你都激情满满。为了做好帮扶工作，你与包村干部一道走村入户搞调查，排查摸底，找出贫困根源，与村社干部一起探求脱贫路子。到贫困户家中“三同”，你轻车熟路；与镇、村、社干部群众沟通交流，你诙谐幽默，寓教于乐。每次回到办公室，你都积极向单位领导汇报驻村扶贫情况，争取后援单位党组、机关党支部领导和同事的支持。自2017年以来，你促成了机关与选派村基层党组织开展结对共建活动，寻求到社会团体和爱心企业的帮扶：到岩场村组织举行“新春送温暖，扶贫党旗扬”主题活动，为赶圩群众送去了300多副春联；携手中国旅游志愿者深圳奥特邦领队俱乐部，向村小学捐赠价值20 000多元的书包、文具、体育器材、书籍以及奖学金10 000元；组织“党员边关行·履职展风采”活动，向村小学捐赠一批价值5000多元的文具、体育器材、书籍……你的无私付出，不胜枚举。

每一项工作，每一次活动，你都在图画纸上留下策划、组织、协调及多方联系与沟通的印迹。在那一张张图画纸上，我们看到你描绘的新农村蓝图，诸如实现“八有一超”“十一有一低于”的精彩篇章以及你忙碌的工作生活轨迹。

天生桥镇科沙村是大石山里的贫困村，有8个屯15个社1760人。这里居住着苗族、汉族等民族，人畜饮水主要靠天下雨，缺水较为严重，群众非常期盼能从几里外的水源地引来安全洁净的水。通过你的积极争取，广西巨嘉机电设备有限公司为科沙村捐资7万多元，为村民及村小学修建安全饮用水池，并用引水管引至学校水池。由于建好的水池没有盖板，存在安全隐患，你又争取到该公司的二次捐助，为水池加建盖板。目前，水池盖板及引水入校水管工程已经全部竣工，师生们及周边居民用上了安全卫生的山泉水。在这期间，你不仅配合做好工程项目前期工作，协助组织施工，还做好了工程款发放、结算和监督工作……为了让捐资的广西巨嘉机电设备有限公司了解工程情况，你促成了企业领导中秋到该村看望学生的活动，企业还向当地贫困群众及小学生捐赠价值 3000 多元的月饼和一批文体用品。那一张张图画纸上，满是水池工程设计草图、工程概算表、物资发放明细表、工程进展以及捐赠数额等记录。

2017 年 6 月后，你常常干咳，吞咽困难，食管有溃疡、炎症，胸骨及背部持续性隐痛，并时常有发热现象。你到市医院检查，发现已经是食道癌晚期。

你不得不病休，寻医问药，化疗放疗，可是身体却越来越虚弱，直至卧床不起。领导和同事们都很牵挂、关心你，可每次单位同事来看望慰问，你总是先问起联系的贫困村目前的发展状况，同时念念不忘所负责的新农村建设项目，惦记着自己联系的 5 户贫困户家庭的生产生活情况，委托同事帮忙填写相关表格……半年后的 2018 年 1 月，因多方医治无效，你怀着对人生的眷恋和不舍，带着扶贫工作未了的遗憾，永远离开了大家。

你那涂满文字和表格的图画纸，在家人来帮你收拾办公室的时候已经被带走了，没有留下一星半点痕迹。

2018 年 5 月 31 日，机关同事们到天生桥镇科沙村开展"庆六一·献爱心"活动。在县、镇、村三级干部和群众的座谈会上，大家不由得想起你曾经在村子里办实事的点点滴滴。尽管过了大半年，当地干部群众对你不忘初心、扎实苦干、无私奉献的风采依然印象清晰，仿佛你从未离去。

大家再一次走到大山里，在已封好盖的新水池旁边，举行了一场小小的追思仪式。同事们买了一本图画纸，一张张撕开，把雪白的图画纸当作祭奠的纸钱，在水池边上的功德碑前焚烧。折叠好的图画纸，像一个个银元宝，也像一艘艘摆渡的小船，燃烧得很慢很慢。当风拂过，满山的树叶沙沙作响，仿佛在告诉你：你付出劳动成果的水池项目工程早已竣工，水池盖板下满满的山泉水很清澈、很干净。山谷里青烟袅袅，纸灰飘飘洒洒，相信你依旧在旁，不曾走远。你牵挂的驻村扶贫各项工作，市、县、乡镇机关里的年轻同事接手干下去了。可以告慰你的是，经过大家的共同努力，贫困村脱贫之日并不遥远，你绘在图画纸上的新农村美好蓝图，即将呈现五彩斑斓的壮阔画卷。到那时，脱贫奔小康的父老乡亲们会将如诗如画的新农村美好生活镌刻在丰碑上，再次告慰你……

我和我的帮扶户

杨美珍

由于党的栽培和群众的信任，我多年来一直从事农村基层工作，对农村贫困户多有接触和了解，他们的生活境遇是我割舍不下的牵挂。

如果有人问我，21世纪中国做的最伟大的事情是什么，我肯定会回答：是党中央、习近平总书记提出的精准扶贫工作方略，它使我国近亿贫困人口从贫困中解脱，走向富裕和谐的小康社会，这将是中国千百年来最伟大的事！

2016年6月，我参加了精准扶贫动员大会，成为中国庞大的扶贫大军之一员，我既高兴自豪又担心。高兴自豪的是，我将和浩浩荡荡的扶贫大军一起，担当起中国精准扶贫的历史重任，帮助我多年牵挂的父老乡亲摆脱贫困，走向富裕；担心的是，怕自己的能力有限，担当不起这个重任。

动员会后的一个上午，我接受了扶贫任务：负责沙梨乡、隆或镇五户贫困户的扶贫联系工作。

次日上午，我驾着私家车，去探访各贫困户。在车上，我忐忑不安——我的帮扶户是怎样的情况？在不太长的时间内，我能完成组织交给的任务，让他们摆脱贫困吗？他们会欢迎我的到来吗？能很好配合我的工作吗？

第一次入户工作比较轻松单纯，主要是了解和填写贫困户的家庭基本情况，向他们宣传国家扶贫政策，说明我的来意，希望得到他们的支持和配合。不出我所料，纯朴的农户对我的到来十分热情，并感谢党的关心和富民政策，表示一定积极配合工作。

扶贫之路无坦途，各家都有一本难念的经。贫困户要脱贫，要尽快致富，这个“经”就更难念。

贫困户的共同点虽然都是“穷”，但“穷”的原因却不尽相同。要使贫困户脱贫致富，还得因“贫”制宜。

在我帮扶的五户中，杨小二是“因赌致贫”的典型例子。杨小二一家有夫妻俩及两个孩子四口人。杨小二不但好赌懒做，长期参赌不归家，还把老婆种地养家禽赚的辛苦钱搜刮作赌资，老婆稍有不从，便拳脚相加，小孩读书和家庭开销全然不顾。为此，夫妻俩小吵天天有，大吵隔天来，甚至不时大打出手。村乡干部多次登门调解，但杨小二是牛皮泡冷水——越泡越韧。干部前脚出了大门，他后脚就跟着出门，走进赌场。赌赢不放手，赌输不服气——杨小二便是这样的赌徒心理。他家眼看着被赌得家徒四壁了，妻子也准备提出离婚。我虽然多次上门劝诫，但毫无效果。大道理说教是容易的，但大道理不能当饭吃，眼看这个家就要没了。我思来想去，觉得必须换个办法。我在县城给他找了份保安工作做，每月收入2500元。然后召开家庭会，让他们夫妻合理分担家庭开支：丈夫负责在县城读高中的大儿子的生活费和学费，妻子在家负责干农活、照顾读小学的孩子以及家庭日常开支、人情往来等费用。经过我的协调和他们的配合，半年后他们开始有了积蓄。当他妻子把这个家多年来不曾见过的余钱拿给我看时，我为他们流下了激动的泪水。杨小二工作积极，不迟到、不旷工，得到单位领导的好评。家和万事兴，由于夫妻通力合作，第二年，他们存折上的存款上到了五位数。从此，他们夫妻俩也不再争吵，家庭和睦幸福。一次，杨小二坐着摩托车回家，恰巧我也在。他下车就对着我鞠了个九十度的躬，激动地说：“感谢党的扶贫政策，感谢你们的帮扶，使我们今天摆脱了贫困，有了个真正的家。”

另一户是老王家，夫妻俩和一个孩子共三口人，全家残疾，无劳动能力。妻子残疾加上长年生病瘫痪卧床不起，吃穿全靠他人帮忙；丈夫双腿瘫痪，只能扶着凳子在自家房前屋后挪动，勉强能煮个饭菜，不能下地干活；儿子王亮得了矮人症，二十几岁了才一米三，能来回走动，但也不能下地干活，全家人日常生活全靠他。家里虽有六块田地，但一直没法耕种，全都荒芜了。全家人的生活全靠政府救济和近邻乡亲捐赠，经济非常困难。看到这情形，我心想光靠我一个人的力量是解决不了他家困难的，就召集他家三口人坐下来商量如何种上田地，以增加收入来改善家里生活。他们三人异口同声地说："没有办法呀！"我听到这无奈的回答时心凉了半截，但我在他们面前没有表现出丝毫为难的样子，并向他们说出我的想法："田地给邻居种，五五分成可以吗？"他们三人面带笑容异口同声地回答："好啊！好啊！"征得他们的同意后，我牵着王亮的手往队长家走去。我和队长沟通商量后，找出有劳动力又有善心的六户人家，并让队长召集他们来开个小会。会上，我说了老王家的情况，说他家急需得到本寨人的支持，希望大家能帮助他们。说到"他家的田地在那里丢荒多年好可惜，如果能种上多好啊"的时候，他们被我和王亮乞求的目光感动了。在寨中很有威望的老罗叔说："是啊！能种上老王的田地给他们增加一些收入，他家生活应该能改善得快一些。"我趁热打铁接着说："那你们几户人家商量商量，他家共有六块田地。我知道你们平时也经常接济他们家，那就用你们的行动鼓励更多的人，让大家一起行动起来，帮助老王家摆脱困境吧！习近平总书记要求大家都要富起来，我们不能看着在我们眼皮底下的乡亲贫穷啊！大伙儿一起行动起来，为脱贫奔小康共同努力奋斗。"说到这里大家你一言我一语，气氛热烈了起来。张宏大声发话，说："我们屯今年必须努力，不能再继续戴着贫困的帽子，明年我们村要争取全部脱贫，大人小孩子出门都光彩些……"没等张宏说完，李成就抢着定下了老王家离寨子最远的那块坡地，接着王锋抢了离寨子第二远的那块旱田。一个接一个地选地，几户人家都选了离寨子较远的地块，最后剩下一块离寨子最近的水田。王锋发话："今年我们村要脱贫，队长要配合上级领导做好多工作，比我们大伙儿都忙，给他种最近的吧！大伙儿记得收到粮食后晒干簸净全部拿去给老王家。我们一粒粮食都不截留，并且要连年种植不许间断哦！"大家拍手叫好。王锋话音刚落，坐在我旁边的王亮扑通跪下来，拉着我的手满面泪水地向大伙儿说："感谢党的领导啊！感谢党的扶贫政策！有你们的支持，我们家生活有盼头啦！谢谢你们！谢谢你们！"我紧紧握住王亮的手对他说："赶快起来，一起努力，日子会越来越好……"由于大家对帮扶老王脱贫达成了一致意见，压在我心里的石头终于落地了。

三年的漫漫扶贫路，三年的风雨兼程，三年的同舟共济　我的五户联系户如今已全部脱贫，我与他们由陌生变得熟悉，我曾为他们的贫困流过同情的泪，如今也为他们顺利摆脱贫困而流下喜悦的泪。

每次造访，他们都在感谢党的扶贫政策给他们带来了今天的幸福，更带来了明天的希望。与其说我帮助了他们，倒不如说他们教会了我怎样做人，怎样对待生活，怎样感恩我们的党和我们的时代！

岩茶乡脱贫攻坚记（外一篇）

王芳宁

2019年秋，赴岩茶挂职扶贫时余半年。近月阴雨不断，天愈寒冷，一众干部职工，坚守基层。脱贫攻坚、乡村振兴，国家战略，不可延误。精准扶贫，连年坚持，成效显著，是以一乡变化而记之。

岩茶九村一百二十一屯，壮、汉、苗胞和谐聚居，冷平、岩卡二河，蜿蜒灌溉半域辖区，鱼米之乡，古来颂之。弄甫锑矿，储量丰盛，九十年代造无数富豪，独领风骚。苗岭林木繁茂，油茶遍野，正月跳坡，情人夜晚把月眺。

然则成也萧何败也萧何，沿河壮人，不思进取，满足温饱。时过境迁，坐吃山空，弄甫矿山，满目疮痍，汉人财散如惊鸟，秀丽群山，难复旧貌。苗胞穷居深山，道路崎岖，旧俗缠身，靠街日贩卖瓜果豆菜果腹，日子难熬。

日复一日，变化甚微。

直至党的十八大以后，精准扶贫，脱贫攻坚，乡村振兴，战略规划。全国一心，上下联动，资金倾斜，牵一发而动全身。精准识别，结对帮扶，因户施策质量高；易地搬迁，就业引导，走出穷坑把工找；集体经济，发展产业，农村发展有长效；一套组合拳，除恶把黑扫，社会稳定民安乐，锄去旧颜换新貌；屯屯水泥路，水电通山坳，入学有补助，生病不再熬；老幼病残，鳏寡孤独，生活有低保。壮、汉、苗胞，绿色发展，小河流水，清澈妖娆。

万事皆有先兆。昨日下午，天有异象，片云含光，鳞次栉比，星罗棋布，排山而来。遂查网络，预示三日晴天。果不其然，今日清醒，阳光映墙，秋高气爽，晨曦煌煌，天蓝风雅，心情舒畅。党政引领，逐村脱贫，干群一心，致富奔康，此农村繁荣之大气象也。可想明日之农村，振兴富强，不负众意，胜利在望。作为脱贫攻坚、乡村振兴工作队一员，能参与此社会变革工作，引以为傲。

隆林贫论

贫穷限制了很多人的想象

隆林多少辈人都在感叹："隆林的贫困啊，就像隆林的山！怎么望也望不到头，怎么翻也翻不过去，盼头在哪儿呢？"

记得刚开始发动群众烤烟那几年，很多乡亲想不通为什么乡政府的领导要带人去地头拔他们已经长齐腰的玉米。当时政府的强硬推广方式局部激化了干群矛盾，但无非也是恨铁不成钢，初衷是让村民调整产业结构，多增加一些收入。乡亲们当时是穷怕了，冒不起风险，新事物、新方式不敢想，所以只愿意种一些旱涝保收的传统农作物，难以接受其他经济作物。他们只想到如果不种玉米、水稻，来年粮食就不够吃，从没有想过什么“规模化种植”“公司＋农户”“特色农业经济”……

曾经陪一位支教老师去家访，她问一个贫困户家里七八岁的小女孩：“你的理想是什么？”她用手背擦了擦嘴唇上的鼻涕，然后又把手往脏兮兮的衣服上一擦，说：“我不懂理想是什么，我只想经常看见我爹我妈，可我又不能叫他们回来。”她只知道家里穷，如果父母不出外打工，她和爷爷、奶奶、弟弟就无法生活，除此之外，其他想法都是奢侈的。

隆林有很多村寨的饮水主要靠雨水。在少雨的季节，每家每天必须有一个劳动力翻山越岭到山沟里去背水。他们不敢想象有朝一日能够用上自来水，因为他们知道家家都穷，想要集资建设饮水工程简直就是天方夜谭。所以早上一起床，年轻人就理所当然、不假思索地背起水壶、挑起水桶。

德峨镇的一个少年给我讲过他的一段伤心事：读小学五年级的时候，在一个周末，他和表哥到十几公里远的深山里帮父母收玉米。因为想让家中唯一的马儿少跑几次，就在马箩里多放了两袋玉米。没想到马儿走到一段石旮旯路的时候，那两袋玉米倾斜，马脚一打滑，双膝直接跪了下去，连马带箩一起滚下了深山沟。两个少年远远看着死去的马儿，害怕得不知怎么办。那一年，他们家的粮食只能靠一家人的肩膀一袋一袋背回家。他们根本不敢指望有好路、有车运，因为当时从山外到他们寨子的公路都还没有通，更别说到庄稼地里的路了。

还记得当年开展计划生育工作时听到的一个干部与超生户的对话：“你家为什么生那么多孩子？”“因为没有电，也没有电视看，晚上睡觉太早了。”我们听起来是个段子，其实超生户说的是事实。这个事实就是当时好多村子都没有通电，看电视就更不是他们能够想象的了。

正因为贫穷，很多美好的生活仿佛与农村人无关。正因为贫穷，农村很多老年人不愿想象，一把水烟筒抽得天昏地暗；很多中年人不敢想象，几碗玉米酒醉得日月无光；很多少年儿童无法想象，每天砍柴、放牛、找猪菜，却难以安心读书学习。正因为贫穷，他们故步自封，满足于“养牛为耕田、养鸡为过年”的小农经济，而正是他们的不敢想象、故步自封，导致了他们愈加贫穷。这样的恶性循环不知走过了多少个春夏秋冬，就像这隆林的大山连绵不绝。

精准扶贫使很多人有了愿景

2014 年 8 月 1 日，国务院将每年的 10 月 17 日设立为国家扶贫日。2014 年 12 月，在中央经济工作会议上，习近平总书记提出了“扶贫工作事关全局，全党必须高度重视”的新论断。从那时起，扶贫济困真正成为全党、全社会的共同责任，是“事关全局”的“重中之重”。于是，隆林各族自治县党委、政府谨记中央号令，紧跟区、市步伐，运筹帷幄。全县干部职工敢想敢干，深入调研，解放思想，落实精准识别，因地制宜地明确了贫困户脱贫“八有一超”、贫困村脱贫“十一有一低于”的目标，出台了一系列文件，建立了一对一帮扶制度……为全县的精准扶贫工作首先打开了理想之门，搭好了架子，迈出了步子。

你可以明显地感觉到隆林的村村寨寨变化起来了。20 户以上的村屯都开始修建水泥路，两三年间，很多九分石头一分土的地方以及悬崖峭壁都变成了坦途。一条条道路就像在群山上切开的一道道口子，山里的人们顺着这些口子可以看得很远很远，想得很多很多。于是，木瓦房很快变成了砖混楼，家家接上了自来水，村里进行了电网改造，电视、冰箱等电器越来越普及，好多村里还安装了太阳能路灯，人们可以开着三轮摩托车到田间地头把农产品拉回家，有的还买了小轿车……这些变化把更多村民的眼界打开了，人们致富的思路越来越宽。很多事他们敢想了，而且敢想得很远；很多事他们敢干了，而且干起来心里面有底气——因为他们越来越相信，只要努力，梦想是可以实现的。

你可以深切地感受到农民自身的发展意愿更强烈了。能外出务工的就外出务工，不外出务工的就在家发展产业。推广“龙头企业 + 产业基地 + 贫困户”发展模式，推进西贡蕉、油茶、板栗、桑蚕等 4 个万亩示范带动产业，贫困户发展“庭院经济”、隆林黑猪、林下养鸡、生态鱼等主导产业……对于这些切合隆林实际的农村产业发展规划，干部们及时宣传引导，村民们根据自家情况选择实施，掀起了发展农村经济的新高潮。而易地扶贫搬迁安置更是让那些住在“一方水土养不了一方人”的地区的村民看到了生活的希望。我看到过一户贫困户在领到搬迁房屋的钥匙后，一个大男人竟激动得哭了——他不敢想象，像他那么穷的人有一天也能成为城里人，能在城里有一个家。他说他现在想的是竭尽全力工作，无论什么苦都愿意吃，让家人也能在城里过上体面的生活。

你可以真实地体会到融洽的干群关系上升到了一个新高度。在结对帮扶的工作中，帮扶干部每个月都与贫困户见一面，宣传扶贫政策、制定帮扶措施。习总书记要求的“常去贫困地区走一走，常到贫困户家里坐一坐，常同困难群众聊一聊，多了解困难群众的期盼，多解决困难群众的问题，满怀热情为困难群众办事”，已经成了众多基层干部工作的新常态。有一次在村里调研，一位长者感慨：“变了！变了！以前在农村最怕的就是求人办事。以前人们想办事，心里面不知道要鼓起多少勇气才敢走进干部的办公室。谁能认识个把乡干部，都觉得倍有面子，乡干部再能帮他办点事，他就会被看作是村里了不起的能人。但是现在，乡干部、县干部经常都能见到了，村里不但有乡里的包村干部，还有县里派的第一书记、驻村工作队干部。人们办一些小事基本上可以不用出村了，想要了解政府的各项惠民政策和办事程序，身边就有可以咨询的干部，也就不用看那么多人的脸色了。”我听了深受启发——群众工作就得这么做。

我们有共同的梦想

由于隆林本身的贫困面大，脱贫基础差，2019 年时农村还有很多人没有摆脱贫穷，但是党委、政府已经帮他们打开了那扇看得到小康生活的窗。现在隆林的农村，孩子上学不愁学费了，家人生病敢去医院了；走在水泥路上，人们会觉得党和政府给的实惠看得见摸得着；喝一口清洁凉爽的自来水，大家会觉得惠民政策从最深处打动了人心；跟帮扶干部一起规划家里的脱贫计划，他们会感觉到党和政府的帮助从心底给予了他们向前进的力量。我想，无论群众还是干部，我们身处这个时代就应当顺应这个时代的潮流，“精准扶贫，脱贫攻坚”就是当今的时代潮流。在这个潮流中，谁都不能袖手旁观，都要主动去完成自己的使命——贫困群众要自立自强，干部们要扶上马送一程。

在跟随潮流前进的道路上，我们都有一个共同的梦想，那就是——让农村更美丽，让农业更兴旺，让农民更富裕。

母亲的麻地

王金鹏

记不清有多少个年月，已没再看见过母亲种麻，也一直以为母亲不再种麻。

前些天，母亲突然叫我帮忙整理麻地。我很意外，便问母亲："这些年还一直种麻呀？"母亲说，在农村，麻的用处挺多，为了续麻种，每间隔一年都要种上一点。

在整理麻地的过程中，我思绪万千，那些关于种麻的岁月和记忆，在脑海中由模糊渐渐变得清晰起来。

我想起小时候，在我们苗寨里，麻是一家老小的穿衣所需。所以，每家每户都种麻，每家都有一块麻地。而麻地，曾是我们童年玩耍得最欢乐的地方之一。

我想起，每一年的割麻时节，外婆都会来帮忙。割麻的时候，奶奶和外婆坐在麻地中间，聊着永远都聊不完的家常。母亲挥舞着镰刀，一根根的麻秆慢慢地倒下，奶奶和外婆拾起倒下的麻，去掉枝叶，然后捆好。而我和姐姐们则如蚂蚁搬家似的，奔跑着把捆好的麻扛回家。那场景，回味起来，像是童话，也像是梦，但却是过去一段真实的生活。

我想起，每一年的晒麻，几乎都是我和奶奶负责。因为我年幼，奶奶年老，不用出山劳动。老家的夏天，天气变化无常。而我时常因为贪玩，没能及时察觉天气变化，晒的麻总是来不及收就被雨淋湿了。奶奶总是一次次地告诉我，当有乌云开始从南方飘来，就要提前收麻，因为雨从南方来。直到今天，雨还一直从南方来，只是奶奶已走了好些年。只有那句“雨从南方来”，成了我对奶奶最深的记忆和念想。

我想起，做麻是一件非常繁杂的活儿。从种麻到织成布、缝成衣，需要十多道工序。记忆中，我的母亲在一年四季的光阴里，有一半的时间都在忙着种麻、割麻、剥麻、捻麻、纺麻线、煮麻线、晒麻线、织布、碾布、染布、缝衣服……只要没有睡下，母亲的巧手从没停歇过。所以，母亲的双手总是布满了割也割不掉的老茧和数也数不清的裂纹。它们粗糙，却非常温暖，温暖着一家老小，温暖着我们那些穷苦的日月……

时光荏苒，转眼间，二十年的光阴恍然如梦已逝去。如今，奶奶不在了，外婆不在了，母亲也老了，唯有麻地依然年轻，它还一如当年，长着母亲种的麻。

时光荏苒，屈指一算，我居然已在外漂泊了十来年。为了生存，也为了一些别的东西，像许多年轻人一样，生活在别处，早已成了我生命的一部分。

时光荏苒，在如今汹涌经济浪潮的推动下，我的姐姐们为了小孩能接受到好一点的教育，也为了更好的物质生活，背井离乡，忍受着与亲人分离和漂泊他乡的煎熬。

时光荏苒，今天，我的苗寨老家已全变了模样。楼房、水泥路、车子……一切都在向好向上改变。而没有变的，依然是母亲的麻地。

在许多荏苒时光之中，我才明白，母亲一直不间断种麻的含义。麻地，无形中已成了母亲生活的一种情怀和念想——或许，想逝去的外婆；或许，想走出山寨的孩子们。同时，麻地也成了母亲生命的另一种坚强信念——无论时光怎么流逝，世界怎么变化，生活怎么艰难，只要麻地在，就可以自力更生，丰衣足食。

人生，其实也就是那样一块麻地——一个家园，一座村庄，一段岁月，一些温馨的记忆，一种在漫长的生命长河中，踏实的生活。

还是回家种烟好

邓永双

“不好意思，古迪[1]，我今年决定在家种烟，不去你那里打工了。”这已经是蛇场乡马场村新坝屯苗族老乡马亚旧第三次在电话里婉拒浙江老板的邀请。苗族老乡与别人聊天，总习惯性称呼对方为“古迪”。

在一次下乡工作期间，笔者邂逅了这位 45 岁的苗家汉子，他滔滔不绝地讲述起自己种烟和打工的经历。

潜心种烟，娶了媳妇盖洋房

马亚旧说：“我小时候家里条件不好，由于没有好的水田耕种稻谷，吃大米都很困难，读到小学三年级便辍学了，17 岁便跟随父亲学习种植烤烟。”

“父亲告诉我，我们这地方属于大石山区，土地贫瘠，种玉米、高粱

1　古迪：苗语“兄弟”的意思。

等其他经济作物，收成低，很难维持家庭生活开支。种烟虽然工序多，辛苦一点，但国家保护烟农利益，价钱有保障，种烟是唯一脱贫致富的道路。”父亲虽已去世多年，但这些话至今仍萦绕在马亚旧的耳旁。每当想起父亲带领自己种植烤烟的岁月，马亚旧心里总是泛起幸福满满的回忆。

“19 岁那年，我们家种烟很多，那年烟卖了 3 万块钱。那时候物价不高，钱很经用，我们算是生活比较富裕的人，乡亲们很羡慕我们家。我老婆娘家也是种烟的，正是在卖烟的过程中，我认识了她。”马亚旧开玩笑地说，“我老婆正是因为看中我们家勤劳善良、能吃苦，种烟又得钱才肯嫁给我。”说到这些的时候，旁边的马亚旧媳妇有些不好意思。

“你看，这房子就是我们家通过种植烤烟，在三年前盖起来的。”不知不觉间，笔者来到了马亚旧家，他指着眼前占地一百余平方米的三层小洋楼，得意地告诉我说。

小洋楼里面装修虽然不算奢华，但在农村也算是上了档次——光滑洁净的地板砖、明亮的吊顶灯，50 英寸的大彩电、冰箱、洗衣机、音响等家电一应俱全。

“连我老婆佩戴的银手镯、金戒指都是通过种烟买的。”苗族女同胞所穿服装配饰往往很多，马亚旧指着自己的爱人，颇有几分自豪，“你看，还有金耳环呢。”

马亚旧说，在老一辈带领下，他们种烟多年了，干其他的都不习惯，而且也正是因为种植烤烟，生活才过得越来越好。

务工三年，不堪回首辛酸事

2017 年年初，禁不起别人的反复劝说和邀约，马亚旧夫妇俩放弃了种植烤烟，与外村的几个亲戚进城务工。

初到大城市，由于文化水平低，马亚旧找工作并不顺利。他干过好多种工作，但都因为学历低，掌握不了技术，被老板嫌弃。几经辗转，终于在一个种植蔬菜瓜果的基地安定了下来。这里的工作不是什么很难的技术活，适合文化水平较低的农民工，马亚旧在这里一干就是两年半。

刚开始时，夫妻俩每人每月有3000元，老板并不包吃住，每个月休息两天，每天工作10个小时。当地所谓的初春，气温堪比隆林的盛夏时节。蔬菜大棚里，温度在40℃以上。夫妻俩每日挥汗如雨，辛苦异常，偶尔请假，还要被扣工资。

“2019年，老板给涨了工资。可就算是这样，我们俩工资加起来，一个月也就9000元，每年务工10个月，剩不了几个钱。老家这边有点红白事，还得往家里跑，除去路费和各种生活开销，每年也就剩下两三万块。”马亚旧继续说。

马亚旧的媳妇在旁边补充道：“还有一点，就是不自由。为了赶工，老板经常叫我们加班加点，太累了。我在家种烟，可以灵活调整自己的休息时间。另外就是，出门在外，喝点水都要花钱买，我们真是受够了。”

马亚旧还说，他们连续打工三年，没积攒到什么钱，白白耗费了几年时光。每年回到家，听说村里有好多家庭一年光种烟收入就有十几万块，心里非常羡慕。附近几个没出去打工的邻居，这几年种烟，家里面都买了小轿车。想起这些，马亚旧追悔莫及：“还是回家种烟好！”

回归乡土，寄情烟叶享天伦

“现在种烟有保障，政府还给买保险。我今年种了40亩，按照去年的价钱，我今年收入至少十五六万。”笔者问起马亚旧重新选择在家种烟的原因时，马亚旧说：“烟草公司老总告诉我，种烟价格有保障，今年的价格不会比去年低，现在我种烟，心里非常踏实。”马亚旧还告诉笔者，现在种烟已经不像以前那么累了，不仅有专业户提供烟苗，忙不过来时，烟农合作社还会组织大家互帮互助，合作社还聘请了专业烘烤队，他不担心自己的烟叶卖不出好价钱。

马亚旧家今年种 40 亩烟，虽然有 36 亩是租别人的地，但他很有信心。马亚旧心里有自己的盘算：采收完烟叶，在烟地及时播下玉米种子，可以收获一季玉米。玉米吸收烟地剩余养分，长势很好，每亩少说也有六七百元的收入，基本上足够支付一年的地租。算下来，在家种烟真的比打工更划算。

马亚旧还告诉笔者，今年除了种烟，他们家还打算养 6 头猪，按照现在的价钱，每头猪值 5000 元，6 头猪就是 3 万元；再养 50 只本地土鸡，至少也有 4000 元收入。平时在自己家菜园子种点蔬菜瓜果，自给自足，不用再花钱买。马亚旧自己粗略地估算了一下，不出意外，今年净收入少说也有 20 万元，比外出务工强多了。他下定决心，今后一定在家好好种烟。

马亚旧的大儿子至今尚在外地务工，小儿子已经回来一起种烟。看到家里面种那么多烟，小儿子未过门的媳妇也过来帮忙，马亚旧心里非常开心。马亚旧说，现在国内疫情基本上得到控制，可以放手搞生产了，过段时间打算把在外面务工的大儿子也叫回来一起种烟。他现在唯一的愿望，就是给两个儿子娶媳妇，等把钱攒够，就把孩子们的婚事给办了。他相信，种烟一定可以带给他更大的收获。

学会感恩

韦玉坚

羊有跪乳之恩，鸦有反哺之义。每个人都应该有一颗感恩的心。我的家乡那利，在脱贫攻坚过程中得到了各级领导和社会各界的鼎力相助。作为那利人，在享受乡村振兴、脱贫政策红利的时候，更应该感恩党和国家，感恩所有为改变家乡面貌、让乡亲们过上好日子而默默奉献的人。

那利，者浪乡者徕村下辖的一个农业经济合作社，隆林各族自治县“十三五”重点脱贫村，距隆林县城 15 公里。经精准识别，全社 41 户 175 人中，贫困人口共 24 户 99 人，贫困发生率达 56.57％，是全县脱贫攻坚主战场之一。

家乡地处云贵高原余脉，境内山高谷深，生产生活条件十分恶劣，直到 21 世纪初仍处于不通水、不通公路的状态。乡亲们到县城赶圩、看病，需要步行几十里的山路，往返一次需要一整天。有乡亲半夜得了急病，家人连背带抬，赶忙送医，等到天亮后送到医院，人已经不行了。家乡不缺水源，村边就有两条溪流环绕。但是，溪流在谷底，村庄在半山腰，高差大，饮用水和生产用水只能靠几条古渠道引水解决。土渠年久失修，破败不堪，渗漏十分严重，常常是水头的水有碗口粗，到数公里外的水尾，只有拇指般粗细了。一到雨季，山洪暴发，渠道垮塌，村里就十天半个月没水用。

于是，抢水、偷水事件频繁发生。我亲眼看见两叔侄因为水的问题发生口角，继而拳脚相向。水，成了乡邻之间闹矛盾，甚至发生冲突的“导火索”。

近年来，上级有关部门相继在那利实施了通屯道路、农村饮水安全、五小水利、农村电网改造、坡耕地改造、宽带和电子商务进农村等扶贫工程。家乡人长期居住在深山，深受条件落后之苦，对家乡建设十分重视，也十分支持。村民韦德庄，那利屯级公共文化活动中心项目需要使用他约2.8 亩山地，并拆掉一座临时棚。他二话没说，便欣然接受。从机械进场，三通一平，到配套工程完工，他都没有跟社里提出任何要求。后来，社里觉得过意不去，给他 11 000 元钱，算是征地补偿费。要知道，家乡地无三尺平，土地资源奇缺，寸土寸金。更何况，他二儿子至今借住在大儿子家里，还没有自己的宅基地呢！社长韦德锡，与别人在外地合伙承包工程，长期在工地上监工或者组织施工。家乡开展基础设施建设后，他毅然返乡，组织村民投工投劳，协调项目推进。即便是承包的工地有事需要他回去协商处理，他也只是见缝插针，抽空去一两天，事情解决后就迅速回到家乡的建设工地。他因此没少受到合作伙伴的责怪，甚至因此导致合作终止。生意没有了，个人收入也减少了，但他无怨无悔。他说，家乡的建设是大事，个人的收入是小事，只要家乡建设好了，生产生活条件改善了，到时搞种养，发展产业，个人收入也就增加了。在村里一系列扶贫项目实施过程中，乡亲们总是默默付出，只要是项目建设需要，他们自愿无偿提供土地、山林、劳力，从未发生过跟政府部门和施工单位讨价还价或者到现场阻挠施工的现象。

为助力家乡的脱贫攻坚，许多素昧平生的人来到那利，他们顾大家舍小家，日夜奔忙，足迹遍布这里的山山弄弄。刘晓宇，一个 90 后大男孩，2018 年 3 月从广西广播电视台来到者徕村任第一书记。到村里任职后，他一头扎进基层，跑遍全村各家各户，开展扶贫调研，制订帮扶计划。针对乡亲们对扶贫政策不了解、缺乏种养技术、市场信息难掌握等问题，他经请示台领导，在村里开办了新时代空中讲习所、“乡村夜话”，通过广播、组织乡亲们利用空闲时间开展座谈等活动，向乡亲们宣传政策、技术、市场信息等。他还组建了山歌队，组织留守妇女学跳广场舞，丰富乡亲们的文化生活。为了让她们尽快掌握动作要领，刘晓宇从零开始，自学广场舞知识，编排动作，做示范。一个大男孩每晚八九点钟出现在村里的小广场，领着一群大妈跳广场舞，一时间被乡亲们传为佳话。通过组织开展形式多样的文娱活动，乡亲们的文化生活丰富了，精神面貌焕然一新，过去茶余饭后聚在一起议论张家长李家短、闹不团结的现象没有了。2018 年 11 月，刘晓宇 73 岁的爷爷放心不下，特地从老家吉林长春来村里看望他。当时，正值自治区年度脱贫攻坚“四合一”核验，刘晓宇忙于迎检工作，没日没夜地进村入户，没时间照顾爷爷。他常常是大清早出门，到半夜才回到驻地，甚至都回不了。老人家独自留在村里，一整天见不到孙子一面。刘晓宇从小母亲病逝，后来父亲又跟着离世，他和爷爷相依为命，感情深厚。老人家不远千里，乘飞机，换火车，倒班车，一个人在路上几经折腾，好不容易来到孙子驻村工作的地方，没想到跟孙子见不上几面，聊不上几句话，最后为了不影响孙子的工作毅然离开，让人唏嘘不已。

陈东，深圳罗湖区帮扶干部，挂任隆林各族自治县党委常委、县政府副县长。他多次来到那利，深入田间地头，走进贫困户家中，帮助他们解难题，兴产业。养猪一直是家乡传统优势产业，但贫困户苦于缺乏资金，无法扩大养殖规模。他了解情况后，立即调剂 53 头猪苗，分发到贫困户手中。他还牵线搭桥，联系深圳市罗湖区莲塘商会，组织企业家到那利开展访贫问苦活动，捐献扶贫资金 2 万元。许多党政机关和企事业单位也纷纷加入了帮扶那利的行列，广西广播电视台、中共百色市委宣传部、中国建筑第五工程局有限公司、广西祥宁水电建设股份有限公司、广西翔吉有色金属有限公司等单位和企业纷纷伸出援手，对家乡的脱贫攻坚事业给予帮助。

一分耕耘，一分收获。在各级各部门和社会各界人士的关心支持下，家乡的脱贫攻坚取得了丰硕的成果。贫困户韦德票通过发展养猪、种桑养蚕、经商等，2018 年家庭人均收入 7019 元，还购置了一辆小汽车，实现了脱贫摘帽。2018 年，家乡又有 12 户 48 人实现脱贫（累计脱贫人口 23 户 96 人），贫困发生率下降到了 1.7%，实现了整体脱贫。家乡面貌也发生了翻天覆地的变化，随着屯内硬化、村屯绿化、路灯亮化、改水改厕等农村人居环境综合整治项目的实施，家乡路更宽了，灯更亮了，山更青了，水更秀了，环境更美了。2018 年以来，那利屯先后被广西壮族自治区绿化委员会、广西壮族自治区乡村办等单位授予绿色村庄、绿色村屯等荣誉称号。

常怀感恩之心，常思相助之人。当华灯初上，小广场上人头攒动，大爷大妈们和着《小苹果》欢快的节奏，尽情地跳着广场舞的时候；当月上柳梢，村道两旁繁花似锦，恋人们十指相扣，深情地相依相偎的时候；当逢年过节，儿童家园里笑语声声，孩子们游乐嬉戏，纵情地享受假日欢乐的时候……我们不能忘了党和国家的政策扶持，不能忘了各级领导和社会各界人士的倾力相助，不能忘了日夜奔忙在扶贫一线的驻村第一书记、驻村干部和帮扶联系人。让我们举起酒杯，以大山的名义，以那利的名义，祝愿我们的祖国繁荣昌盛，祝愿好人一生平安。

我跟爸爸去扶贫

龙彦珲

周末，爸爸要下乡去搞扶贫工作。我请求爸爸带上我，爸爸高兴地答应了。

汽车一路颠簸了两个小时，又走了20多分钟坑坑洼洼的泥巴路，终于到了爸爸的扶贫点——猪场乡小那岩屯。一下车，映入我眼帘的是一片粉色的海洋——一阵微风拂过，桃花此起彼伏，花香迎面扑来，好一股自然清香的气息。一条新修的水泥路在寨子里弯来弯去，像一条玉带把整个村庄连在一起。几只小黄狗在路上你追我赶，见了爸爸和我，远远地便摇着尾巴向我们跑来，吓得我大叫起来。不远处是来迎接我们的杨叔叔和杨阿姨。

跟着杨叔叔走进他家，屋子是新装修的，干净又整洁。一台液晶大电视机正播放中央少儿频道，墙上还贴着几张奖状。我和爸爸把在县城买的水果和肉送给了杨叔叔，杨叔叔紧紧地握着爸爸的手说："每次你来都买东西，下次不能再拿东西了！"

从爸爸和杨叔叔的谈话中我知道，杨叔叔家有三个小孩，大儿子在猪场小学读六年级，二女儿读三年级，最小的女儿现在五岁了，在村里幼儿园读书。他们家原来是村里最穷的人家，家里的房子不但矮小而且破烂不堪。由于人口多，杨叔叔他们又没有文化，每年只能靠卖几头猪和几只鸡养家糊口。2016 年，爸爸对口帮扶杨叔叔家，为他们家联系了建房子的资金，还帮他们家争取了政府低保，又让杨叔叔到县城去打工挣钱。杨叔叔挣钱后，就修建了新房子，今年春节正式住进来了。去年，在爸爸和村支书的努力下，通过政府部门筹款，村里建成了一条 500 多米长的水泥路。

听爸爸介绍，政府今年准备为村里修建一条水泥路直通乡里，到时，到这里来就方便多了。杨叔叔激动地说："感谢共产党！让我们都过上了好日子！"

是啊，爸爸曾说，我们党就是要让人民拥有更好的教育、更稳定的工作、更满意的收入、更可靠的社会保障、更高水平的医疗卫生服务、更舒适的居住条件、更优美的环境。现在全国上下都在搞精准扶贫，就是为了让全国人民都过上小康生活。

走出杨叔叔家，我不禁由衷地为杨叔叔高兴。放眼望去，在阳光的照耀下，一排排整齐的楼房掩映在绿草花丛中，水泥路平整洁净，一幅新农村的画卷展现在我的眼前。

我想，在我们党的领导下，乡下农村一定会发生翻天覆地的变化，祖国的明天定会更加繁荣、更加富强。

第四辑

诗歌

像杜鹃花一样绽放

李三光

贫困像一座座无形的山
在穷乡僻壤肆虐地傲立
它压弯了村庄的脊梁
它压碎了曾经最美的音容
也压痛了我心底脆弱的神经

贫困似泥路晴天的滚滚尘土
毫无忌惮　弥漫　翻飞
悄然掉落在你的身上　心上
从此
它凝住了你满脸的落寞
它朦胧了你满怀的惆怅
也牵扯了我几度迷茫

一个放晴的午后
一句来自高层的庄严承诺

铿锵有力　掷地有声
向贫困宣战　消灭绝对贫穷
在耳畔久久回荡

一场没有硝烟的战争
就此在中华大地打响
成千上万的“将士”
纷纷奔赴“战场”

我受命率小分队
披星戴月
挖穷根　劈穷源
逐个击破
绝不心慈手软

累了　伤了　倒下了
都阻挡不了前进的步伐
一双双熬红了的眼
盈满了对胜利的渴望

一千多个征战的日子
攻占了阵地无数
夺取了战果丰硕
曾经流淌的热血
已开出最美的花朵

朝前看
前路依旧荆棘密布
堡垒仍须一一攻克
我坚信　不退缩
有后方强大的支援
或你自身的拼搏
那一座座阻挡我们前进的大山
那一层层迷蒙我们容颜的灰土
必将被攻破　清除

假以时日
贫困的你啊
定像陡峰坡的杜鹃花一样
拨开云雾
迎着春风　向着朝阳
与春天里的百花
一齐摇曳着曼妙的身姿
尽情绽放

记　得

宋德保

走出喧嚣的车站
小城的街道边
一个高原汉子
用青筋裸露有力的手
紧紧握住我的手
他欣喜的笑容
比他额上的皱纹更为夺目

你不记得我了吗
我是陇平村支书
我记得党校的培训课
听过你的讲演
一定要把父老乡亲的事情
记在心上
二十多年来
我记得

偏远的峻岭　修通了盘山公路
缺水的高山　家家已安装自来水管
孤寡的老人　都在水泥钢筋平房里安度晚年
一条条银线　点亮壮乡苗寨漫长的夜晚
现在　我要把整理好的贫困户资料
赶着去交给精准扶贫办

恍惚中　我依稀回忆培训课上
那一张张朴实的脸
那时　我们的额上平滑如镜
闪耀着青春的刚毅
我们的脸上写满了
坚定不移的信心
二十多年的风里雨里啊
信仰的脚步一步一步
托起日新月异的美丽山村

是的　我记得
记得你
记得责任　记得担当
记得期盼的一双双眼睛
而让你记得
是我的一种荣耀

为生活点一盏明灯

梁银雪

一条路

这是一条艰辛的路
只因有一群人一路同行
所有的过往就组成了移动的风景
请苍山为证，图景为鉴
允我用光影记录每一个真切的场景
扶贫总似无数的攻坚战
在千万颗心间架筑起一条路
繁衍着一路的浓烈豪情
从这头共赴另一个战场
只因在路另一头
有渴盼的目光在等候
风雨中有一群人在砥砺前行
沾满尘土的裤脚无法挽起
路真的很长

唯有真心与脚步问候
唯有车轮一直相伴延伸

一颗心

记得与路那一头的人们初次相见
交谈中有恳切的话语
紧握的双手
那边说：有你们到来，我们空落的心也就踏实了
过去，路那一头的生活缺少光和色彩
现在，有那么一群人
正翻山、涉水、驱车、徒步
从此不管路多远，他们风雨无阻
总有一份关怀在路上传递
并带着温度在脚下延伸
是谁用一颗心焐暖了一方水土
从此让那里生长了希望？

色彩变了

把走过的时光印成四季的色彩
那里有变换的风景
就在美丽的三冲

勤劳的人们用双手抚绿了荒野
一垄垄茶尖正在挣脱贫穷的桎梏
汗水挥洒间，收获满坡的茶香
这方水土饲养的黑猪享誉区外
还有沃柑的金色与甘甜
西贡蕉的青黄与嫩滑
鹤城这方水土养育的人
勇敢而坚毅
就在那一天
走出贫瘠土地的人们
在城西的安置点
圆了多年的安居梦
是因人施策的帮扶让他们信心满怀
对于未来，还有一场人生逐梦的征程期待开启

背景变了

人生是一个不断积累至富足的过程
每个人都是自己生活中的主角
和这群人一起用豪情点燃希望的灯火
只要勇敢地向前走
身后的背景也在变
两年前，沿着狭窄沙土路入户
站在屋前照的相
身后是木门木窗木板楼

屋内的灯光不明，屋外的笑容惨淡
两年后，平坦的水泥路从农户的新屋旁经过
水龙头吐出的水花声
电视屏幕里的谈笑声
是奏响早日脱贫的祝愿曲

掌灯人

纵然，做任何事情都不会尽善尽美
但是，我们宁愿选择感动的一面细细品尝
头顶蓝天，脚踏大地，鹤城的人们更自信
那边有我们的同事，有我们的朋友、战友
有的下车换乘船，有的正徒步行进中……
驻守村部的灯光不熄
当车灯照在蜿蜒的山路上
有一群人的归程亦如来时艰难
每一次归程都会有疲倦
但每一次出发都义无反顾
无数次地把星光点亮在高坡，如盏盏明灯
他们都是风雨中的掌灯人

一条路、一群人，用一颗坚毅的心
焐暖了一方水土，让风景变幻出斑斓色彩
夜里，为生活点一盏明灯，走在路上的都是勇士
黎明，只因同舟共济才能收获更多的美好
美好的注脚里从不缺少勤奋和感动

我知道

杨才龙

我知道
你的名字叫贫困
镶嵌在山旮旯里已千年
加上风侵雨蚀
才与精彩世界隔山相望

我知道
一粒种子
种不出你满仓的希望
但我依然要送给你
因为只要它能发芽
就会有丰收的那一天

我知道
一颗钉子微不足道
稳固不了一方大厦
但我依然要送给你

因为千万颗钉子
就能撑起一个梦想

我知道
巴掌大的银屏
包罗不了天下
但我依然要送给你
因为它连接着北京

我知道
你那甘醇的米酒不能喝
因为你还未走出困境
但拗不过你的固执
于是接过你的盛情
酣畅淋漓一饮而尽

我知道
昨天我们风雨同舟
用真诚筑牢防险大堤

我知道
今天我们携手同行
谁也不落下

同时我也知道
明天我们仍然肩并肩
告别一个时代
一起拥抱和谐阳光

在村里

周桂英

把村主任的身份抹掉
是个建房行家
再把建房行家的称谓抹掉
是个男人，孩子的父亲
女人的丈夫，老人的儿子
一个家庭的顶梁柱

把主任夫人的身份抹掉
是个绣十字绣的高手
再把这十字绣高手的称谓抹掉
她是邻村老王的掌上明珠
这十里山坳数一数二的美女
细皮嫩肉手如嫩葱

在村里
建房一天可拿到三百多元的工钱
一幅绣得上好的十字绣

可卖出几千元的好价钱
自从扶贫工作进了村
村主任不再去建房
整天为扶贫起早贪黑
主任夫人没时间再刺绣
田间地头农活全是她包干

山头自家玉米成熟了
几个山坡的玉米，她一个人赢不了雨季
黄灿灿的玉米在山里发了芽

主任夫人生气回娘家
夜里睡在自己做姑娘时的床上
半夜梦到自家猪饿得嗷嗷叫
她决定起来马上回家

走在回家的路上
大半夜的心里却并不害怕
这扶贫不但把穷人变富人
还把村里人的综合素质都提高了
村里没有了偷摸抢劫

进村的水泥路宽阔平坦
路灯照得格外明亮
主任夫人心里变得亮堂堂的
她丈夫干的这个扶贫工作
在她心里有了新的意义

农村新貌赞

张芯富

周末我沿着乡间弯道
来到老家走走瞧瞧
到处呈现一片崭新容貌
不禁让我喜上眉梢

田埂水渠公路边沟
国家投资兴修改造
退耕还林成效明显
山山垄垄绿色娇娆

地头水柜犹如座座碉堡
群众不再为缺水苦恼
便捷新桥随处可见
走路行车不再弯绕

昔日村屯泥泞山路
如今变身水泥大道
走在清洁如洗的路上
村中老少感谢党的政策精妙
细看农家每栋房屋
错落有致高低排列
设计一点不比城市逊色
样式多样让人拍手叫好

欧式中式独特新颖
每栋都有两三层甚至更高
厕所统一设计规划
垃圾集中处理不再乱烧

房前屋后栽种花草
太阳能路灯与城市一般明耀
乡村这样的居住环境
空气清新比城市还好

如果你有时间
请来到乡村走一走瞧一瞧
新农村变化的美景
脱贫成果让你感到十分骄傲

致文秀（外一首）

韦达书

翻开一朵花的世界
你
如此平凡
却又如此美丽
一夜狂风暴雨之后
你
化身为蝶
绽放在
亿万民众心中

翻开一朵花的世界
你
从一个无人知晓的小山村
巴别
走到千万人仰慕的北师大
再从蓝色硕士服加身

走进那个叫百坭的贫困山村
只为了
埋藏在心底已久的
那一份承诺
——报答家乡

翻开一朵花的世界
你
不过是这场
没有硝烟的战斗里
千万朵浪花中
最普通的一朵
可是
面对汹涌的山洪
你想到的
不是病榻上的父亲
而是百坭村的安危
于是
你义无反顾
选择了前进
当青春和美丽
瞬间被定格
你化作一朵
奔腾向海的最美浪花
诠释了
花开花落的
全部意义

我的扶贫日记

6月28日
阴天有阵雨
眼前的桑地
如水洗一般
一尘不染，只剩泥土的芳香
枝繁叶茂，郁郁葱葱

蚕房里，吃饱了的蚕儿
正在酣睡
白花花一片
主人家
一如往常
滔滔不绝，向我讲述
他与蚕的许多故事
讲着讲着
蚕儿醒了
雨过天晴
阳光从窗外照进蚕房
暖暖的

故乡，一片泛香的土地（外一首）

姚本亮

茶油香

逶迤三山绿油茶
波伏五岭映朝霞
果笑枝头聊佳话
喜报传，迎来丰收又一茬

树底焕新净无渣
主人备仓储富娃
老板卡车待出发
机器鸣，满腔热血吐芳华

洁净醇亮香无涯
遨游街市进民家
雍态雅韵万人夸
香飘天，茶农引来仙女嫁

水稻香

田坝随风滚金浪
朝阳缕缕耀醇黄
稻穗鞠躬喷芬芳
庆丰收，苞谷饭变大米香

玉米香

旱坝无水掀绿浪
山风亮出健苞行
红帽丝丝吐彩光
酿美酒，赚钱养猪两无妨

小麦香

一地金毯是麦芒
群雀歌赏满坝香
鸡鸭成群生意旺
进闹市，万民生活殷实爽

油菜香

水田旱地无异样
一夜换装油菜黄
满坝黄透眼眸爽
籽粒饱，农家待收进油坊

家家油坊昼夜香
衔香飞行有电商
电商日飞行万里
步铿锵，穷壤脱贫美名扬

蜂蜜香

百花香绽山岭连
蜜蜂采蜜勇向前
蜜糖满桶赚大钱
进超市，万民生活香又甜

改革开放四十年，穷乡僻壤香满天
理直气壮穷帽掀
跨大步，小康路上花更鲜

赞隆林县城进城农民工

街头背篓嫂

务工工具装背篓，随时需要随时走。
花鞋鞋垫绣前程，灯下金口聊家愁。
拖儿进城育良才，带累养家除烦忧。
装卸运修样样做，糙手致富写春秋。

“马仔”车夫

早出晚归昼夜忙，披星戴月走街巷。
胸怀大志赚小钱，客来客往生意旺。
遵章守纪安全行，接人待客文明倡。
守法经营养全家，脱贫致富路顺畅。

街头擦鞋女

红润面庞添锦花，纤手助客闯天涯。
一把刷子寄深情，几瓶油膏绘彩霞。

垢面博取众人欢，辛劳喜看阔步跨。
场地狭窄容万人，技小富足千万家。

小巷缝补女

一架衣车送爱来，万千学子情韵开。
弥补母姊缝补缺，点燃学子家情爱。
针针缝出进取心，线线补起宽胸怀。
缝女巧活聚大钱，学子求学阔步抬。

后　记

《大山圆梦》是集成于脱贫攻坚收官之年，由隆林文学工作者深入基层一线，用灵魂深处的笔触记录的反映隆林脱贫攻坚波澜壮阔场景的文集。

隆林脱贫攻坚是一场没有硝烟的战争。《大山圆梦》中的报告文学让这场“战争”留下了真实的印记，再现了无数党员干部和群众为改善隆林民生、消除贫困、实现小康而前赴后继的身影。他们都是追梦人，问山要路、治地要产、架电进村、引水进户、筑台要房……隆林的村寨里，一幕幕变迁激起阵阵涟漪，映现了党和国家的恩泽。

隆林脱贫攻坚汇聚了一个个感人至深的故事。党旗引领着干部群众前赴后继，广大农村旧貌换新颜，贫困群众拔穷根摘穷帽，涌现了无数感人至深的扶贫脱贫事迹：《扶贫故事》《改变》《回报》等小说作品是展示全面建成小康社会和加快建设美好隆林的生动文学实践，是无数隆林儿女奋斗圆梦的缩影。

隆林脱贫攻坚铺展开了一幅幅波澜壮阔的奋斗画卷。它绘就在苗岭、彝峰、仡佬冲、壮谷、汉峦间。脱贫奔康沧桑巨变，对党恩的感触，只有“集诸美于一身”的散文能够讴歌：《苗冲，流浪的终点站》，洋溢着苗胞终结流浪迎来安居乐业生活的幸福；《追梦路上》，助学政策点燃了贫困学子的精彩人生；《学会感恩》，让人常怀感恩之心，常思相助之人……

隆林脱贫攻坚唱响了一首首高亢嘹亮的扶贫战歌。贫困落后的惆怅、帮扶结下的善缘、绘就新篇的喜悦、英灵逝去的哀伤，凝聚于《像杜鹃花一样绽放》《为生活点一盏明灯》《农村新貌赞》《致文秀》等诗篇中，铭记在隆林四十二万各族同胞的心间。

《大山圆梦》里的文学作品，全方位、多角度、深层次地反映了党和政府领导下，隆林全体党员干部群众齐心协力决战脱贫攻坚、决胜建成全面小康的生动实践，文学性地记录了各族人民生活发生的翻天覆地的新变化，书写了一份让党和人民群众满意的脱贫攻坚奔小康的文学答卷，体现了隆林文学工作者的使命和担当。

《大山圆梦》这部脱贫攻坚文学专集是在隆林各族自治县党委、政府的关心支持下，由县文联召集隆林作家协会会员和部分文学爱好者，用了三个多月采风、撰写、修改，再由编委会成员进行六次审稿修订，最后交由隆林县委宣传部审查通过后，才由漓江出版社公开出版发行的。在此，对所有为此书出版发行付出劳动的同志表示衷心的感谢！

隆林各族自治县党委常委、宣传部长
隆林各族自治县人民政府副县长 申毅

2020 年 11 月 25 日